—————— 阅读之前 没有真相

午夜文库

和
石头，剪刀，布
Rock Paper Scissors

［英］爱丽丝·芬尼 著
左昌 译

新 星 出 版 社　NEW STAR PRESS

阿梅莉亚篇

2020 年 2 月

我老公认不出我的脸。

我开着车,觉得他在盯着我看,不知道看到了什么。其他人的样子对他来说也都很陌生,但一想到我嫁的这个男人无法在警方的一排嫌疑人中辨认出我,我还是会觉得奇怪。

我不用看都知道他脸上挂着什么表情。无非是那副愠怒、任性、"我早跟你说过"的表情,所以我还是把注意力放在路况上吧。我也必须这样做。雪现在下得更猛了,像在乳白天空下开车,我这辆"小莫里斯旅行车"的雨刷刮得很吃力。这辆车的生产年份是一九七八年,和我同龄。东西若是爱惜,能用一辈子,但我怀疑我老公可能想把车和我都处理掉,车换个新款的,人换个年轻些的。自从我们离家后,亚当检查了无数次安全带,他将双手合拢攥成拳头放在腿上。从伦敦北上苏格兰的这趟行程本不会超过八小时,可碰上这样的暴风雪,我不敢开得再快了。然而天色渐暗,看来我们的迷路(lost)可能具有双重意义了。

"出去过个周末就能挽救婚姻了?"当咨询师给出这个建议时,我老公这样说。每次回想起他说的话,就会有新的遗憾清单跃入我脑海。白白浪费生命中的大把时光而未有过真正的生活让我感到非常悲哀。过去的我们和现在的我们并不总是一样,但对过去的记忆会让我们都变成撒谎精。这就是我把注意力放在未来的原因。我的未来。有时我对未来的设想里还是会有他,但有时我也会想象自己回归单身的样子。这不是我所希望的,但我确实想知道这对我们俩来说会不会是最好的结局。海可以改变沙滩的形状,时间也能让夫妻关系变样。

我们看到天气预警时他便要求推迟这次旅行,但我推迟不起。我们两个都知道这次周末出行是解决问题的最后机会。或者说至少是试着解决问题的最后机会。这点他倒没忘。

我老公忘了我是谁不是他的错。

亚当患有一种叫面孔失认症的神经系统疾病,也就是说他辨别不出包括他本人在内的所有人的面部五官。他不止一次在街上从我身边走过去,好像我是陌生人似的。由此必然导致的社交焦虑对我们两个都造成了影响。聚会时明明朋友就在身边,亚当却还觉得屋里一个人都不认识。所以我们经常独处,说是同居却和分居没两样。只有我们两个。除了脸盲症,我老公还有其他方面也让我觉得自己毫无存在感。他不想要孩子——老说一想到认不出孩子的脸就受不了。这病伴随了他一生,自从我们相识后便也成为我生活的一部分。有时祸也能变成福。

我老公也许不熟悉我的脸,但他学会了用其他办法辨认我:我身上的香水味,我说话的声音等。以前他还常牵我的手时,牵手的感觉也是办法之一。

婚姻不会失败,人会。

我不是他好多年前爱上的那个女人了。我不知道他是否看得出我现在的样子老了多少,是否注意到我的金色长发已夹杂些许银丝？如今的四十岁也许恰如当时的三十岁，但我皮肤上的褶皱绝少是笑出来的。我们以前有非常多的共同语言，除了同床共枕外，还相互分享秘密和梦想。我们还是会接对方未说完的话，但如今已接不对了。

"我觉得我们好像在兜圈子。"他轻声嘟囔道，一时间我竟拿不准他说的是我们的婚姻还是我的驾驶技术。这暗灰的天空透着不祥，似乎是他心情的写照，而且这是开了好几英里后他第一次开口说话。前方的道路积了雪，风也越刮越大，但比起车内即将刮起的风暴，还是不值一提。

"把我打印的旅行指南找出来再读一遍好吗？"我说，试图掩盖话中透着的怒气，但还是失败了。"我敢肯定就要到了。"

我老公和我不一样，岁月在他身上竟然没留下多少痕迹。好看的发型、小麦色皮肤、暴练半程马拉松塑造的身材巧妙地掩盖了他四十多岁的年纪。他向来擅长逃避，尤其是逃避现实。

亚当是编剧。他出道时和好莱坞这架伸缩梯的最低一级都相去甚远，靠一己之力不大能够得着。他跟人谎称自己一毕业就直接进了电影圈，只不过是好面子罢了。他十六岁时在诺丁山的电力影院谋了个卖零食和电影票的差事。二十一岁那年，他卖出了自己首个剧本的版权。《石头，剪刀，布》一直没有拍成，但亚当根据协议有了个经纪人，经纪人给他找了个活儿，让他改编一部小说。书倒不畅销，可改编的电影——一部低成本的英国电影——获得了英国电影学院奖，一位作家由此诞生。这跟目睹他自己笔下的人物活跃在银幕上还不一样——通往梦想的道路很少是笔直的——但这确实意味着亚当可以不用再卖爆米花而是专事写作了。

编剧往往成不了什么家喻户晓的人物，所以有些人可能不知道他的名字，但我敢打赌他们至少看过一部他写的电影。尽管我们的关系出了问题，他的种种成就还是让我深以为荣。亚当·赖特在圈内素有化无名小说为卖座大片的名声，而且他还在孜孜不倦地寻找下一部小说。我承认我有时会吃醋，但想想那么多个夜晚他都宁愿跟书睡，我会吃醋再正常不过了。我老公没有背着我和别的女人或者男人搞外遇，他迷恋的是他们的言辞。

人类这个物种既古怪又善变。我更喜欢动物的陪伴，这也是我在"巴特西狗之家"工作的诸多原因之一。四条腿的生物往往比两条腿的更适合做伴侣，而且狗不记仇，也不懂怎么去恨。我在那里工作还有其他原因，但我宁愿不去想，有时尘封的记忆还是不打开为好。

我们一路上透过挡风玻璃看到的景色千变万化、美不胜收。这里有颜色深浅不一的绿树、波光粼粼的巨湖、白雪皑皑的群山和一望无垠的原生态旷野。我热爱苏格兰高地。我还没有发现世界上有比它更美的地方。这里的天地似乎比伦敦的广阔得多。又或许是我变渺小了。我在这片宁静中觅得安宁。我们已经一个多小时没见着一个人影了，这正是我计划中的理想之地。

我们路过左边汹涌的大海，然后继续北行，波涛翻滚的声音像是在给我们唱小夜曲。蜿蜒的道路收缩成一条窄道，天空的颜色从蓝到粉再到紫，直至变成现在的黑色，倒映在我们路过的每一片半结冰的湖中。继续向内陆行驶，一片森林将我们吞没。古老的松树挂着雪，比我们家的房子还高，却像火柴棍似的被这场暴风雪吹压得变了形。车外的风如鬼哭般呼啸，一直想把我们吹离车道，当轮胎有些抓不住冰封的路面时，我死死握住方向盘，指骨都快撑破皮肤了。我看到我的结婚戒指，它实实在在地提醒着，尽管有种种分开的理由，我们却还在一起。怀念过去是一种危险的药物，但我很享受那种幸福回忆涌上心头的感觉。也许我们并不像自己感觉的那般迷惘。我偷偷瞥了一眼这个坐在我身边的男人，想知道我们是否还能回到从前。这时我做了件很久没做过的事——去牵他的手。

"停车！"他大叫道。

一切都发生得如此之快。朦胧大雪中一头雄鹿站在前方路中央，我一脚猛地踩住刹车，车一个急转弯后滑行了一段，最后刚好停在巨大的鹿角前。这头鹿朝着我们的方向眨了两眼，然后若无其事地走开了，从容地消失在林中。连树都显得冷冰冰的。

我伸手去拿手提包，心脏怦怦直跳。我颤抖的手摸遍了钱包、钥匙等几乎所有包内物品后才找到吸入器。我摇了摇，然后吸了一口。

"你没事吧？"我问道，接着又吸了一口。

"我跟你说过这是个馊主意。"亚当答道。

我这一路上已经无数次咬紧舌头隐忍不发，舌头想必都千疮百孔了。

"我不记得你有过更好的主意。"我厉声说。

"开八小时车出去过周末……"

"这么长时间以来我们一直在说去苏格兰高地玩会很棒。"

"去月球玩也会很棒，但你订火箭票前我们总该商量一下吧。你也知道我现在有多忙。"

忙这个字已成为我们婚姻危机的导火索。亚当把忙像徽章一样佩戴在身上，俨然一个童子军。他以此为傲，这是他飞黄腾达后社会地位的象征。这让他觉得自己很重要，却让我想把他改编的小说甩在他脑袋上。

"我们的关系落到这般田地就是因为你总是忙得要死。"我咬紧咯咯作响的牙关说道。现在车里冷得够呛，我都能看到自己的哈气。

"不好意思，你言下之意是我们来苏格兰怪我咯？挑二月份，顶着暴风雪？这是你的主意。要是我们被倒下的树砸死，或在这辆你偏要开的破车里失温而死也好，至少不用听你没完没了地唠叨。"

我们从不在公共场合这样拌嘴，只在私下这样。我们两个都是装门面的好手，我发现人们看到的都是他们想看到的。但关上门后，"般配"的赖特夫妇感情不和已有很长时间。

"我要是带了手机的话，我们现在已经到了。"他边说边在杂物箱里翻找他心爱的手机，但没找着。在我老公看来，这些小玩意儿能解决生活中的一切问题。

"离家前我问过你要带的东西是不是都带了。"我说。

"我确实都带了。我把手机放杂物箱里了。"

"那就还在那里。帮你收拾东西不是我的事儿。我不是你妈。"

刚说完这话我就后悔了，但礼物送出去可凭小票退换，话说出去就收不回来了。在亚当一长串不愿谈及的话题中，他的母亲是排在第一位的。我耐着性子让他继续寻找手机，可我知道他绝对找不到。他没说错。他确实把手机放杂物箱里了。但今早离家前我又把它拿出来藏在家里了。我打算这个周末给我老公一个大大的教训，而这不需要他带手机。

十五分钟后，我们重新上路，找方向一事似乎也有了进展。亚当在暗处眯着眼研究我打印的旅行指南——除非是书或手稿，否则任何写在纸上而不是屏幕上的东西好像都会把他弄得晕头转向。

"你得在下一个环岛的第一个路口处右拐。"他说，语气听着比我料想的有把握。

没多久我们便开始靠月光引路来判断大雪中前方地势的变化。这里没有路灯，而这辆"小莫里斯"汽车的前灯也只能勉强照亮前方道路。我注意到又快没油了，可我们快一个小时没见到能加油的地方了。大雪现在毫无减弱之意，而且一连数公里除了山峦湖泊黑暗的轮廓外什么也没有。

终于，我们看到一块被雪覆盖的表明此地是"黑水"的旧标牌，车里的气氛明显轻松起来。亚当读到指南的最后一部分时已到了近乎兴奋的地步。

"过桥，经过湖边的长凳后右拐。路会向右进入山谷。要是过了酒馆，那就走过头错过去宅邸的岔道了。"

"晚些时候去酒馆吃顿饭也许不错。"我建议道。

当远处的"黑水酒馆"映入眼帘时，我们两个都没说话。我在到达酒馆前便拐入岔道，但我们靠它很近，能看到酒馆的窗户用木板封起来了。这栋建筑物似有鬼魂萦绕，看上去像是废弃很久了。

进入山谷的道路蜿蜒而下，既壮观又吓人。这条路看上去像是用手从山里凿出来的，宽度刚好容我们这辆小车通过，而且一边是没有任何防撞护栏的陡坡。

"我好像看到了什么。"亚当边说边探身靠近挡风玻璃向暗处凝望。我看到的只有漆黑的夜空和把一切捂得严严实实的茫茫白雪。

"在哪里？"

"那里。就在那些树后面。"

我放慢了一点车速，可他指的方向空无一物。但这时我注意到远处好像有一座孤零零的白色大房子。

"只是个教堂。"他说,听上去很泄气。

"就是这里!"我说,看到前方有一块木制的旧标牌。"我们要找的就是黑水礼拜堂。我们肯定到了!"

"我们大老远开过来结果就住……老教堂?"

"一个改建过的礼拜堂,就是这样,而且一路都是我开的车。"

我立即放慢车速,沿着被雪覆盖的泥土路离开单行道进入谷底。我们路过右边的一个小茅屋——我开了这么远只看到这两栋建筑物——然后穿过一座小桥,紧接着碰上一群羊。这群羊挤在一起,在前灯的照射下很瘆人,而且还挡住了我们的去路。我轻踩油门,试着按了按车喇叭,但它们就是不动。它们的眼睛在黑暗中幽幽发光,看上去有点像超自然生物。这时,我听到车后排传来低吼声。

鲍勃是我们养的黑色大型拉布拉多犬,这一路大部分时间他都很安静。他在这个年纪通常就喜欢睡了吃吃了睡,但他怕羊,还怕羽毛。我也畏惧愚蠢的事物,但这种畏惧合情合理。鲍勃的低吼并没有吓到羊群。亚当毫无预兆地打开车门,一阵雪随即飘了进来,从四面八方击打我们。我看着他爬出车,护住脸,然后发出嘘声驱赶羊群,最后将隐藏在羊群后面的一扇门打开了。我不知道亚当在黑暗中是怎么看见这扇门的。

他一言不发地爬回车内,而在我们余下的行程里,我开得不紧不慢。道路紧挨湖边,很危险,这下我明白人们为什么给这个地方起名黑水了。当我把车慢慢停在这个古老的白色礼拜堂外时,开始觉得好些了。这趟旅程把人累得筋疲力尽,但我们还是到了,我对自己说:进去后一切都会立马好起来。

踏入暴风雪中对身体是一大冲击。我把大衣裹紧，但冰冷的寒风还是吹得我喘不过气来，大雪也不断锤击我的脸。我把鲍勃从行李箱里放出来，然后我们三个艰难地穿过雪地朝着两扇哥特式大木门走去。一个改建过的礼拜堂乍一看好像很浪漫，既奇特又有趣。可现在到了这里，却着实感觉有点像是我们主演的恐怖电影拉开了帷幕。

礼拜堂的门上了锁。

"房主有提过钥匙盒的事吗？"亚当问。

"没有，他们只说到时门会开。"

我抬头凝视着这栋宏伟的白色建筑物，同时护住眼睛免受无情大雪的袭击，这里一眼望去有厚厚的白石墙、钟楼和彩色玻璃窗。鲍勃一反常态地再次低吼起来，难道远处又有羊或其他动物？难道是什么我和亚当看不到的东西？

"也许绕到后面会有另一扇门？"亚当建议道。

"但愿你是对的。车看着像是已经埋进雪里了。"

我们拖着疲惫的步伐朝礼拜堂的一侧走去，鲍勃使劲拽着牵引绳领路，好像在追踪什么。虽然有数不清的彩色玻璃窗，我们却没找到其他门。尽管户外的灯光——这些灯光我们老远就能看到——照亮了建筑物的正面，里面却一片漆黑。我们低着头顶着恶劣的天气继续行走，直到绕了一圈回到原点。

"现在怎么办？"我问。

但亚当没有答话。

我抬起头，同时遮住眼睛免受大雪袭击，却发现他正盯着礼拜堂的正面看。巨大的木门此刻大敞着。

亚当篇

如果每个故事都有圆满结局,那我们就没有理由从头再来。人生处处要选择,要学会怎样在崩溃时重新振作起来。所有人都是如此。即使是那些假装不会崩溃的人也不例外。我认不出我老婆的脸不代表我不知道哪个是她。

"门之前是关着的,是吧?"我问,但阿梅莉亚没有答话。

我们并肩站在礼拜堂外,双双打着寒战,四面八方的雪不断吹打我们。连鲍勃看上去都惨兮兮的,它可向来是快快乐乐的。这段旅程漫长乏味,我彻底持续不断的头痛更是让旅程雪上加霜。昨晚我跟一个错误的人喝了太多的酒。这不是第一次了。我在完全清醒的情况下干过同样蠢的事,所以不是酒的问题。

"咱们别急着下结论。"我老婆终于说话了,但我觉得我们两个都已经排除了一些结论。

"这门不会自己就开——"

"也许管家听到我们敲门了?"她插嘴道。

"管家?你在哪个网站订的这个地方,再说一遍好吗?"

"不是在网上订的。我在员工圣诞抽奖活动中抽中了周末外出度假的奖品。"

我隔了几秒钟才接话,但沉默能拉长时间,让人觉得时间变慢了。况且我觉得脸冻得够呛，嘴巴张不张得开还不好说。但从结果看还是张得开的。

"这下我明白了……'巴特西狗之家'搞了个员工抽奖活动，你抽中了外出度假的奖品，来住一个苏格兰老教堂？"

"是礼拜堂，不过情况就是这样。有什么问题吗？我们每年都抽奖。大家会捐奖品，我抽中了一个可以换换环境的好奖品。"

"真绝。"我答道，"到目前为止情况确实'好'啊。"

她知道我厌恶长途旅行。我讨厌汽车，也讨厌开车，就是这样——连驾照都从未去考。所以在暴风雪中困在她那辆铁皮老爷车里八个小时，我可不觉得是好玩的事。我朝狗望去，想获得精神支持，可鲍勃正忙不迭地想要吃从天空落下的雪花。感到受挫的阿梅莉亚会用那种柔中带刚的婉转腔调说话。以前她这种腔调常把我逗乐，如今却让我恨不得自己是聋子。

"要不要进去，尽量住住看？要是真不行，我们就走，找家旅馆，或者实在不行，就睡在车里。"

我宁可咬牙忍着也不会回她的车里。

我老婆近来一遍又一遍地说同样的事情，她的话总感觉像是掐人或打人耳光。我搞不懂你这句话最令我恼火，有什么要去搞懂的？与人相比，她更喜欢动物，我则更喜欢小说。我想当我们开始更喜欢这些事物而不是彼此时，真正的问题就出现了。感觉像是维系我们感情的条件不是被遗忘了，就是从一开始就被误解了。弄得好像我们第一次见面时我不是工作狂似的，或者用她爱用的词——写作狂。人人都是瘾君子，而瘾君子只想做一件事：逃离现实。我的工作恰好就是我最爱吸食的毒品。

同中有异——我每次创作新剧本时都会对自己说这句话。在我看来，这就是人们想要的，所以既然有制胜法宝，为何要改变它呢？一本书我只要看过前几页就知道适不适合搬上银幕——幸好有这个本事，因为要我过目的书多如牛毛，不可能都读一遍。但是擅长这份工作并不表示我想干一辈子。我有自己的故事要讲。但好莱坞不再热衷于原创剧本，只想把小说改编成影视剧，就像把美酒变成清水那样——异中有同。但这一规律也适用于夫妻关系吗？如果我们在婚姻中扮演同一角色太久，难免会厌倦并放弃扮演，或者中途散伙，不是吗？

"进去吗？"阿梅莉亚的话打断了我的思绪，她正仰望着这个令人毛骨悚然的礼拜堂顶部的钟楼。

"女士优先。"我可是个绅士。"我去车里拿包。"我接着说，想趁进去前再抓紧时间最后独处一会儿。

我把很多时间都花在避免得罪人上：制片人、监制、演员、经纪人和作者。一个脸盲症患者却要和形形色色的人打交道，我想要是论走钢丝，我可是妥妥的奥运水准。我有一次参加婚礼时和一对夫妻聊了十分钟才意识到这是新郎和新娘。她穿的不是传统婚纱，而他和他的一众伴郎就像一个模子刻出来的。但我还是化险为夷了，因为取悦人是我工作的一部分。取得作者的信任让他们愿意把小说的剧本创作托付给我，可能比劝一个母亲让陌生人照看家里的长子还难。但这方面我很擅长。遗憾的是，取悦我老婆似乎是一件我已经忘了该怎么做的事。

我从来没和别人说过我患有面孔失认症。首先，我不想被这个问题框住，而且说实话，一旦有人知道，肯定飞短流长。我不需要也不想要任何人的同情，我也不喜欢被迫觉得自己像个怪胎。对我而言，认不出脸是很正常的事，只不过是我的编码指令序列出了故障而无法修复罢了，这一点人们好像永远也明白不了。我不是说我对此无所谓。想想看，认不出朋友或家人的脸，或者不知道你老婆的脸长什么样会是什么滋味？由于生怕自己坐错桌，我不愿跟阿梅莉亚到餐馆吃饭，要是能选的话，我会每次都点外卖。有时我照镜子连自己的脸都认不出。但我已学会接受现实。其实我们所有人都一样，因为生活给我们发的牌都不那么完美。

我想我也学会了接受一段不那么完美的婚姻。但大家不都是这样吗？我不是故作失败，只是实话实说。成功的夫妻关系其实不都是这样吗？妥协，有真正完美的婚姻吗？

我爱我老婆。我只是觉得我们不如以前那么相爱了。

"差不多都拿来了。"我边说边随她一起走上礼拜堂的台阶，我肩上扛着包，但由于就出来几个晚上，包的数量可能有点多。她盯着我的肩看，好像我的肩得罪她了。

"那是你的电脑挎包吗？"她明知故问道。

我不是新手，不能为自己的错误找理由或借口。我猜想阿梅莉亚正挂着一张收到"入狱"卡后的臭脸。这不是个好苗头。我这个周末不能写作，也不可能顺利度过。假如我们的婚姻是一场"大富翁"游戏，每次我不小心到达我老婆盖的旅馆时，她都会收我双倍的租金。

"你答应过不工作的。"她说，又是那种熟得不能再熟的失望、烦躁的语气。我们买房子和度假的钱都是我靠工作挣来的，这些她就不抱怨。

每当想起我们拥有的种种东西——伦敦的好房子、优渥的生活、银行存款——我总是会想我们应当幸福才对。但是我们没有的种种东西较难察觉。我们这个年纪的朋友大多上有老下有小，而我们只有彼此。没有父母，没有兄弟姐妹，也没有孩子，只有我们两个人。缺少要爱的人是我们一直以来的共同之处。我父亲抛下家庭时我还太小,对他没有任何印象,而我母亲去世时我还在上学。我老婆的童年过得不比雾都孤儿奥利弗·崔斯特强,她一出生就成了孤儿。

鲍勃再次朝礼拜堂的门低吼,将我们从自我戕害的苦海中拯救出来。这不对劲,它从不这样,但我要感谢他分散了我们的注意力。很难相信它曾是只巴掌大的小狗,被人遗弃在鞋盒里丢进了废料桶。从那以后它逐渐长大,变成现在这只我见过的体形最大的黑色拉布拉多犬。如今它的下巴上有一撮灰白色的毛,走起路来也比以前慢,但这只狗是我们一家三口中唯一还能做到无条件去爱的成员。我敢肯定人人都认为我们把它当成孩子来养,只是出于礼貌没有说出来。我过去总说不介意没有亲骨肉。没机会给孩子起名的人则有机会选择别样的未来。况且,明知不可得而盼之有何意义呢?现在要孩子太迟了。

通常,我感觉不到自己已过不惑之年。岁月去了哪里,我又是何时从男孩成长为男人的,要弄清楚这些我有时得费一番功夫。也许这跟做自己喜爱的工作有关。我的工作让我觉得自己青春洋溢,而我老婆让我觉得自己老态龙钟。找婚姻咨询师是阿梅莉亚的主意,这次旅行也是她提议的。这个所谓的"专家"——"叫我帕米拉"觉得出去过个周末可以修复我们的关系。我猜那些在家共度的周末和夜晚都是徒劳无功的。每周过来跟一个素不相识的人吐露我们生活中的难言之隐,损失的不只是贵得离谱的咨询费。因为花了这笔钱,以及一些其他原因,每次见面我都三番两次地叫这个女人帕米或帕姆。"叫我帕米拉"不喜欢我这样叫,可我也不怎么喜欢她,所以就当扯平了。我老婆不想让别人知道我们的感情出了问题,但我觉得有些人可能已经有所察觉。大多数人就算不是次次都能看懂墙上预言厄运的文字,也能看出那是凶兆。

"出去过个周末真能挽救婚姻吗？"当"叫我帕米拉"给出这个建议时，阿梅莉亚这样问。我可不这样认为，所以在答应她之前我早就提出了我自己的二人世界计划。可现在我们到了这里……爬着礼拜堂的台阶……我不知道自己能否坚持到底。

"你确定要进去吗？"我说，在进去的前一刻停下了脚步。

"是啊，怎么了？"她问，仿佛听不到狗的低吼和风的呼啸似的。

"我不知道。感觉哪里不对劲——"

"亚当，这不是你最喜欢的那些作家写的恐怖小说。这是现实生活。也许是风把门吹开了？"

她爱说什么就说什么，但先前门不单单关着，还上锁了。这点我们两个都知道。

我们进入一个被上流人士称作"靴室"的房间。我放下包，脚的四周出现了一摊融雪。石板地看上去年代久远，后墙上有内置的储藏空间，里面是用来放靴子的粗木格架。还有一排排用来挂大衣的挂钩，上面空空如也。我们没有脱下满是雪的鞋子和外套，原因之一是这里和外面一样冷，但还有一个可能——我们对是否留宿似乎还没有定论。

有一面墙挂满了镜子，那种还没我手掌大的小镜子。它们个个奇形怪状，镶着复杂的金属框架，并用锈铁钉和粗麻绳随意固定。镜中想必有五十组脸望着我们，简直就像过去所有那些为维系婚姻而努力的我们齐聚一堂鄙视现在的我们。我有点庆幸自己认不出这些脸。要是认得出，此情此景我想自己恐怕不会喜欢。

屋内引人注目的陈设不止这一处。两头雄鹿的头骨和鹿角像战利品一样被固定在最远那面用石灰水粉刷过的墙上，曾经肯定长着眼睛的窟窿处伸出四根白羽毛。这东西有点奇怪，可我老婆却凑上前入迷地盯着看，好像在参观美术馆似的。角落里有一张陈旧的教堂长凳吸引了我的注意。它看上去像古董，而且布满灰尘，好像这里已经许久无人问津。就第一印象而言，这不是个好地方。

我还记得我和阿梅莉亚刚交往时的情形。那时我们情投意合——爱吃同样的食物，爱看同样的书，性生活也是我经历过的最棒的。在她身上，我看得到和看不到的一切东西都很美好。我们有非常多的共同语言，对生活也有共同的追求。或者说至少我以为是这样。如今她似乎另有所图，也可能是图别的人，反正那个变了的人不是我。

"你没必要在灰里画画来证明什么。"阿梅莉亚说。我凝视着她指着的教堂长凳上那个孩子气的小笑脸。我先前没注意到。

这不是我画的。

我还没来得及为自己辩解，外面的大木门就砰地在我们身后关上了。

我们两个猛地转过身来，但这里除了我们一个人也没有。整栋建筑物似乎都在颤抖，墙上那些小镜子在锈铁钉上微微摆动，狗也在呜咽。阿梅莉亚瞪大了眼睛望着我，嘴巴呈标准的O字形。我的大脑试图给出一个合理的解释，它就是吃这碗饭的。

"你先前觉得可能是风把门吹开了……可能风又把门吹关上了。"我说。阿梅莉亚点了点头。

我十几年前所娶的那个女人根本不会信这一套。但如今我老婆总是只听她想听的，只看她想看的。

石头

年度词语：

迷恋（limerence）名词 爱慕对方并不可自拔地渴望自己的情感得到回应而导致的一种不由自主的精神状态。

2007 年 10 月

亲爱的亚当：

我们相遇时的第一眼就有了某种感觉。

我说不准是什么感觉，但我知道你也有这种感觉。

在电力影院的初次相会别具一格。我们两个都是孤身一人来看电影，但我不巧坐在了你的座位上，于是我们攀谈起来，看完电影后还结伴离开。大家都以为我们疯了，觉得这种旋风式恋爱长不了，但证明别人错了总会给我极大的满足感。你也是如此。这是我们的诸多共同点之一。

我承认同居生活和我想象的不完全一样。向同居对象隐藏~~阴暗的一面~~真实的一面比较难，以前我只是过来做客时，你把各种杂物藏得还算隐秘。我给门厅起了个新名字——"故事街"，因为大量的手稿和书摇摇欲坠地堆在门厅两侧，我们得侧着身子才能通过。我早就知道阅读和写作是你生活的重要一环，但既然我也住在这里，我们可能得找个比诺丁山老排屋地下室的单间公寓大的地方。不过我还是感到心满意足。我已经习惯在我们这支二人管弦乐队中位居次席，而且对于这段感情将永远有你、我和你的写作事业三者这一点，我也接受了。

我们第一次大吵就是因为这一点，你还记得吗？我想自己本不该想当然地去翻你书桌的抽屉，但我只是在找火柴。我就是在那时发现了《石头，剪刀，布》的手稿，你的名字被整齐地用新罗马字体印在扉页上。当时公寓里只有我一人，而且还有一瓶美酒，于是我在那晚看完了全稿。从你回家时脸上的表情看，旁人还以为我偷看了你的日记。

但现在我想我明白了。那份手稿不单单是一部未卖出的小说，更像一个弃儿。《石头，剪刀，布》是你的处女剧本，却从未登上银幕。你和三名制片人、两名导演，以及一名一线演员合作过。你这么多年来改了一稿又一稿，却还是一直没拍成。你最喜欢的小说被人遗忘，只能待在书桌的抽屉里自生自灭，个中滋味肯定不好受，但我确信情况不会一直这样下去。我自此正式成为你的第一读者——一个让我深以为荣的角色——并且你写的东西也越来越出色。

我知道你更想看到自己写的故事拍成电影，而眼下拍的都是别人写的故事。因为某个地方的某个人觉得这些人的小说适合搬上银幕，你就要花大把的时间去看，对此我还是不太适应。但看到你像兔子消失在魔术师的帽子里那样消失在书中后，我开始学着接受现实：有时你有点只顾自己一连几天都不会再露面。

幸好，书是我们的另一种共同语言，不过我认为恰当地说，我们的品位不同。你喜欢恐怖、惊险和犯罪小说，而我对此毫无兴致。我总觉得那些写黑暗畸形小说的人肯定有严重的心理问题。我更喜欢美好的爱情故事。但我试着去理解你的工作——可即便如此，你宁愿把时间花在幻想世界里也不愿和我在现实世界里共度，有时还是挺令人伤心的。

我想这就是你说我们不该养狗时我火冒三丈的原因。自相识以来，我一直无条件地支持你和你的事业，但有时我也担心我们的未来实际上只会围着你转。我知道在"巴特西狗之家"工作不如做编剧那般光鲜亮丽，但我喜爱这份工作，它让我快乐。你不同意养狗的理由合情合理（你向来理性）。公寓小得离谱，而且我们两个的工作时间都很长，但我一直说可以把狗带去跟我一起工作。毕竟你会把工作带回家做。

我每天都能看到被弃养的小狗，但这一只与众不同。我一看到那团漂亮的黑色软毛，就知道它是我想要的狗。什么样的恶魔竟会把一只巴掌大的拉布拉多幼犬放在鞋盒里，然后丢进废料桶任其自生自灭？兽医说它不到六周大，当时我就气到不行。我知道被本该爱你的人抛弃是什么滋味。没有什么比这更糟了。

我想第二天就把这只小狗带回家，但你拒绝了，这是我们相识以来我第一次心碎。我原以为还有时间来劝你，可第二天下午，"巴特西"的一个接待员来到我的办公室说有人来领养这只狗。我的工作是对所有想要领养宠物的人进行评估，所以沿着过道走去见他们时，我暗暗希望他们不合适。在我的把关下，那些不会真正爱他们的家庭休想领养。

步入等候室后，最先映入眼帘的是这只小狗。他孤零零地蹲在冰冷的石板地中央，可真是个巴掌大的小不点。这时我注意到他戴着红色小颈圈和银色骨形胸牌。这说不通。我连潜在领养者的面还没见，他们不该表现得像是已经拥有这只狗似的。我把小狗从地板上抱起,想仔细看看反光的金属牌上的刻字。

你愿意嫁给我吗?

我差点失手把狗摔在地上。

我迄今都不知道当你从门后走出来时我是什么表情。我知道我哭了。我记得半个组的人好像都在透过观察窗看着我们。他们同样热泪盈眶,笑容满面。大家都知情,只有我不知道!谁想到你的保密工作做得这么好?

很抱歉我当时没有立即答应。我想你单膝下跪时我整个人都惊呆了。当我看到那枚镶着蓝宝石的订婚戒指时——我知道它曾属于你的母亲,我一下子激动得有些不能自持。而且大家都盯着我们看,让我感到无所适从。

"我想一切重大的人生抉择,最好都交给石头、剪刀、布来定夺。"我调侃道,因为我对你写作的信心丝毫不亚于对我们感情的信心,而且我觉得任何一个都绝不该放弃。

你笑了笑。"那么确定一下,我要是输了,就代表愿意?"

我点了点头,然后握起拳头。

我的剪刀剪了你的布,每次我们玩这个游戏都是这个结果,所以这次其实也没冒多大险。每次只要我赢了,你总爱认为是你让了我。

在我们恋爱的头几个月里,我嘲笑你使用的长词太多,你则反过来调侃我不懂它们的意思。

"我不知道这是迷恋(limerence)还是爱情"是你第一次吻我后所说的话。我回家后不得不查了查这个词。你偶尔说的那些稀奇古怪的事,以及我们词汇量的差距,使我们逐渐养成了睡前讨论"今日词语"的习惯。你的"今日词语"往往胜过我的,那是因为我有时也会让着你。也许我们可以来场"年度词语"讨论？今年的词语应该是"迷恋（limerence）"，我依然对这个词情有独钟。

　　我知道你认为词语很重要——鉴于你所选的职业，这在情理之中——但我近来意识到词语只是词语，是由一连串字母按照某种顺序排列而成的，而这种顺序在我们出生时被分配到的这门语言中。如今人们对遣词造句很随意。他们在短信或推文中胡乱用词，他们码字、不懂装懂、歪曲词意、错引语句、撒谎、欺骗和造谣。他们把剽窃来的东西四处散播。最糟糕的是，他们会忘了这一点。只有当我们记得如何感知词语的含义，它们才有价值。我们不会忘记的，是吗？我愿意认为我们拥有的不只是词语。

　　我很高兴发现了你藏在书桌里的秘密剧本，我也明白为何它对你的意义超过你写的其他任何东西。当时看《石头，剪刀，布》就像在窥视你的灵魂，这是你内心中不大愿意让我看到的部分，可我们不该对彼此隐瞒秘密或者自欺欺人。在你这个黑暗畸形的爱情故事里，男主人公每年都会在纪念日当天给老婆写一封信，即使在她死后也依然如此，这给了我灵感，于是我也开始写我自己的信。给你的信。一年一封。我不知道将来会不会与你分享这些信，但也许有一天，我们的孩子能从中读到我们是如何书写我们的爱情故事，并从此过上幸福生活的。

你未来的老婆
××

亚当篇

我刚才砰地把礼拜堂的门关上了。我不是有意把门关得那么狠,也没想到会弄出这么大的声响。我不知道为何我没有直接承认而是去怪风。也许是因为我对每五分钟就被我老婆训一顿感到厌烦了。

"靴室"里还有一扇门,就在那面小镜子墙的正中央。鲍勃开始挠门,在木纹上留下了爪印。继低吼之后,他又做了一件此前从未做过的事。

我犹豫要不要转动门把手,但当我决定转动它时,门打开了,露出一条长长的昏暗的过道。我们三个朝远处的另一扇门走去,石板地上的脚步声似乎在白墙之间回荡。我们穿过过道时,我眼前还是漆黑一片。不过我的手指摸到了一个电灯开关,打开后我发现我们在一间看上去平平无奇的厨房里。厨房很大,但看上去还是像家一样温馨舒适。要不是有拱形天花板、裸露的横梁和彩色玻璃窗,你绝对想不到这个房间曾是礼拜堂的一部分。

一个巨大的奶油色"雅家炉①"占据了最醒目的位置,周围是看上去价格不菲的橱柜。屋中央有一张看上去很结实的木餐

---

① 一种可以用于烹饪或取暖的炉灶。最初在瑞典发明与生产。一九五七年以后,大部分生产于英国。二〇一五年,英国 AGA 炊具制造公司被美国公司收购。

桌,四周摆放着修复过的教堂长椅。这就是人们在杂志里看到的那种厨房,只是所有东西都蒙着一层厚厚的灰。

餐桌上有东西吸引了我的注意。我上前一步,发现是一张写给我们的打印出来的字条。

亲爱的阿梅莉亚、亚当和鲍勃:
请把这里当成自己家一样别客气。
楼梯平台尽头的那间卧室已为你们安排妥当。冷柜里有食物,地窖里有酒,如果需要的话,可在后面的柴房里找到备用木柴。我们希望你们住得愉快。

"好啦,至少我们知道来对地方了。"阿梅莉亚边说边转动手指上的订婚戒指。她一紧张就做这个动作。她的这些小癖好我曾经都觉得很可爱。

"字条里的'我们'是谁?"我问。

"什么?"

"我们希望你们住得愉快。你说过是在抽奖活动中抽中了这个外出度周末的奖品,可这地方的主人是谁?"

"我不知道……我只是收到了一封电子邮件说我中奖了。"

"谁发的?"

阿梅莉亚耸了耸肩。"管家。她发来了旅行指南和一张礼拜堂的照片,背景是黑水湖。那张照片看上去可惊艳了。我迫不及待地想让你看看它白天的样子……"

"好的,但她叫什么名字?"

她耸了耸肩。"我不知道。是什么让你觉得这是个女人?男人也可以是清洁好手,只是你从来不干罢了。"

这种冷言冷语我就当没听见，我明白最好这样，但连我老婆都无法否认，这一切都诡异得不得了。

"我们现在到这里了。"她边说边伸出胳膊抱住我。这个拥抱感觉很别扭，好像我们对此已生疏了。"让我们试着尽兴一下。只住两三个晚上而已，以后可以把这当作又一桩趣事讲给我们的朋友听。"

我看不到别人脸上的表情，但她可以，所以我尽量不显露表情，忍住不挑明我们不再有任何朋友这个事实。就是那种我们共同结交的朋友。我们的社交圈已变得没有多少交集。她有她的生活，我也有我的。

我们把一楼的其他地方探查了一遍，发现这层基本上分为两个大房间：厨房和一间巨大的起居室。这间起居室看上去更像一个藏书库。定制的木头书柜贴着墙从地板直抵天花板——中间偶尔会露出彩色玻璃窗——而且所有书架都塞满了书。这些书摆放整齐，颜色也很协调，花这种心思的人想必手头的闲工夫不少。

一个设计精巧的螺旋式木楼梯赫然立于房间一侧的中央。房间另一侧有一个巨大的石壁炉，年深日久已满是煤灰，而且空间大到简直足以坐在里面。炉架上早已备好纸、引火物和木柴，旁边还有一盒火柴。我立马给壁炉生火——这地方冷得不得了，我们都快冻僵了。阿梅莉亚从我手中拿过火柴盒，先是点燃了哥特式炉台上的教堂蜡烛，然后把散布在房间各处的防风灯中找到的几根也点燃了。房间看上去感觉一下子温馨了许多。

凹凸不平的石板地——肯定在礼拜堂还是礼拜堂的时候就是这样——铺满了看上去年代久远的小地毯。壁炉两侧各有两个格子呢沙发，它们看上去颇受欢迎，已经又破又旧。沙发的座位和靠垫有凹痕，仿佛在我们来之前刚有人在那儿坐过。

我正要休息，其中一扇窗户却传来瘆人的敲击声和刮擦声。鲍勃汪汪直叫，我看见形似骷髅手的东西在敲打窗玻璃，心跳都快了起来。但那只是棵树，其似骨的秃枝在窗外狂风的吹打下不断撞击着这栋建筑物。

"为什么不放点音乐？也许能盖过风暴的声音？"阿梅莉亚说，然后我顺从地找到装旅行音箱的包。我手机里选的音乐要比她的好听得多，可这时我才想起来手机不在车里。我盯着我的老婆，怀疑她刚才是在考验我。

"我没带手机。"我说，真希望能看到她的表情。

我不喜欢跟人说脸盲症的事，即使对象是她。决定我们生活的因素很少是我们可以自主选择的。但有时候，当我看别人的脸时，他们的五官就开始像凡·高的画一样旋转。

"我想大部分时间外科大夫都很难把你和你的手机分开。你不小心把手机落在家里说不定是因祸得福。我的手机里有一些你喜欢的专辑，不要整天盯着屏幕，休息一下对你有好处。"她说。

但这个回答既拙劣又不符合事实。

今早离家前，我看见她把我的手机从杂物箱里拿走了。每逢长途旅行我都会把手机放在那里——在轿车或出租车里看屏幕我会觉得恶心——这点她是知道的。我看着她把手机取走放回家里。然后我就听她把谎一路撒到这里。

结婚这么久后，我不至于蠢到以为我老婆没有秘密——我当然也有——可我从未想到她会有如此行为。我不用看她的脸就知道她有没有跟我说实话。你爱的人撒谎时你是能感觉到的。我只是还不明白她为什么撒谎。

阿梅莉亚篇

我看着亚当给火又添了一根木柴。他的举止甚至比平时更奇怪,而且一脸倦容。鲍勃也显得无精打采,伸出四肢趴在小地毯上。他们两个一饿肚子就都爱耍脾气。我们带了很多狗粮——亚当老说我把狗照顾得比他好——但这无助于解决我们的吃饭问题。这趟旅行我不该只带饼干和零食。我本打算停靠的那家店因为暴风雪而提早关门,而在黑水酒店吃晚饭的备选计划也彻底没戏了——那个废弃的酒馆看上去像是多年都无人问津了。

"厨房里的字条好像说冷柜里有食物。我们不如去看看能找到什么?"我建议道,然后不等他答话就转身向厨房走去。

橱柜空空如也,我也找不到冷柜。

冰箱也是空的,甚至都没插上电源。还有台咖啡机,却没有咖啡豆或茶叶。这里甚至连锅都没有。我确实找到了两个盘子、两个碗、两个玻璃酒杯和两副刀叉,仅此而已。偌大的宅邸每样东西却仅有两个,这似乎有点奇怪。

我能听见另一个房间里亚当的动静。他放的是我们初遇时爱听的几张专辑之一,这让我觉得心情柔和了一些。那时的我们幸福快乐。有时我老公会让我想起单位的流浪狗,他是那种需要逃避现实世界的人。这大概就是他经常埋头写小说的原因。信任是馈赠他人最好的礼物之一，不仅免费，而且效果可能是无价的。我试着在个人生活和工作中按照这一原则行事。

上周，我在"巴特西"为一只叫伯蒂的可卡颇犬面试了三名领养者。第一名是一位快五十岁的金发女人。家庭环境稳定、工作好，材料没得说，可人就不怎么样了。唐娜没有按时赴约，却连半点道歉的意思都没有就在我的小办公室里坐下了，她穿着一身粉色的"泡泡糖"跑步服，用与衣服颜色相配的假指甲戳着手机。

"这要花很长时间吗？我跟人约好了一起吃午饭。"她说，头都几乎没抬。

"好吧，我们一向愿意同潜在的新领养者见面。我不知道您能否告诉我伯蒂身上的哪一点让你想要收养他？"

她一脸困惑，好像我要她解一个复杂的方程式似的。

"伯蒂？"她噘着嘴说。

"这只狗……"

她咯咯地笑起来。"当然，抱歉。我打算把他领回家后就给他改名为洛拉。现在人人都有一只可卡颇犬，不是吗？我看'照片墙'上到处是这种狗。"

"唐娜，我们不建议给年龄较大的狗改名。而且伯蒂是公狗。给他改名为洛拉就像我叫你弗雷德一样。我们聊完后，我会带你去见伯蒂，看看你们两个相处得怎样。不过恐怕你今天不能把他带回家。这个过程要分好几个步骤，这样我们才能确定合不合适。"

"我确定我没问题。"

"对狗来说合不合适。"

"可是……我连亲子套装都已经买了。"

"套装？"

"是的，从ebay上买的。《捉鬼敢死队》同款服装。一件给我，一件狗穿的迷你款的给洛拉。我'照片墙'的粉丝一定会喜欢的！它会变戏法吗？"

我拒绝了唐娜的申请。接下来两个来看伯蒂的人也被我拒绝了——虽然一人扬言要"找我的主管"，另一人拐弯抹角地骂我"傻逼①"。在我的把关下，那些不会真正爱他们的家庭休想得逞。

心碎和爱一样都是多种多样的，恐惧却是相同的。我并不羞于承认我现在担心的事情多得不得了。我想我这么怕失去——或者说离开——我老公的真正原因也许是我没有其他亲人了。我从来不知道真正的家庭该是什么样，我认识的人与其说是朋友不如说都是泛泛之交。要是难得遇到某个我觉得好像值得信赖的人，我会抓住不放。死死抓住。但我也有判断失误的时候。人生中有一些人我唯恐避之不及。

我从未见过我的父母。我知道我爸爸喜欢老式车，这或许就是我也有这个喜好的缘故，也是即使亚当抱怨个不停，我也舍不得放弃我这辆"小莫里斯"老爷车的原因。我发觉自己很难信赖新事物、新地方或新的人。我爸爸在我快出生时拿他的"名爵"老爷车换了一辆崭新的家用车。新的并不总意味着更好。由于在送我分娩的妈妈去医院的路上刹车失灵，一辆卡车猛地撞向了汽车的驾驶室，他们两人当场殒命。从另一个方向开车过来的医生设法在街边将我接生到这个世界。他称我是奇迹宝宝，并给我起名为阿梅莉亚，因为他对这名飞行员很痴迷。阿梅莉亚·埃尔哈

---

① 原文为"see you next Tuesday"，根据发音可简写为"C U Next Tuesday"，首字母连起来是CUNT，为羞辱性词汇。

特[②]也喜欢远走高飞。我十八岁前不断辗转从一个寄养家庭飞到另一个寄养家庭。

"我估计这里不常有人住。冷冰冰的，所有东西都蒙着灰。"亚当边说边出现在我身后，把我吓一跳。"对不起，不是有意吓到你的。"

他就是有意的。

"我没被吓到……"

我被吓到了。

"我只是开车开累了，而且我找不到吃的东西。"

"你找过这里吗？"他边问边向厨房角落里的一扇拱门走去。

"找过，但门上锁了。"我头也没抬地答道。亚当总觉得自己懂得比我多。

"没准儿只是把手有点硬。"他说，这时门吱的一声开了。

他按下开关，我赶上来时发现门后是一个看上去像步入式食品贮藏室的地方。但架子上放满了工具而不是食品。这里整齐堆放着一盒盒钉子、螺丝、螺帽和螺栓，以及不同型号的扳手和榔头，后墙上则挂着各种可供选择的锯子和斧头。这里还有一系列样式奇特的、我不认识的小工具，如小凿子、弯刀和一律配木柄的圆刃。这个潮湿阴暗的空间里只有一盏悬荡在天花板上的灯用于照明。这盏灯很难把底下的所有东西都照亮，但房间角落里的那个大冰柜是不可能注意不到的。它比我这个人还大，是那种可以在超市里找到的冰柜。而且它和那台冰箱不一样，从它发出的嗡嗡声我就已经知道是插着电源的。

我犹豫了一下才打开冰柜盖，但结果证明我的担心是多余的。

[②]阿梅莉亚·埃尔哈特（Amelia Mary Earhart），1897年出生于美国，第一位独自飞越大西洋的女飞行员。一九三七年在飞越太平洋期间失踪。

冰柜里装满了看起来像是一人份的自制冷冻餐食。每个铝箔餐盒都配有纸板盖，并用精美的连体字仔细做了标记。这里面肯定有一百多份一人份餐食，而且可供选择的种类很多：意大利千层面、意大利肉酱面、烤牛肉、牛排馅饼、面拖烤香肠[①]……

"吃咖喱鸡肉怎么样？"我提议道。

"听起来不错。现在就差酒了。幸运的是，我想我大概找到了地窖。"亚当说。

他在这堆工具里发现了一个手电筒，正用它照着石板地。这时我才意识到我们踩在脚下的一些巨型石板是旧墓碑。人们从前被葬在这里后，有人觉得应该纪念他们。但是年复一年的踩踏已经把刻在上面的名字磨掉了。

"就在这下面。"亚当边说边将手电筒照向一扇看上去年代久远的木制活板门。

我哆嗦起来，不仅仅是因为这间房莫名其妙地冷。

[①] 原文为 toad in the hole（蟾蜍在洞），一种英国传统美食，是将香肠放入约克郡布丁面糊中烘烤而成的。

纸婚

年度词语：

诡计（shenanigans）复数名词 隐秘或骗人的活动或花招。荒唐或闹腾的行为；恶作剧。

2009年2月28日——我们的一周年纪念日

亲爱的亚当：

今天是我们结婚一周年纪念日，就像你最爱的剧本里的人物一样，我正在如约给你写年度密信。我确信总有一天《石头，剪刀，布》会在好莱坞大获成功，就算我从不让你看我写的这些信，可一想到我们年老时可以回首我们的真实故事，还是很欢喜。

过去十二个月对我们来说就像坐过山车一样。在闰日这天结婚是我的主意，去苏格兰度蜜月则是你的主意。我还没发现世上有比苏格兰更美的地方。我希望我们可以经常去那里游玩。我升了职，也有人请你为英国广播公司的一个特别节目改写一个现代版的《圣诞颂歌》。我知道这不是你真正想做的，但佣金让人欣慰。在尝试了两次均失败后，你的写作事业慢慢枯竭。你老说这种事人人都会碰到，但显然你从未料到会发生在你身上。

我一直想要帮忙——看有关写作和剧本的书，以及自学写小说——你也总是让我看你写的东西。感觉融入其中我很开心。此外，除了是你的第一读者，我还开始编辑你的一些作品。在手稿各处随手写一些批注，对此你~~常常~~╱多半╱~~有时~~好像很欣赏。我真希望能帮上更多的忙。我对你和你的小说有信心。

嫁给编剧并不像人们以为的那样光鲜亮丽，在诺丁山的单间公寓里生活同样没那么令人向往。作为夫妻，我们每天早上做的事几乎一成不变。如果是平常的一天，你会按部就班地亲吻我的脸颊、起床、穿上睡衣、煮咖啡和烤面包，然后在公寓角落里你那张小小的书桌前坐下开始工作。你的职业好像有很多时候除了偶尔敲敲键盘外都是在~~做白日梦~~盯着笔记本电脑发呆。你喜欢早早开始工作，但这并不妨碍你深更半夜仍笔耕不辍。有时候你停笔好像只是为了睡觉或吃东西。但我不介意。我发现你极易感到乏味，而工作就是你最喜欢的解乏药。

如果是平常的一天，我会在床上熨烫我的工作服（我们没有熨板，因为没有地方来放而且实际上也不需要），然后穿上还热乎的衣服。我会把一些你煮完没喝的咖啡倒进我的保温杯，最后牵起鲍勃跳上我的老爷车去上班。在"巴特西狗之家"的每一天都是"把你的宠物带去工作的一天"。

但今天不是平常的一天。

今天是我们的结婚一周年纪念日，还是周末，我一醒来就看到一则令人激动的消息。

"他死了！"

"谁死了？"你揉着惺忪的睡眼问道。

你的声音比平常低一个八度，每次前一晚红酒喝多后你就会这样。你喝的酒开始比以往多了，可这种廉价酒似乎只会让你在深夜写作的怪圈中越陷越深。但我们买不起好酒。我们的那点生活费看着有点捉襟见肘了，这让我们俩总是睡不着。

我把手机直接放在你面前，让你能看到标题。

"亨利·温特。"

"亨利·温特死了？"你边说边坐起身来，开始有点注意听我说了。

我早就知道亨利·温特是你最喜欢的作家，你经常谈论他和他的书，还说特别想看到他的作品出现在屏幕上。这位上了年纪的作家因不愿出名而出名，他很少接受采访，并且二十多年来都是老样子：一个不苟言笑的老头，满头乱蓬蓬的白发，长着一双我见过的最蓝的眼睛。在网上为数不多的几张照片里，他都穿着粗花呢夹克衫并打着领结。我认为这是伪装，是他掩饰自己的人格面具。我对这个男人和他的作品没有你那般狂热，但这不会改变一个事实，即他是有史以来最成功的作家之一。他的凶杀悬疑和惊险小说在世界各国的销量已破亿册。他是文坛巨匠。~~只是大不友好。~~

"没有，亨利·温特活得好好的。"我很想补一句"真遗憾"，但还是忍住了。"那个人会活到一百岁。死的是他的经纪人。"

我盼着你给出我希望的那种反应，可你却只是打了个哈欠。

"为什么把我叫醒看这个消息？"你边问边合上眼钻回被窝。你三十来岁的年纪正当年，对自己的英俊越来越有信心。

"你知道为什么。"我说。

你不再假装不知道，但摇了摇头。"他从未同意把自己的书改编成影视剧。从未。他的经纪人死了也不会改变这一点，就算会改变，亨利·温特也绝不会同意让我把他的作品写成剧本，他这辈子都没答应过任何人。"

"好吧，要是这种态度的话，我承认你没戏。但守门人出局后,不该试一试吗?也许不喜欢这个主意的是他的经纪人呢?有些作家对经纪人百依百顺。想象一下要是他答应了会怎样。"

你的头发散落下来挡住了眼睛——总是忙着写作,连去理发店的时间都没有——所以我看不出你在想什么。但我也不需要。我们两个都知道如果你能让亨利·温特同意你改编他的一部小说,那将彻底改变你的职业生涯。

"我觉得该让你的经纪人安排见个面。"我说。

"我的经纪人很烦我。我帮他赚的钱不够多。"

"事实并非如此。虽说写作这种事没有定数,但你可是得过英国电影学院奖的编剧——"

"得奖都是好多年前的事了——"

"还有群星荟萃的履历——"

"后来我一个奖项也没被提名过——"

"还成功改编了一连串作品。见个面会有什么坏处呢?"

"那会有什么好处呢?况且,亨利·温特的经纪人刚死,这个可怜的男人大概还在悲痛中。这样做不合适。"

"不交这个月的房租也不合适。"

你对你崇拜的一些作家所抱的那种天真态度令我百思不得其解。你是我见过的最聪明的人之一,但你~~很容易上当~~总戴着玫瑰色的老花镜盲目乐观地看作家。能写出好书不见得就是好人。

我看得出,不改变策略我是赢不了这场论战的,所以我打开床头柜的抽屉,拿出一个棕色的小纸包裹。

我把东西放在床上,你问道:"这是什么?"

"打开看看。"

你小心翼翼地解开绳子,好像要把包装纸留下似的。我们两个小时候都没有多少称得上是自己的东西,我想我们这样的人长大后还是会有一点那种"修修补补勤俭度日"的心态。凑钱办婚礼是这一年的另一个挑战。场地不是问题——双方都没有家人,居住在伦敦的密友也屈指可数,户籍登记处的那一排排椅子基本上是空的。我很喜欢你母亲的那枚镶着蓝宝石的订婚戒指,它的尺寸正合适——好像本就属于我似的——我从未摘下来过,但当时还有婚戒、婚服和婚纱要买。结婚要花一大笔钱,可要是没多少钱的话,钱就是最宝贝的东西。

"是一只鹤。"你把这东西拿到灯光下时我解释道,也省得你再问这个礼物是什么。"纸是结婚一周年的传统礼物,所以上周夜里一只叫'折纸'的被弃养的鬈毛狗被丢在'巴特西狗之家'的门前时,我有了这个想法。我观看网上的视频自学了折纸,之所以选择纸鹤是因为它象征幸福和好运。"

"它……很可爱。"你说。

"听说会带来好运。"

我很清楚一旦你知道这一点会更喜欢它。你是我见过最迷信的人。你会和喜鹊打招呼,不敢从梯子下方走过,看到有人在屋里撑伞就吓破了胆,但我其实非常喜欢这些行为。我觉得很可爱。好运也罢,噩运也罢,只要是运气你都会当真。

当你把这只小纸鹤默默塞进钱包时,我微微一笑。你会永远把它留在那里吗?我不知道,但我希望如此,我喜欢这只纸鹤的寓意。如果出现更幸运的东西再说。

"我没忘。"你说,"我只是没想到我们要在今天庆祝。严格来说,我们的周年纪念日要等到二〇一二年。"

"是这样吗?"

"嗯,我们是在二〇〇八年二月二十九日结的婚。今天是二十八号。再过三年才是闰年。"

"没准儿那时我们都已经死了。"

"或者离婚了。"

"别说这种话。"

"对不起。"

你近来非常忙。你忘了这事,我并不感到惊讶。况且你不过是个男人,忘记纪念日是你们的本性。

"你只好弥补我一下了。"我说。

然后你把手悄悄伸进我的睡裤里。我想我不写下来你也会记得我们之后做的事。我没有跟你说,但我许了个愿。要是明年这个时候我们有了孩子,你就知道愿望成真了。

我知道这个周末你得工作——就算赶上我们的结婚纪念日也不行——而且这套单间公寓在最好的情况下也只够勉强容纳三个住户,所以我留你在家写东西,留鲍勃在家睡觉,自己外出到城里过了一下午。我很享受独自一人无人陪伴的乐趣,所以我从不介意你也要独处。我在考文特花园一带逛了一会儿,然后在国家肖像陈列馆待了两三个小时。我喜爱看馆里的那些面孔,可那里是我们永远不可能一起去的地方。由于谁都认不出来,白天出来对你来说有点枯燥乏味。

当我回到家时,我们这套在地下室的小公寓点满了蜡烛,你连烟雾报警器的电池都取了出来。

咖啡桌(我们没有地方放置餐桌)上摆着两个盘子、两副餐具、两个玻璃杯和一瓶香槟酒。我们最喜欢的印度餐馆的外卖菜单靠在酒瓶上,旁边有一个写着我名字的信封。在你和鲍勃的注视下我打开了信封。

结婚纪念日快乐!

这是写在信封外面的。里面的几个字有些捉摸不透:

他答应了。

"这是什么意思?"我问。你的笑容和眼神已经告诉我答案了,我只是不敢相信。

"你正在看着史上第一位受托改编亨利·温特小说的编剧。"你说,那笑容满面的样子就像一个刚进了制胜一球的小男生。

"你是认真的吗?"

"几乎一如既往。"

"那让我们开香槟吧!"

"我想你的幸运纸鹤让我揽到了这个活儿。"你边说边砰地拔出瓶塞给玻璃杯斟满酒——我们没有那种细颈香槟杯。"我经纪人打电话跟我说亨利·温特想和我见面,这太出乎意料了。我一开始还以为在做梦——因为你今天早上才提议这么做的——但这不是梦,是真的!我今天下午和他见了面。"

我们碰杯庆祝。你抿了一口,而我喝了一大口。

"然后呢?"

"我经纪人给了我一个位于伦敦北区的地址,叫我必须在一点钟准时到那里。外面有扇巨大的门,得有人按蜂鸣器给我开门,然后这个女人,我想是管家之类的人,领我来到一个藏书库。这就像是身处亨利·温特的犯罪小说,我当时有点希望灯灭掉,然后有人用烛台袭击我。但这时他走了进来,真人比我预想的矮一点,但穿着粗花呢夹克衫并打着蓝色领结。他倒了两杯威士忌——后面又倒了很多杯——然后我们就聊了起来。"

"然后他让你把他的书改编成剧本了?"

你摇了摇头。"没有,他一次都没提。"

听你这么说,我的兴奋之情减退了一二。

"我们只聊了他的小说,所有小说。他问了很多关于我的问题……还问到了你。我给他看了你给我折的纸鹤，那是他唯一一次露出笑容。整个下午都如此梦幻，好像是我编出来的似的，但就在我离开半小时后，我经纪人再次打来电话说亨利想要我改编他的处女作——《二重身》。如果亨利满意的话，他说我可以卖出去！如此诡计（shenanigans）多端！"

"'二战'后就没人再用过诡计（shenanigans）这个词了。"我调侃道。"也许这可以成为今日词语，甚至年度词语？"

然后我哭了。

你认为这是幸福的泪水，至少一部分是。

"我真为你骄傲。"我说。"如今一切都将改变，你会看到的。一旦你写下亨利·温特作品的首个改编本，电影公司就会纷纷登门求你给它们写剧本。"我补充道，知道事实就是如此。然后我们再次碰杯，我将杯中的香槟酒一饮而尽。

我们把这瓶酒喝完了，然后用我最喜欢的方式庆祝了一番——一天两次！好几份手稿因此遭了殃，可公寓里没多少空间，我们没法去卧室里做。从某种程度上说，感觉今晚像是我们人生中最美好的一晚。但此刻你已进入梦乡，我却毫无睡意——和往常一样。我们结婚以来，我第一次有了一个不能让你知道的新秘密。我不确定究竟能否告诉你这个秘密。我们从千丝万缕的机遇中编织人生，没有人想要一个千疮百孔的未来。可我担心你要是知道亨利·温特是因为我的缘故才把书委托给你，我们的感情可能就走到尽头了。

我觉得这封信现在还不能跟你分享。也许有朝一日可以。

献上我全部的爱
你老婆
××

阿梅莉亚篇

亚当一把将这扇快要散架的活板门拉开。一串石阶向下延伸而去，他毫不犹豫地迈开步伐。

"小心点。"我在他身后喊道，他却笑了起来。

"别担心，我想很多老礼拜堂都有地窖。再说情况能坏到哪儿去呢？除非这是个秘密地牢，里面是最后一批囚徒腐烂的尸体。这至少能解释这种气味的由来。"

我待在原地，一直听着他的脚步声，直到他消失在视野里。手电筒的光忽隐忽现，后来也消失了。

万籁俱寂。

我意识到自己屏住了呼吸。

但这时传来亚当的咒骂声，接着底下亮起一盏灯。

"你没事吧？"我问。

"没事，手电筒熄灭时头一下子撞上了低矮的天花板。大概需要换新电池了。但我找到了电灯开关。另外很高兴告诉你——这下面没有幽灵或滴水怪兽，只有满架子的酒！"

亚当微笑着走出来，手里拿着一瓶落满灰尘的红酒，宛如一个胜利归来的探险家。我找来一个开瓶器，然后我们抿了一口就断定二〇〇八年酿制的"杜埃罗河岸"葡萄酒乃佳酿——即使我们两个都不是自诩懂酒的人。有人说婚姻就像酒一样,历久弥新,但我觉得这全取决于葡萄的质量。肯定有一些年份的比其他年份的味道更惬意,而且如果可以的话,我早把它们装瓶存放了。

我喝了一杯酒,我们也吃了饭,于是我逐渐放松下来。这份冷冻的咖喱鸡肉餐在用微波炉解冻后出人意料地可口。在这个更像是藏书库的起居室里,随着我们在炉火前推杯换盏,我能感到自己松弛起来。舒心的嘶嘶声和噼啪声催人入眠,火苗似乎在摇摆跳跃,投射的阴影笼罩着这个满是书的房间。

外面的暴风雪变得更猛烈了。雪还在下,风也在呼啸,炉火前的沙发却暖洋洋的。鲍勃在我们脚边的小地毯上轻轻地打着呼噜,也许是旅行后的疲惫,也许是酒劲,但我感到异常……满足。我的手指逐渐向亚当的手指靠拢——我记不清我们上次触摸彼此是什么时候——可我的手突然停了下来,仿佛怕被烫到似的。亲热好比弹钢琴,疏于练习就会忘记怎么做。

我能感觉到他在盯着我看,只好继续低头看自己的手。我想知道他望着我时看到的是什么,模糊的五官?一个熟悉却无法界定的人形?我的样子对他来说和其他人的完全一样吗?

和一个你记不起的人结婚十年是漫长的时光。

关于这次出来过周末我没有对他完全说实话。很多事情我都没有完全说实话,有时我觉得他是知道的。但我对自己说这不可能。我们试过夜间约会,也试过婚姻咨询,但是在一起的时间多了并不总等于分开的时间少了。悬崖近在咫尺时,不可能看不到崖底的岩石,就算我老公不清楚整件事情,他也知道这个周末是修复裂痕的最后一次努力。

他不知道的是,如果事情没有按计划进行,我们两个人中只有一人会回家。

亚当篇

晚餐后我们一声不吭地坐着。这份冷冻咖喱餐没我预想的那样糟糕，酒更是好很多。我还想再来一杯。我注意到沙发上阿梅莉亚的手离我的很近。我有一种无法抗拒的冲动，想牵她的手。我不知道自己是怎么了——亲热在我们的婚姻中已经无故缺席很久了。就在我刚要牵她的手时，她却把手缩回到腿边。鉴于这个周末的真正目的以及我打算做的事，或许没牵成反而更好。

我凝视着巨大的壁炉里舞动的火苗，思绪纷飞，不禁想到了其他事情。主要是工作上的事。过去十年里，我已将亨利·温特的三部小说改编成电影，每一次改编我都引以为傲。获准写这些剧本是我职业生涯真正的转折点，可我已经很久没和此人说过话了。我不知道为何此时会想起他。大概是这个房间的原因，它更像藏书库而不是起居室，他应该会非常喜欢。

我眼下没有项目要做。我对经纪人发给我的任何工作好像都打不起精神，我不知道是否该重新开始写我自己的东西。我已经打算一阵子了，但信心早就荡然无存。也许眼下正是时候——

"要是你暂时不打算忙别的事情，也许可以从你自己的剧本里找一个再看看。"阿梅莉亚的话打断了我的思绪，好像她能听到我在想什么。我恨她总能猜到我的心思，女人究竟是怎么做到这一点的?

"现在不是时候。"我答道。

"那个你写了好多年的东西怎么样?也许值得再看看呢?"

她连我最喜欢的剧本的名字都记不得。我不知道为什么这个态度让我备受困扰,但事实确实如此。她过去对我工作的兴致要大得多,而且好像真的关心我的写作事业。如今她那种漠不关心的态度造成的伤害特别大。

"我经纪人说有部新的八集惊悚片我可能会感兴趣。还是改编小说,但是部很老的小说……"我边说边回过头看着所有这些书柜。"没准儿其中一个搁板上就有一本。"

"我们说好这个周末不工作。"她厉声说道,毫无幽默感可言。

"我是在开玩笑,而且是你提起的!"

"那只是因为我听到了你的想法。况且你摆着那张怅然若失的脸,你心不在焉时就是这种表情,就算坐在我旁边也一样。"

我看不出她的表情,可我反感她的语气。阿梅莉亚并不明白。我得时刻写故事,否则现实世界会变得太吵闹。近来我好像无论说什么都会惹她生气。我话太少她会愠怒,但张口说话感觉就像蹚雷区。我必败无疑。我没有和她说过亨利·温特的事,因为这也是她明白不了的事。亨利和他的书一度对我来说不只是工作,他成为能替代父亲角色的人。我不认为他有同样的感觉,可并不是必须彼此都有感觉才是真情实感。

风把彩色玻璃窗吹得咯吱作响,但不管是什么声音,只要能压过我脑海中无比吵闹的想法,我都感激不尽。我不想让她听到这些。我的手还是闲不下来——我不再想牵她的手,可我的手指离开了手机感觉就是累赘。我从口袋里掏出钱包,在皮夹层中找到了这只皱巴巴的纸鹤。这只傻里傻气的旧折纸鸟总给我带来好运和安慰。我拿着它好一会儿，也不在乎让阿梅莉亚看到我这个举动。

"这么久以来我一直随身带着这只纸鸟。"我说。

她叹了口气。"我知道。"

"我在亨利·温特的伦敦豪宅第一次见他时就给他看了。"

"我记得这事。"

她的声音烦闷痛苦，这让我也有了同样的感觉。她的所有往事我也都听过，可没有一件是特别刺激的。

我真希望人能更像书一些。

如果一部小说看到一半觉得没意思了，大可就此打住找本新的来看。电影和电视剧也是如此。没有人会说三道四，你也不会觉得内疚，如果不愿告诉旁人，甚至不必让他们知道。但对象若是人，往往必须坚持到结局，可惜不是每个人都能从此过上幸福的生活。

雪变成了冻雨。愤怒的雨滴大颗大颗地砸在窗户上，如泪珠般沿玻璃流下。有时我想哭却不能哭，因为这与我老婆想象中的我不符。我们人生故事里的主角由谁扮演全由我们自己负责，而她挑选了我扮演她的老公。我们的婚姻是一场海选，我不确定我们两个是否配得上各自拿到的角色。

她的脸模糊不清，无法辨认，五官如怒海狂涛般翻滚回旋。我感觉像是坐在一个陌生人而不是我老婆旁边。我们整天待在一起，这让我感到幽闭恐惧。我是那种需要空间和一点独处时间的人。我不明白她为何非得如此……让人喘不过气来。

阿梅莉亚一把将纸鹤从我指尖处夺去。

"你活在过去的时间太长，该把注意力放在未来了。"她说。

"等等，不要！"我喊道，可她还是一把将我的幸运符丢入火中。

　　我瞬间起身冲出格子呢沙发，为取回这只鸟差点烧伤手。除了有一边烧焦了外，其他地方完好无损。就这样吧。到此为止。如果说先前我还不确定，现在已毫无疑问了，我数着时间等待这一切彻底结束。

棉婚

年度词语：

咆哮屋（growlery）名词 心烦意乱时用来寻求庇护或慰藉的地方。可在里面咆哮的私室或小天地。

2010年2月28日——我们的两周年纪念日

亲爱的亚当：

又过了一年，又一个周年纪念日，而且这个纪念日过得很开心！自从卖出亨利·温特小说的首个改编剧本后，你工作上的忙碌达到了前所未有的程度。在拍卖会上买下它的好莱坞电影公司为这一百二十页剧本付的酬劳是我十年都挣不到的。这好不可思议，我真为你高兴，可也为我们感到难过，因为我们现在相处的时间越来越少。你现在似乎~~不那么~~根本不需要我参与你的工作或给你的工作提建议。但我理解。我真的理解。

过去十二个月对你来说变化巨大，但可惜对我来说不是。我们还是没有孩子。不过你信守承诺为我们的周年纪念日抽出了一些时间——这在最近几个月里一度成为不可想象的事——使我们出去过周末得以成行。你安排邻居照看鲍勃，嘱咐我收拾行李并带上护照,却不告诉我要去哪里。我在诺丁山的一家慈善商店里淘到一条名牌连衣裙,然后用满是狗毛的牛仔裤做了交换,我还花大价钱买了一支新口红。

我们刚离开公寓,你便叫来一辆黑色出租车,开启出去过周末庆祝周年纪念日的旅程。我以为这辆计程车会带我们去圣潘克勒斯车站……或机场。但在伦敦的全天候交通高峰中兜兜转转三十分钟后,我们停在了汉普斯特德村的一条住宅街上。汉普斯特德村是你最喜欢的伦敦区域之一,大概是因为亨利·温特在这里有一座房。这个街区是超级富人区,但我不觉得吾等小民来这里还需要护照,所以我很纳闷你为什么会嘱咐我带上。

在向司机付了车费和一笔不菲的小费后,我们拖着大包小包钻出车来到人行道上,然后你把手伸进了口袋。

"那是什么?"我问,注视着你手中这个体积虽小却包装精美的礼物。用丝带打的蝴蝶结非常漂亮,我不禁怀疑这是别人帮你打的。

"结婚纪念日快乐。"你咧开嘴笑着回答道。

"我们应该到周日才交换礼物——"

"哦,真的吗?那我收回来吧。"

我一把抓住这个漂亮的包裹。"我现在看到了,所以还是打开吧。我希望是棉织品。这是熬过两年婚姻的传统礼物。"

"我想应该是庆祝,不是熬,而且我才知道自己娶了一个如此苛刻的人。"

"不,你早就知道。"我边说边小心地撕下包装纸。

一个小巧的天鹅绒盒展现在眼前——那种装珠宝首饰的盒子——还是我最喜欢的绿松石色。我想我当时有点希望是耳环,可当我打开盒盖时,发现是一把钥匙。

"假如这条街上的房子任你住,你会挑哪栋?"你问。

我抬头凝视着我们面前这栋维多利亚时代的独立对称式老房子。它的红砖外墙爬满了看上去像是紫藤枝和常青藤的植物。凸窗的玻璃碎的碎,用木板封的封。这正是那种待修房——漂亮却残破。我不禁注意到屋外的"已售"标牌。

"你是认真的吗?"我问。

"几乎一如既往。"

我感觉自己就像一个拿到巧克力工厂钥匙的孩子。

前门是和天鹅绒盒一样的绿松石色,而且不久前粉刷过,与房子的其他部分俨然不同。当用这把钥匙打开门后,我哭了——我不敢相信我们竟然有了一幢房子,要知道这么久以来我们连一套狗屎般小小的单间公寓租着都很吃力。

屋内的景象和从街上看到的外景一样破败。整个房子散发着潮气,地板东缺一块、西缺一块,墙纸脱落,老旧的装置和设备布满灰尘和蜘蛛网。松散的电线从天花板上的窟窿里悬垂下来,那里想必曾经挂着吊灯,部分墙面上还有涂鸦。可我早已爱上了它。我穿梭于各个明亮宽敞的房间,这些房间都空无一物但充满各种可能。

"你自己装修过吗?"我问,你却笑了起来。

"没有,我以为也许你可以。我知道需要下点功夫——"

"下点?"

"可不这样的话,我们永远也买不起。"

"我很喜欢。"

"是吗?"你问。

"是的。我给你的只是一双袜子。"

"好吧,挺扫兴的……"

"至少我的礼物是用棉做的。"

"第几年送砖？我们可以等到那时……"

我的焦虑之情溢于言表，将我们的兴致一扫而空。"我们真能买得起吗？"

你用微笑掩盖谎言和犹豫，可我还是看出来了。你向来喜欢斟酌一番再做答复，既不说大话也不说空话。

"能，这一年好事连连。我有点忙得无暇享受，但我觉得该开始过我们一直梦寐以求的生活了。你说呢？我想我们可以慢慢翻修……一些活儿我们可以自己做。把它改造成我们自己的咆哮屋（growlery），让这里成为我们永远的家。"我提醒自己要查"咆哮屋（growlery）"这个词。"要是你觉得一楼合意，可以去楼上看看。"你说。

我摸着老旧的楼梯木扶手往上走，步子迈得小心翼翼——生怕在昏暗中一下踩到哪个破台阶而崴伤脚踝。这里的蜘蛛网更多，几乎满是灰尘，但我已经想象出有朝一日这里会有多美。而且我向来不畏劳苦。

我跟着你沿着楼梯平台走到一间大卧室前。看到里面铺得整整齐齐的床——整个房子唯一的家具——我惊叫了一声。地板上的冰桶里还有一瓶香槟酒。

"床单是百分之百的埃及棉。你瞧，我没忘。结婚纪念日快乐，赖特夫人。"你边说边将我搂入怀中。

"其他卧室是什么情况？"我问。

"嗯，我想咱们动手把它们填满，好吗？"

我们在这里一连待了三天，除了散步和吃饭外一刻也没离开过。感谢你给了我一个美妙的周末，一个无比快乐的结婚纪念日，感谢你成为我的今生至爱。我打算把所有闲暇时间都用来翻修这座房子，把每间屋都装潢一番，直到这里成为那个我们俩都梦寐以求的永远的家。很难想象比此时此刻更称心如意是什么感觉。

献上我所有的爱
你老婆
××

阿梅莉亚篇

很难想象比此时此刻更伤心难过是什么感觉。

我不是故意要把纸鹤丢进火里,我只是……气昏了头。这不怪我,是他先弄得我失去了理智。我看着他把纸鹤悄悄塞回钱包,然后抬头看着我,眼里只有恨意。

"对不起,我不知道自己为什么会那样做。"我说,但亚当没有接话。

有时我觉得自己就像每天上班时看到的那些被弃养的宠物,因为我老公动不动就消失在他的文稿中,把我抛在脑后,彻底忘了。每年的这个时候我的工作都很棘手。但凡买小狗作为圣诞礼物的人,往往到了情人节时却发现不想养一辈子。一只叫"幸运"的德国牧羊犬这周被送了过来,可惜他的胸牌上没有地址。我很想找到他的主人把他们抓起来。"幸运"在雨天被人拴在灯柱上,严重营养不良,饥肠辘辘,浑身湿淋淋的,而且满是跳蚤和污垢。兽医说他的伤只可能是长期遭殴打造成的。这只可怜的老犬一点也不"幸运",亚当放在钱包里的那只纸鹤也一样,不过是荒唐的迷信。

"我不知道你为什么总有这么大的火儿。"他说。

他的话让我的火更大了。

"我没发火。"我说,声音听上去是有火儿。"只有我一个人在努力维系这段感情,对此我已经厌倦了。我们不再说话。这就像和室友而不是老公一起生活。我每天的生活,我工作的情况,或者我的感受,这些你从没问过。从来只会问晚饭吃什么?或者我的蓝衬衫在哪儿?或者你看到我的钥匙了吗?我不是家庭主妇。我有自己的生活和工作。你让我觉得自己很不讨人喜欢、没人爱、毫无存在感,还有……"

我很少哭,此时却怎么也停不下来。

亚当如今鲜少表露深情,仿佛已不记得怎样表达,但这时他做了一件最不可思议的事。他搂住了我。

"我很抱歉。"他轻声说道。我还没来得及问具体为哪件事道歉,他就吻了我。吻得恰到好处。他用双手捧着我的脸,我们刚在一起时就是这样接吻的,只是后来的生活让我们有了隔阂。

我感觉自己脸颊通红,好像吻我的是一个陌生人而不是我老公。

我已变得善于为做最利己的事心生愧疚。愧疚这种情感一旦出现就很难消除。有时我觉得得像从酒店退房那样退出生活。要我签什么我就签什么,交还我现在所过生活的钥匙,然后找个新地方。安全的地方。可也许还有值得留恋的地方呢?

"这一天真够长的,我想我们两个都有些累了。"亚当说。

"我们可以上楼,找到那间卧室,今晚早点休息?"我建议道。

"要不先再来一杯酒怎么样?"

"好主意。我把盘子拿出去,然后把那瓶酒拿来。"

我不明白他要是还想喝的话为何会把酒瓶落在厨房里,但我也不介意去取。这是数月来我们之间最亲密的举动。音乐已经停了,我能听到风见缝插针般地从礼拜堂墙壁的缝隙处呼啸而入。

石板地冷冰冰的，我穿了袜子的脚似乎感到阵阵刺痛。我急切地想回到暖和的隔壁房间，但彩色玻璃窗上有东西引起了我的注意。当我仔细看时，它们好像确实很不寻常。窗户上没有宗教图绘，只有一张张不同颜色的脸。

这时其中一张脸动了一下，我惊呆了。

接着我尖叫了一声，因为窗户上的这张白色的脸是真的。有人在外面，正直勾勾地盯着我。

亚当篇

"怎么了?"我边问边跑进厨房。

我听到东西摔碎的声音,然后阿梅莉亚便尖叫起来,此时我注意到她把红酒瓶摔在了地上。石板地上到处是碎玻璃片,我一把抓住鲍勃的颈圈不让他踩上去。"出什么事了?你还好吧?"

"不好。外面有人!"

"什么?在哪里?"

"那扇窗户。"她边指边说。

我走过去凝视着外面的夜色。"我什么也没看见——"

"好吧,他们已经走了。我一叫他们就跑了。"她边说边开始捡玻璃碎片。

"我去外面看一下。"

"别去!你疯了吗?我们身处荒郊野岭,谁知道外面会是谁?靠!"

她的手指被瓶子的一块锋利的碎片割破了,而一看到血我就恶心。我可以写出各种恐怖的影视剧桥段,但一来到现实生活,我就怂了。

"给你。"我边说边递给她一张干净的手帕。

我将阿梅莉亚搂入怀中紧紧抱住,距离近到足以闻到她头发的味道。那熟悉的洗发水香味勾起了我对幸福往事的回忆。我看不到漂亮的脸蛋，但我始终觉得自己似乎有识别内在美的天分。每当想起我们初遇的那个晚上，我依然能清清楚楚地记得她的一举一动，记得我当时有多想多了解她一点。我向来相信我对人的直觉，在这方面我很少出错。见面几分钟我就能看出此人是好是坏，时间和生活往往证明我是对的。几乎一直如此。

"我来清理。"我边说边走到一旁，在打开的第一个橱柜里找到了簸箕和刷子。

"你怎么知道在那里？"她问，我犹豫了一下才回答。

"只是蒙对了而已。你没事吧？需要吸入器吗？"

阿梅莉亚患有哮喘，有时一些极其稀奇古怪的事也会导致急性发作。她有一次看中了商店橱窗里的一件粉色大衣，为此她攒了数月的钱买下了它。可刚穿了一次，第二天价格就降了一半，她气得直接犯病。阿梅莉亚向来是那种数着钱过日子的人，即使现在已经没有这个必要了。

"我当初真的希望这个周末能过得圆满。"她说，听声音像是要哭了，"现在感觉一切都没有按照计划进行——"

"你看，这地方有点吓人，我们又喝了些酒，都累了。你觉得会不会是你的臆想？"

我用的是哄小孩子的语气，或者说哄那些不喜欢书被改编为电影剧本的、难伺候的作者的语气，但她还没爆发我就看出不该这样做。

"不，这绝不是我的臆想。确实有一张脸。就在窗户外面，直勾勾地看着我。"

"好吧，对不起！"我边说边把碎玻璃倒进垃圾箱，"长什么样？"

"是一张脸!"

"男的?女的?"

"我不知道,一切都发生得太快了……我和你说过,我一叫人就跑了。"

"也许是那个神秘的管家?"阿梅莉亚注视着我却没有答话,"怎么了?"

"要不我们给管家打个电话告诉他们有人在外面?"

"你觉得他们会怎么处理?"我说,可她没在听,而是一直在找手机。

"太好了。"她说,找到了手机。

"没有信号?"

"连一格都没有。"

鲍勃似乎厌倦了我们的争论,他溜达着出了厨房,然后沿着走廊去了"靴室",我们就是从那里进来的。突然他开始朝礼拜堂老旧的木门低吼,龇牙咧嘴、颈毛高竖,这时我们才注意到他离开了。自从来到这里,这是我们这只老犬第三次做出与性格截然不符的事了。

"就这样。我去外面看一下。"我边说边穿上外套。

"请千万别出去。"阿梅莉亚悄声说,好像有人能听见我们说话似的。

"别犯傻了。"我一边对她说一边给狗的颈圈系上牵引绳。"我有鲍勃保护。是不是,小伙子?"

听到自己的名字,鲍勃不再吼叫,而是用力摇起尾巴。

"鲍勃是世界上最不靠谱的守护犬,他连羽毛都怕!"她说。

"没错,但那些人不知道。要是有人在外面,我会把他们吓跑,然后我们可以再开一瓶酒。"

我一打开门雪就吹了进来，凛冽的寒气冲击得我喘不过气来。鲍勃发疯般地狂吠不止，即使使劲拽着牵绳，我也快控制不住他了。门外漆黑一片，起先根本什么都看不清，但当我们朝夜色眨了几下眼后，很快就惊恐地明白为何这只狗会如此不安。就在门外不到几英尺远的地方，有好几双眼睛正盯着我们看。

皮婚

年度词语：
书贼（biblioklept）名词 盗窃故事的人；偷书人。

2011年2月28日——我们的三周年纪念日

亲爱的亚当：

我觉得大多数夫妻都是独自庆祝结婚纪念日的——也许是在一家特色餐厅订一张双人桌吃饭——但你和我并不是。今年不是。今晚，我们与几百个陌生人一起度过了我们的纪念日，感觉就像所有人的目光都在我们身上。

我从未见过像你这样痛恨聚会的人，可你近来似乎频频参加。我不是说你不合群，我对你如此害怕聚会的原因心知肚明。一群人聚在一起而你却认不出任何一张脸，这样的聚会麻烦重重。所以去伦敦塔桥参加一场盛大的电影界聚会无异于蒙上眼睛步入一个满是自大狂的雷区，几百号~~自以为是的~~人都觉得你应该知道他们是谁。

"赖特先生，请直接入内。"门口的迎宾小姐柔声说道，露出灿烂的笑容，手里拿着一块看得人眼花缭乱的写字夹板。

我看到她根据用各种颜色标记的名单仔细核实其他人的名字，只是对你而言没有这个必要。大家现在都知道你是谁——一个入行不久的后起之秀。编剧这个行当比的是谁能笑到最后。你从前落魄潦倒的时候这些人连看都不看你一眼，但现在有了卖座大片傍身——多亏了亨利·温特的小说——他们都想做你的至交。目前是这样。

你开始邀我参加大型聚会、活动和颁奖礼，无非就是让我耳语一声找我们讲话的人是谁，以免你因认不出该认识的人而难堪。这点我并不介意。我还挺喜欢这种场合的——和你不同——偶尔打扮一番、做做头发、再穿一次高跟鞋很有趣。整天和狗一起工作不大需要这样的装扮。

我们现在已经轻车熟路。在听你说了好几年制片人、监制、导演、演员和作者的事情后，我早就想象过他们的样子。但现在我知道他们在现实生活中都是什么模样，我们多次在这样的晚会上和你那个圈子里的人聊天。我和他们没有多少共同之处，但发现谈论书和影视剧根本不是什么难事——人人都喜欢好故事。

我很期待第一次目睹塔桥内部是什么样，能免费畅饮香槟和享用米其林星级大厨制作的高级小吃仍是难得的幸事。可一看到宾客名单上有亨利·温特的名字，我顿时打起了退堂鼓。我们与陌生人一起过纪念日的真正原因从那一刻起昭然若揭：你希望撞见亨利然后劝他再让你改编一本书。你已经问过两次了。我叫你别去求人，可你总以为自己最谙世事偏不听。靠写作轻松谋生绝非易事。

我们到达时，塔桥在伦敦夜空的映衬下灯火辉煌。聚会已进入高潮，我们上方是沉闷的音乐节拍和笑声，下方是昏暗的泰晤士河轻柔的拍打声，二者你来我往，互不相让。我们一从电梯涌出踏上顶层，我便知道这将是个有趣的夜晚。这地方比我想象的要小，只是一条挤满电影人的长廊。一名服务员端着一托盘香槟酒挤过来，我很高兴帮他减轻了两杯的负担。以防万一，我今早验了孕，所以我知道这酒但喝无妨。我已不再每月跟你说一次这个坏消息，你也不再问了。

"结婚纪念日快乐。"你轻声说道，然后我们碰了杯，你抿了一口。

我连抿了好几口，将细颈杯里的香槟酒喝得只剩一半。我发现酒精有助于消除我的社交焦虑，我每次参加这样的活动还是会感到焦虑。这里的人都知道你是谁。你还在拼命想达成的都只是你对自己的期望。可我从来不觉得自己能融入这些人，也许是因为我跟他们合不来。我更喜欢狗。我又抿了一口酒，然后便做起我来这儿要做的事，敏锐地扫视房间，双眼搜寻着你的眼睛看不出的东西。

今天早上我们交换了纪念日礼物。我送给你一个肩背皮包，上面凸印着你姓名的首字母，金黄色的。这些年来我一直见你把那些宝贝手稿装在难看的包里随身携带，所以这看起来像是一个合适的礼物。你给我的礼物是我先前看上的一双齐膝皮靴。我觉得自己可能已经过了穿它们的年龄——三十二岁——可你显然不这么认为。今晚我第一次穿上它们，而在乘出租车去参加聚会的路上，我注意到你盯着我的腿看。觉得自己被人欣赏，这种感觉很棒。

"来了。"我对他耳语道，我们此时正沿着满是宾客的廊道前行。

"好事，坏事，还是麻烦事？"你问。

"坏事。那个上个月想要你改编那部犯罪小说的制片人……

你拒绝那人后她就翻脸不认人了。莉萨,琳达,莉兹?"

"莉齐·帕克斯?"

"是的。"

"靠,每次聚会都有扫把星。她看上去气还没消吗?"你问。

"还在气头上。"

"她看到我们了吗?"

"肯定看到了。"

"该死。那个女人把作家当作工厂,把他们的作品当作一罐罐烘豆。要改编的甚至都不是她的书。她活脱脱一个书贼(biblioklept)——"

"红色预警。"

"莉齐,亲爱的,你好吗?你气色真不错。"你说,这种嗓音你只有和小孩或自以为是的人说话时才会用。但愿你永远不会用那种嗓音和我说话,否则我会难过的。

你们亲吻了彼此脸颊边的空气,我对你这种高情商的行事风格惊叹不已,就好像你有一个开关,而这个开关我显然未曾见过。你参加聚会时判若两人,变得人见人爱:有魅力、会恭维、脑子活、受欢迎,是众人关注的焦点。这和我知道的那个腼腆、寡言、日日消失在他新翻修的相当可爱的写作小屋里的男人截然不同。这就像在看演出。各个版本的你我都爱,但我更喜欢我的亚当,那个只有我能见到的真实亚当。

"来了。"我再次耳语道,在此之前我享用了一只烹饪得无可挑剔的扇贝,这只扇贝上面浇有少量豌豆泥,被盛放在一枚小海贝上,需用小银勺食用。

"这回是谁?"你问。

此人我认识。"内森。"

我看你和他握了手，然后便听你们谈起了工作。他是主办这场聚会的电影公司的老板，是那种一直在房间里四处应酬的人。他不断东张西望，看看还能或还该找谁搭讪。他是一个喜欢消遣别人的人，总是以扫别人的兴为乐。你介绍了我，而在他的注视下，我感觉自己有些畏缩。

"那你是做什么的？"他问。

这是我讨厌的问题。倒不是因为答案，而是因为别人的反应。

"我在'巴特西狗之家'工作。"我强颜欢笑道。

"哦，天哪。挺好的。"

这么多人对动物残忍或者不负责任，我怎么会好，但我决定不做解释。我还觉得最好无视他那种居高临下的口吻。我懂得要始终以礼待人：凡事留一线，日后好相见。幸好谈话就此结束，主办人也离开了，碰到这种事双方向来会这样做。终于没人来打扰我们了。

"有他的踪迹吗？"你悄声说道。

我没必要问是谁。"恐怕没有。我们去另一边看看好吗？"

我们顺着第二条廊道行进，这两条悬浮通道连接着这座著名大桥上的两座塔楼。底下的泰晤士河和伦敦城灯火通明，景致蔚为壮观。

"现在看到亨利了吗？"你再次问，而当我说没看到时，你看起来难过极了，就像一个和自己的梦中女孩约好见面却空等一场的小男孩。

这里有一支无形的队伍，队伍里的人整晚都在准备冲向你，等着机会向你问好：有想和你合作的制片人，有后悔以前对你不客气的监制，还有想要变成你的其他作家。我的脚开始感到疼痛，所以当你提议早点离开时，我很高兴——同时也很惊讶。

你叫了一辆黑色出租车，而我们刚坐上后座，你就吻了我。你的手摸到了我新皮靴的顶沿，然后顺着我腿间的裙底向上滑去。我们一到家，你就开始在门厅脱我的衣服，直到我全身上下只剩这双靴子。在刚翻修过的楼梯上做爱还是第一次。我还能闻到清漆的味道。

随后，我们在床上喝威士忌酒，谈论今晚的聚会和所有我们遇见的人：既有好事，也有坏事，还有麻烦事。

"你还像结婚的时候一样爱我吗？"我问。

"几乎一如既往。"你调皮地咧开嘴笑着回答，这是你最爱说的话之一。你长得如此英俊，我能做的唯有哈哈大笑。

我也几乎一如既往地爱你。但我没有提过我今晚好几次看到亨利·温特，他穿着自己的标志性粗花呢夹克衫，打着领结，布满皱纹的脸上挂着一副奇怪的表情。他比官方照片上看起来要老。他的浓密白发、蓝眼睛和极其苍白的皮肤让人觉得有点像是撞见了鬼。这位你最喜欢的作家一直盯着我们的方向看，不停跟着我们在聚会上转悠，拼命想引起你的注意，这些我都没告诉你。

三年的时光，这么多的秘密。

你是否也有事情瞒着我呢？

献上我所有的爱
你老婆
××

阿梅莉亚篇

当礼拜堂门外的羊开始咩咩叫时,亚当大笑起来。他将鲍勃——还在发疯似的汪汪直叫——拽回屋里的场景,连我都觉得很难不笑。

乍看到这么多双眼睛盯着我们的方向看时,感觉像是恐怖片里的场景,但是通过亚当的手电筒很快发现,在礼拜堂外面鬼鬼祟祟打探的只不过是我们早些时候开车经过的那一小群羊罢了。它们尾随我们来到这里,可能是希望有人能给它们东西吃。在黑暗中,它们的身体和厚厚的白雪融为一体,自从我们来到这里,茫茫白雪便覆盖了万物,所以我们看得见的唯有它们的眼睛。

"我们总有一天会觉得此事很可笑。"亚当边说边又把外套脱了。

对此我没那么大把握。

我一直穿着夹克——我冷得不得了——并看着他用一把巨大的旧钥匙锁上了前门。我之前从未见过这把钥匙,可我太累了,也许它一直就在那里,只是我没注意到。这么长时间以来我一直在筹划这次旅行,我迫不及待地想外出度假,差不多是逼他来这里的,可现在我异常地想家。

亚当自认是遁世者。他与笔下的人物待在写作小屋里时最快乐。由于迷失在大脑想象的世界里不可自拔，他有时会很难找到回来的路。我发誓要不是因为我，我们绝不可能去任何地方。他以我们的家为傲，我也一样，但这并不意味着我们就永远不该离开那里。这座位于汉普斯特德村的维多利亚时代的独立对称式房子离他长大的廉租公房区很远，但亚当并未对人说过他的这段经历。他不只改写自己的履历，他还删除履历。

我有时觉得自己和伦敦的这个富人区格格不入，可他却很自在，纵使他十六岁就辍学去影院打工，虽野心勃勃，普通中等教育证书却没拿几个。但谁都喜欢努力的人，况且亚当从不知何为放弃。我们家隔壁的隔壁是一名话剧导演，右邻是一名新闻播音员，左邻是一名获得过奥斯卡奖提名的女演员。这有时还挺令人不安：担心遛狗时我冷不丁就会撞见谁。与我老公不同，我和这些靠自己奋斗出人头地的邻居没什么共同之处。倒不是我对向上流社会爬的人有什么偏见——我向来认为你的人生爬得越高，风景越美丽。可有时他的飞黄腾达让我觉得自己一事无成。亚当如今功成名就，而我在很大程度上还是初稿，或者说半成品。

这时他亲吻了我的额头。这个吻非常温柔，像是父母关灯道晚安前给孩子的吻。近来他屡屡让我觉得自己好像不够好。但也许我一直在释放自己的不安全感。也许他确实还是关心我的。

"没必要感到尴尬。"他说，这让我担心自己可能一直在自言自语。

"为什么事尴尬呢？"

"臆想窗户那里有张脸，然后把那瓶蛮好喝的酒摔碎了。"他冲我微微一笑，我也勉强回敬了一个微笑，这时他说："你只是需要放松一下。"

每次我老公叫我放松，往往会适得其反。我什么也没说——

就算说了他也不会把我的话当真——可我不认为窗户那里的脸是我臆想的。我不像他，我自始至终都活在现实中。我很清楚自己看到了什么，十拿九稳的那种，看来我是摆脱不了这种被监视的感觉了。

萝宾篇

屋里的那个女人刚看见萝宾,后者就从礼拜堂的窗户前退了回来,只是为时已晚。当她开始尖叫时,萝宾拔腿就跑。

已经很久没有人来黑水了。她已经一年多没有在这里看到任何不速之客了,偶然见到的远足者除外——如今该带的装备他们似乎都带了,但还是迷了路——而且山谷里一直有很多鹿和羊。但没有人。这里偏僻荒凉、人迹罕至,游客通常不会来,连当地人都晓得不要靠近。黑水湖和湖边的这个礼拜堂从她记事起就名声在外,而且从来不是什么好名声。

幸好,萝宾喜欢独处,也不怕鬼魂。活人一直是她更担心的,所以自从那两位访客和他们的狗到来后,她就一直在监视他们。

萝宾知道将有暴风雪来袭,所以当他们开车经过她位于道路尽头的小茅屋时,很令人意外。她没想到竟有人疯狂到在这种天气下上滨海公路或冒险走山路。萝宾没有电视机,但广播里多次传来警报,而且看窗外天色这种事不是非得气象学家才能做。连日来乌云密布、寒气逼人,正是大雪降临的前兆。萝宾已在苏格兰高地生活了好几年,她知道不能相信这里的天气,它有自己的节奏,毫无规律可言。暴风雪来临前,当地人都会赶紧做好准备,采取必要的防范措施,因为他们凭以往的经验知道可能会因此被困在屋里好多天。精神正常的人绝不会在这个时节来这里。除非他们想要与世隔绝。

萝宾从她小屋的窗口往外看，她躲在临时悬挂的帘子后面，发现有访客驾车驶近时整个人都惊呆了。这是一辆薄荷绿色的老爷车，看上去好像应该出现在博物馆里而不是道路上。他们竟然一路来到了黑水，这究竟是奇迹还是不解之谜，萝宾一时间也无法确定。

她看着他们继续沿着道路朝礼拜堂驶去，最后把车停在紧挨湖边的地方，很危险。外面一片漆黑。风越刮越大，雪下得很猛，可那些访客好像对危险浑然不知。礼拜堂离她的小屋仅几步之遥，所以她在保持距离的情况下尾随他们，以便看个仔细。

萝宾看着他们钻出了车，也很高兴看到那只巨大的黑犬从行李箱里跳下来。她一向喜欢动物，可羊并不是最适合做伴的。就算隔了好几米，她也觉得那个男人看上去又累又不开心，不过话说回来，长途旅行往往确实会对人产生这样的影响，他们俩看上去像是都经历过一段长途旅行。这对夫妇和他们的狗向这座古老的礼拜堂走去，却发现门上了锁且无人迎接，而这段时间萝宾一直纹丝不动地站着。他们两个好像都冻得够呛，也很灰心丧气。得有人放他们进去。

那个女人便是驾车的人，萝宾对她整个人都很着迷：她身上的时髦衣服、金色的长发和精致的妆容。萝宾好多年没穿过新衣裳了，她穿衣是为了保暖和舒适。她衣服的材质无一不是棉、羊毛或粗花呢。她习惯整日穿着一套老掉牙的工装裤，里面是长袖T恤衫，脚上会穿两双针织袜子来保暖。萝宾如今有一头花白的长发，如果蓬乱的头发过于影响生活，她会自己剪短。她红扑扑的脸颊是寒风造成的，不是因为涂了腮红，她甚至记不清自己以这副模样生活已有多久了。

萝宾眼看他们走了进去,便在礼拜堂四周转悠,透过彩色玻璃窗往里看。她好像能听见他们在说什么,但耳畔的风声盖过了他们的话。她的层层大衣起了作用,但她还是受到了寒冷的影响,也无法战胜好奇心。自从上次住在这个地方的人离开后,这里已蒙上了一层灰,但是这对访客好像很快就把这里当作家了。他们点燃蜡烛,升起为他们准备的柴火,还热了一些食物,喝了点酒。那只狗懒洋洋地趴在小地毯上,而这对夫妇一度差点牵起手。从外面往里看,这场景很浪漫。但表象可能具有欺骗性,这点大家都知道。

他们看上去一点也不害怕。

她不知道这是不是他们在一起的缘故。如果不必独自面对,这个世界可能看上去就没那么可怕了。不过话说回来,人生是一场选择的游戏,萝宾的一些选择便是错的。她现在会承认这一点,虽然只能对自己承认,因为已经无人可诉说。看着这对夫妇开始在礼拜堂内休息,她知道他们也做了糟糕的选择。来这里大概就是这些选择中最糟糕的。

阿梅莉亚篇

"怎么了?"亚当说。这个问题我老公经常问却不是真的想知道答案。

"没事。现在怎么办?"我答道,此时我们站在靴室里面面相觑。我突然看见墙上小镜子里我的影像,便扭过脸去。这地方对我来说有点太像《爱丽丝梦游仙境》里的场景,就差一只白兔子了。

"我本来盼着再来一杯酒,可你摔了酒瓶,这下泡汤了……"亚当说。

"好吧,你说过地窖里全是酒。大不了再开一瓶……"

"是的,确实如此,但该你下去了。"

"什么?"

"一旦你发现没有什么好怕的,就不会胆战心惊了。"

对他的逻辑我恐怕不敢苟同,但我骨子里确实是女权主义者,无论什么事,只要我老公能做到,那我也能。所以,虽然不愿下地窖,但我也会去。除了拿些急需的酒,也要表明一种态度。

我注意到亚当在我们回厨房的途中将我们身后的每扇门都关上了,好像想把什么东西挡在外面。虽然我敢肯定他只是想把暖气留在里面。我们到达食品贮藏室后，他一把将地上的活板门拉开，那股潮湿的霉味顿时扑鼻而来。

"那是什么？"我问。

他耸了耸肩。"湿气？"

这比我以前遇到的湿气刺激得多。

"把手电筒递给我。"我说。

"已经彻底没电了，但下面有个电灯开关。开关在右边，你一下到底就能找到。"

他把活板门撑开，我开始沿着石阶向下走。由于没有扶手，我只能摸着墙壁走。这里不仅冷，还很湿。用"黏"来形容可能更准确。我的手指摸到了开关，然后天花板上一个丑陋的荧光灯管亮了起来，射出瘆人的绿光。灯管发出的嗡嗡声异常地让人舒心。

亚当说得没错，没有鬼魂或滴水怪兽，但这地方给人的感觉确实阴森森的。一切都是用看上去年代久远的石头砌成的——墙壁、天花板、地面——而且这下面非常冷，我都能看见自己的哈气。我数了数，发现墙上嵌着三个生锈的金属环，至于它们曾经的用途，我尽量不去想。我看见远处一架架的酒，便急忙上前，想赶紧回到上面去。有些酒瓶满是尘垢，根本看不清标签，但我还是发现了一瓶看上去像是"马尔贝克"的葡萄酒。

这时灯灭了。

"亚当？"我喊道。

我上方的活板门砰的一声关上了。

"亚当！"我尖叫道，但他没有应声，我眼前一片漆黑。

萝宾篇

无论是黑暗、暴风雪，还是黑水礼拜堂不时发生的怪事，萝宾从来不怕。不过和这些访客不同，萝宾时刻准备着。

今天早些时候，她去了每月要去一次的镇上，采购所需的一切物资。这趟穿过山谷的旅程来回仅用了一个多小时，因为购物从来不是萝宾特别喜欢做的事。她与人打交道的能力略显生疏，长期独自生活会使人变成这样。生活中的孤寂她已学会承受，但如今偶尔张口发出的奇怪声音仍会令她心神不宁。所以她往往闭口不说话。

害羞和不友好不是一码事，只可惜大多数人看不出区别。

她的那辆路虎老爷车也曾辉煌过——有点像它的主人——即便碰上最恶劣的天气，它至少很好开，也很可靠。所谓的"镇"其实只是最近的村庄。这个叫"空林"的寂静之地位于荒凉的苏格兰海滨，差不多只有几座房子和一家"本地商店"。这家店同时也是邮局，即使在最好的情况下也只备有必需品。大家知道暴风雪将至，都开始抢购东西，很多货架已空空如也。新鲜的水果和蔬菜全卖光了，面包和厕纸也都没了。她搞不懂人们为何要囤积厕纸。

萝宾抢到了最后一品脱牛奶、一些奶酪、几根火柴、蜡烛和六罐"亨氏"意大利圈面。她家里已经存有至少二十罐"亨氏"焗豆，还有满满一橱柜"德尔蒙"柑橘罐头，以及足以供一所小学所有学生喝的超长保质期的盒装牛奶。她的饮食选择与暴风雪无关。萝宾爱吃罐装食品。她向来喜欢把足量的罐头整整齐齐地摆在家中，以确保自己短期内不会挨饿。

她把货架上最后几罐婴儿食品添入篮中。收银台后面的那个女人在扫描前停顿了一下——每次都这样——而在她犀利的目光下，萝宾有些畏缩。在人们的记忆中，她一直在这家店买婴儿食品，但大家不会蠢到去问她孩子的事。人人都知道她没生过孩子。

这名收银员的胸牌上写着"PATTY（帕蒂）"。这个名字以及这个女人的脸让萝宾想起了生肉饼[①]，顿感恶心。帕蒂五十来岁，但老式的衣着和红色的围裙使她显老。她留着男孩般的邋遢金发，肤色蜡黄，亮晶晶的双目下有黑眼圈。萝宾注意到这个女人无缘无故地倒吸了一大口气，可这个动作似乎只会凸显她下巴上低垂的赘肉。帕蒂是一个沉湎于恶毒八卦和顾影自怜的人。萝宾不是故意要评判这个正在评判她的女人，她倾向于避开粗鲁或不友善的人，而从她目睹的情况看，帕蒂同时属于这两类人。这个女人把刻薄像徽章一样佩戴在身上，是那种会写一星书评的人。

萝宾想过打声招呼——知道这是"正常人"的做法。但如果有可以检验友善的"石蕊试验"，帕蒂显然次次都通不过。因此，即使萝宾有时很想攀谈，看看自己还能否与人交流，她也不想和帕蒂这种人说话。

[①] patty 在英语中有肉饼之意。

萝宾回到小屋时，已经断电了，屋里又黑又冷。这屋不大——一间两室的小石屋，屋顶用茅草覆盖，厕所盖在屋外。但这间小屋是她的。而且差不多就是她现在的家。这间小屋是两百多年前人工搭建的，供管理礼拜堂的牧师居住，那时礼拜堂还是按它本来的用途使用的。厚厚的白石墙壁中有几面已有部分剥落，露出深色的花岗岩砖。制造这些砖头的工匠的指印在两个世纪后依然可见。想到没有人会彻底消失，萝宾就会很振奋。我们都会把身体的一小部分留在人间。

从前，萝宾的母亲有时候会睡在这间小屋里。那是多年以前的事了，当时萝宾还只是个孩子，而家里的事情……很麻烦。她母亲有一把钥匙，每次她需要逃离或躲避时就会来这里。她是个外表悲伤内心快乐的女人。她热爱唱歌、烹饪和缝纫，拥有把一切事物——包括她本人在内——装扮得漂漂亮亮的无比神奇的本领。甚至这间悲伤的小屋也不例外。萝宾会随她一起来这里——她在任何争吵中都站在她母亲这边——然后她们会一起坐在炉火前，以无言的方式安慰彼此，等着这一次的婚姻风暴平息。这个破烂不堪的地方成了她们两人的庇护所。她们把这里布置得温馨舒适，有自制的窗帘和软垫、照明的蜡烛和保暖的毛毯。但这一切在多年后萝宾回来时早已不复存在，就像萝宾的母亲一样，只剩下尘封的记忆。

茅草屋顶的铺设时间比墙壁的砌成时间晚一些，但也不是没有窟窿，不过可等到天气转暖后再修补。天气定会转暖，因为这是不变的规律。这是萝宾长大后对人生的感悟：无论她多想让时光倒流，地球也不会停止转动，岁月也不会停下脚步。有一点她很不明白：人们为什么只有在时光流逝后才明白要活在当下。

萝宾没有多少家具。她的床是用在路边找到的一套木托板做的，不过由于有一层厚厚的羊毛毯和自制软垫，这张床出人意料地舒适。装有壁炉的那间房里——她大部分时间都待在那里取暖——有一张一条腿摇摇晃晃的小桌子，还有一把她从格伦科峡谷的一个废料桶里救回来的旧皮扶手椅。对萝宾来说，拥有属于自己的东西比它们的外观或来历更重要。她刚来这里时没带多少东西，只有一个装满她最喜爱物品的手提箱。萝宾把其他一切都抛下了。

小屋里的盘子、餐具、杯子和玻璃器皿都是从她去过的苏格兰高地的咖啡馆和酒馆那里借来的——有些可以说是拿来的。萝宾从不认为把这些脏兮兮的物品悄悄放进包里是偷窃，因为她总会留小费。她有一次拿走了一家茶馆的客人登记簿，不过她也不清楚自己为什么要拿这个。也许里面那些手写的友善的话让她觉得没那么孤独。萝宾在把钱花光前收集了所有她需要的东西，而并非所有她想要的东西，但这是另一个故事了。她剩下的钱仅供紧急情况使用，而眼下当然属于紧急情况。

由于不会很快来电，她点了几根蜡烛，然后在炉架里生了一小把火取暖。接着她把一罐烘豆拴在火焰上方。冷天吃热食很重要，而且这也不是萝宾第一次在暴风雪天自己做饭吃。罐头吃完后，她会把它洗干净，在上面刻上两只眼和一个微笑，然后作烛台使用。她的小家里到处是罐头脸。有开心的，也有伤心的，还有愤怒的。

她戴着不配套的烤箱手套将罐头从炉火上取下，然后直接从里面取食热乎乎的豆子。这样吃既节省时间也不用洗餐具。吃完饭后，她打开一罐婴儿食品，用勺将里面的东西舀进碗里。她知道他饿了就会吃。

萝宾轻手轻脚地坐到那把旧皮扶手椅上。她在室内戴着露指手套,但手还是冻得够呛。她往火里又扔了一根木柴,然后在她的羊毛衫口袋里找那只木烟斗,把它当老朋友一样紧握着不放。这东西并非一直是她的——也是她借来的。有时摸摸它就够了,但今晚不行。她把它和一个圆圆的小烟草盒拿了出来。这是一只拉特雷牌烟斗,产自苏格兰,和她的出生地一样。一只典型的"黑天鹅"。

她拧开盒子,捏出三撮烟草,小时候他就是这样教她的。感觉就像是把巢筑好后又付之一炬。几缕烟丝因为手抖落在她的腿上,然后就被遗弃在那里。她划火柴时看到了自己干燥的皮肤和被咬过的指甲,所以她暂时闭上了双眼,不让自己看见,同时享受着她盼了一整天的烟斗味和尼古丁带来的那种飘飘欲仙的感觉。

萝宾凝视着远处的礼拜堂。她从窗口往外看,那里的灯还亮着。和她的小屋不同,礼拜堂还有电,因为礼拜堂的主人遭遇过太多次苏格兰的暴风雪,于是在几年前安装了一台发电机。别看他们现在顺风顺水。她边听广播边等待,她很擅长等待。只要有耐心,生活中的诸多问题都会有答案。她就这样坐着等,即便烟斗空了,火燃尽了,也没动过。广播里的声音在她听来就像老朋友一样熟,他们说这场暴风雪已造成多起交通事故。萝宾怀疑这些访客并不知道他们安然来到这里实属九死一生般的幸运。当她再次扫视窗外时,发现礼拜堂一片漆黑,她觉得访客的好运可能要到头了。

也许好运已彻底耗尽,这一点只有时间才能证明。

这时萝宾听到有动静,黑暗中传来轻微的脚步声。装婴儿食品的碗已经空了。碗被舔得干干净净,这让她很开心。无论何种形式的陪伴,陪伴就是陪伴。

阿梅莉亚篇

我觉得自己疯了才会有这种想法,但我觉得地窖里不止我一人。我在黑暗中眨眼,转动身体,却什么也看不见。在我的想象中,墙正在向我逼近,我觉得我听见有人在暗处低声念我的名字。

阿梅莉亚。阿梅莉亚。阿梅莉亚。

我的呼吸很快开始失控。我感觉胸口发闷,仿佛有重物在压迫我的肺,我的喉咙也开始收缩,好似有无形的手在掐我。

这时上方的活板门打开了,但我还是什么也看不见。

"你还好吧?"黑暗中传来亚当的声音。

"不好!出什么事了?"

"我不知道。我猜是断电了。我刚放下门灯就灭了,很抱歉。试着往台阶走。"

"我……喘不过气来了!"

他不仅听见了我的话,也听见了断断续续的话之间我粗重的呼吸声。

"你的吸入器呢?"他喊道。

"不……知道。手提包。"

"包在哪里?"

"不记得了。厨房……餐桌？"

"在那里等着。"他说，说得好像我有得选一样。

我从小就有哮喘——被烟不离嘴的人养大，以及住在贫民区的公寓里想必无助于改善病情。不是所有的养父母都为孩子着想。我的哮喘如今已没有那么严重，但是在一些情况下还是会发作。被困在黑暗的地窖里看来是诱因之一。我缓缓前进试图找到出去的台阶，可我的手指只摸到一堵湿漉漉的墙和一个冷冰冰的金属环。这让我不寒而栗。要是手电筒还有电，或是带了手机就好了。我想起上面藏书库里的那些蜡烛，真希望现在就有一根，但接着我想到了用来点蜡烛的火柴盒。它还在我口袋里。

第一根火柴几乎刚划着就灭了——这是个旧火柴盒。

我用第二根火柴试着找方向，但还是看不到台阶。我在拼命呼吸，以让足够的空气进入肺部。

我划着的第三根火柴短暂照亮了一部分墙面。我看到墙上都是抓痕，像是曾经有什么人或东西想拼命爬出这里。

我试图保持冷静和呼吸连贯，可这时火苗烧到了我的指尖，我一下将这最后一根火柴丢到地上。

一片漆黑。

接着我又听到了那个声音。有人在低声念我的名字。就在我身后。

阿梅莉亚。阿梅莉亚。阿梅莉亚。

我几乎处于屏息的状态，可我无能为力，觉得自己要晕过去了。无论往哪个方向看都是黑漆漆的。这时我听到了抓挠声。

亚当篇

找阿梅莉亚的吸入器所花的时间长得离谱。

她的哮喘很少发作,但我向来认为应该做最坏的打算。生活让我有了这样的认知,我也因此过上了好日子。寻找我老婆的手提包从来不是件容易的事——即使对她来说也是如此——而猜她会把手提包落在漆黑一片的陌生建筑物里的什么地方是需要时间的。可我知道她没有时间了。最终我摸到了皮包,找到包里的吸入器,然后急匆匆地回到活板门。鲍勃已经开始用爪子挠木板,我能听到阿梅莉亚的呼喊声。

"你得找到台阶。"我说。

"那你觉得我在试图……做什么?"

她喘不过气来了。

"这样吧,我下来。"

"不!不要,你会……摔倒的。"

"别说话,集中精神呼吸。我来了。"

我缓慢地摸着路,每次只迈一步,阿梅莉亚慌乱的呼吸声在黑暗中指引着我。我发现她不在该在的地方,而是靠在对面的墙上,于是将吸入器放进她颤抖的手中。她摇了摇,接着我听到她吸了两口的声音。这时来电了,天花板上的荧光灯管一闪一闪地又亮了,将地窖笼罩在幽灵般的光线下。

"肯定有发电机。"我说,但阿梅莉亚没有答话而是依偎着我,于是我将她搂入怀中。我们就这样待了很长时间,我对她产生了一种奇怪的保护欲。

我本该心怀愧疚,但我没有。

阿梅莉亚篇

他搂住我,我没有反抗,我在等着呼吸恢复正常。我想起婚姻咨询师在我们第一次咨询时间的问题。"叫我帕米拉。"——这是亚当给她起的绰号——说起话来总是一副胸有成竹的样子,但我承认,当我发现她本人离过两次婚时,对她的信任也减少了几分。你们觉得婚姻的意义是什么?我记得她是怎样柔声细语地抛出这个问题,也记得亚当的回答。婚姻不是中奖的彩票,就是约束衣。①他觉得这句话很好玩。我不觉得。

他吻了我的额头,动作轻柔,好像生怕我会崩溃。但我比他想的要坚强,也要聪明。那个吻感觉冷漠空洞,聊以慰藉罢了。

"我们把这瓶酒带上床喝怎么样?"他边问边拿起那瓶"马尔贝克"酒,同时牵起我的手,领我出了地窖。有时如果无法确定靠自己不会迷路,最好还是跟着别人。

图书起居室的中央有一个环形木楼梯,所通往的地方——在这里还是礼拜堂时,应该是二层的楼座。我想木建部分都是原来就有的,从外观看无疑如此,每走两步就发出的嘎吱嘎吱的响声颇为夸张。鲍勃冲在前面,小跑着上了楼梯,好像他知道

---

① 约束衣(straightjacket),原指用坚韧材料制成的衣袖很长的衣服,用作限制穿戴者上肢活动,目的是保护他人或阻止自我伤害。

要去哪里似的。

用石灰水粉刷过的石墙上有一张张照片，我们经过时我忍不住定睛看了看。这一系列镶框的黑白相片从楼梯底部一直蜿蜒至顶部，就像一个家谱相册。有些照片经过长年累月的日晒已失去生气，几乎完全褪了色，但那些较新的照片——离二层较近——保存完好，甚至有点眼熟。不过我不认识照片中的脸。而且问亚当也没用，他连镜中自己的脸都认不出。我注意到少了三个框，它们曾经悬挂的地方留有失色的方形印痕和赭色锈钉。

楼梯中间铺设了一块用金属条固定的红地毯——与楼下冰冷的石板地俨然不同——接着楼梯豁然变宽，通向狭窄的楼梯平台。我们面前有四扇门。这些门全都紧闭，而且看起来一模一样，除了其中一扇门的把手上挂了一个"危险！禁止入内"的红色标牌。门前有一个格子呢狗篮和一张打出来的字条，这张字条和我们刚来时在厨房里发现的那张很像。

卧室里不得养狗。

请务必遵守（please）。

我们希望你们住得愉快。

"Please"这个词好像是临时加的，另起一行，有点柔中带刚的意思，但也许是我多心了。鲍勃嗅了嗅这张床，然后摇着尾巴心满意足地坐下来，好像这就是他的窝一样。我的狗不像我这样患有分离焦虑症，而且和我不同，他随时随地都能睡着。

"好啦，他已经没问题了。先前的那张字条是不是说其中一间卧室已为我们安排妥当？"亚当说。

"是的，但我不记得是哪间。"

"要搞清楚只有一个办法。"

他逐一推了推门，结果都上了锁，直到最后一扇才打开，开门时那夸张的嘎吱声和上楼梯时的声音如出一辙。加上外面狂风大作，这声音足以让任何人胆战心惊。

"这地方真得用些WD-40润滑剂。"亚当边说边打开灯，我也跟随他进了房间。

眼前的景象令我大吃一惊。

这间卧室看上去和我们家的别无二致。倒也不是毫无区别——家具不一样，但床上的枕头、毛毯和被套一模一样。墙壁也被漆成了完全一样的色调："珐柏"涂料公司的"鼹鼠呼吸色"。几年前我突然把家重新装潢了一遍，我永远不会忘记当时亚当有多讨厌这个色调。

我们俩站在原地愣了一会儿。

"我搞不清楚我看到的是怎么回事。"我嘀咕道。

"我觉得确实有点像我们的——"

"有点？"

"嗯，我们伦敦的家没有彩色玻璃窗。"

"这太奇怪了。"

"我们也没有落地大摆钟。"他说，这倒没错。房间角落里的这个古典摆钟格格不入，它滴答走动的声音似乎在我耳边变得很响。

"说真的，亚当。你不觉得这一切有点奇怪？"

"既奇怪又不奇怪，大概你们都是从同一个地方获得这个点子的。因为可以打五折，我们卧室里的所有东西不都是你从一家公司买的吗？你迷上了他们宣传册里的一张卧室图，然后就照着全买了。我清楚地记得那张信用卡账单。没准儿这里的主人做过同样的事呢？"

他说的是实话。我确实迷上了宣传册里的一张卧室图，也确实不顾离谱的价格把里面的东西差不多买了个遍。我觉得和翻修礼拜堂的人有相似的品位并非不可能。虽然处处蒙着灰，这个地方却布置得很精美。说到灰，我发现这间卧室和宅邸的其他地方不同，这里一尘不染。我连家具上光剂的味道都闻得到。

"这里很干净。"我说。

"这当然是好事，不是吗？"

"其他房间都是灰而且——"

"也许我们应该把家里的台灯换成这些？"亚当打断了我的话，同时将床边的一架老式烛台点亮了。他口袋里有一盒火柴，好像早就知道这里会有烛台。烛光摇曳，我不禁觉得这些烛台像从《圣诞颂歌》的片场借来的。"底座上的价签都还在。它们看上去很有年头，但肯定是新的。"他边说边拿起一个。

"这一切给人的感觉特别……不真实，好像我们在拍一部关于我们人生的电影，有人索性用廉价的原件复制品布了景。"

"我觉得很酷。"

"我觉得它们是火灾隐患。"

我打开另一扇门，发现是浴室，但和我们家的毫不相似。所有东西都着实很旧，墙壁和地板上的留痕让我觉得那里曾经有过一个爪足浴缸。楼下的卫生间也是同样的情况——没有浴缸，只有一个明显摆放过浴缸的空位。墙砖和洗涤槽上有霉菌。当我打开水龙头时，传来奇怪的声音，却不出水。

"我怀疑水管可能冻住了。"亚当在卧室那边说。

"真绝。我还想着洗个热水澡呢。"我边答话边出来找他。此时只有烛光照亮房间，感觉确实更加温馨舒适。我注意到他打开了那瓶酒并斟了两杯。这次我想好好享用一番，所以走过去拉上了窗帘，我对先前有人可能在外面窥视我们这一点仍心有余悸。

窗户下面有一个老旧的暖气片，但暖气片冷冰冰的，难怪我会这么冷。

"我想到了其他办法来取暖。"亚当边说边搂住我的腰，亲吻我的脖子。

我已经有一阵子没和我老公同床共枕了。

我们刚在一起时不是这样的，我们那时如胶似漆——但我敢说肯定很多情侣都是这样。老夫老妻的，说这话好像很傻，可一想到要脱衣服，我就忐忑不安。我的身材已不是昔日的样子。

"我去梳洗一下。"我边说边从小旅行包里取出东西，然后躲进了浴室。"等的时候看看床底下有没有鬼。"

"然后呢？"

"继续等。"

门在我们之间关上后，我开始恢复平静，也更能控制自己的情绪。我假装不知道为什么我会对与自己的老公亲热如此紧张，但这不过是自欺欺人罢了。人之常情。我赤着脚站在这间陌生浴室冰冷的瓷砖上，注视着镜中的那个女人，然后我扭过脸，将剩下的衣服脱去。我专为这次旅行新买的黑色蕾丝睡衣并没有让我一百八十度大变样，但也许可助我挑起他的性趣。想勾起我所嫁之人的情欲有错吗？

我打开浴室门，试图以妩媚的姿态从门后走出来，可我白费心力了。卧室里空无一人。亚当不见了。

亚当篇

一块"禁止入内"的标牌，谁看了不想弄清楚里面是什么？而且我向来很喜欢冒险。

我知道阿梅莉亚在浴室的"梳洗"会没完没了，我也等烦了。所以我抿了一口酒，然后走出门回到楼梯平台，看看鲍勃是否愿陪我走走。但他早已酣睡。还打着呼噜。

那块"危险！禁止入内"的标牌就是在这个时候吸引了我的注意，我完全抵挡不住诱惑，转了转挂着这块标牌的门把手。门后肯定不可能真的潜藏着那么危险的东西。楼上其他的门都是锁着的，可当我转动此门的把手时，它却开了。我不知道自己原本期待的是什么，但我想肯定要比一段通往高处的狭窄的木楼梯刺激。我看到楼梯的顶端又有一扇门。鲍勃睁开了一只眼，冲我的方向嘟囔。但好奇害死的是猫，不是狗也不是人，我现在真的想知道楼梯的顶端有什么。

没有灯，于是我匆匆从卧室取了根蜡烛便向上走去。每走一步都能听到嘎吱嘎吱的声音。我感觉黑暗中有东西碰到了我的脸，我以为是小手指，结果只是蜘蛛网。我猜这里也很久无人打扫了。我以为这段禁梯顶端的门肯定是锁着的。然而并没有锁。我刚打开门，一阵狂风就吹灭了蜡烛，差点把我吹倒。

是钟楼。

外面寒气逼人,感觉像在抽人耳光,但是礼拜堂顶部的景色蔚为壮观。我觉得从这上面能看到世间万物——山谷、湖和远处的群山,全都映照在一轮巨大的圆月下。雪终于停了,乌云散开,露出繁星点点的夜空。钟——比从地面上看到的大不少——被四面齐膝高的白墙包围着。这个主要景点周围没有安全护栏,也几乎没有足够的侧移空间,但能从各个角度三百六十度领略风景,这个险值得冒。

仰望夜空,我觉得世间一直有如此妙景简直不可思议。我们都只顾着低头看路而忘记仰望星空。每每想到人生中我可能已经错失的那些良机,我就很难过,但我打算改变这种情况。

我从口袋里掏出手机拍照——那个我老婆以为还在伦敦家里的手机。我们动身前,她把手机从汽车的杂物箱里拿走后藏在屋里,看到这一幕我感到很恶心。更令我恶心的是,她谎称不知道手机的下落,怪我忘了带。她数月来一直行事乖张,现在我知道这不是我的臆想。

阿梅莉亚不久前见了一个财务顾问。她直到事后才告诉我,她说我把太多时间花在忧思过去上,所以她想要更好地为将来做准备。起先我没意识到她说的是她的将来,不是我们的将来。几周前她以我的名义投了人寿保险,然后在以为我酒醉时叫我签字,她这么做还能有什么其他解释吗?

"我只是觉得我们到了得为将来做打算的年纪。"她说,手里拿着一支笔。那时已过了晚上十一点,而且第二天还要上班。

"我才四十岁。"

"可要是你出事了怎么办?"她坚持说。"靠我一个人的薪水可供不起汉普斯特德村的豪宅。我和鲍勃将会无家可归。"由于听到了他的名字,这只狗当时望向了我,好像他也参与了此事。

"你不会无家可归。在最坏的情况下,你可能得缩减……"

她摇摇头,把笔递给我。我在材料上签了字,一来我累得不想争辩了,二来我老婆是那种很难拒绝的女人。

也许是因为她刚出生就父母双亡,也可能是因为她几乎每天上班时都会看到种种不幸的事,但阿梅莉亚对死亡的思虑在我看来是不正常,或者说不健康的。特别是她现在似乎对我的生死很上心。

我老婆正在谋划什么,这一点我敢肯定。我只是不知道是什么事。

而且我没有中年危机。

可她近来不断指责我有这个问题。

我觉得每个人到了一定的年纪就会开始怀疑人生的成就,无论当初的抉择正确与否。但我还是认为我干的工作——讲故事——很重要。故事让我们知晓过去,丰富了现在的生活,还能预测未来。我会这么说,我写下的文字是我死后留下的唯一遗物。

在我这一行,荣耀都是演员和导演的,而且我职业生涯的大部分时间都在改编别人的小说,但你在我参与的影视剧里听到的台词都是我写的。我的文字。去年要我改编的那本书我连看都没看。我当时就决定,不管怎样,要把拍出来的故事变成我自己的。制片人在节目上说她对我改编的版本的喜爱超过了原著,这让我欣喜若狂。但好景不长。她后来要求改剧本,因为这些人就是干这个的。于是我改动后交出了第二稿。这时导演也要求改剧本,因为他们就是干这个的。很快又过了几个月,连其中一个演员都要求改剧本,因为他们自然比我更了解这些人物,就算这些人物是我构想的。所以尽管我发誓我的第三稿或第四稿比他们的定稿强得多,我还是照着改了,因为要是不这样做,我就会被炒鱿鱼,然后其他某个蠢货就会取代我。因为这一行就是这样操作的。

生活给我的感觉和工作一样,总有人想改变我。先是我的母亲。我爸爸抛下家庭后,她为了抚养我,让我们有栖身之所,在医院上两轮班。我们住在南伦敦廉租公房区一幢公寓楼的第十三层。我们拥有的不多,但一直够用。她过去常训斥我在她上班时老看电视——说这会让我有四角眼——可除此之外也没剩多少不会惹麻烦的事可做了。她希望看到我读书,所以我照做了,我十三岁生日时她还送了我十三本书。它们都是我小时候喜欢的作家的特别版书籍,直到今天我还留着,就摆在我小屋的小架子上。她在我最喜欢的那本斯蒂芬·金的初版小说里写了一张字条:他人的人生故事固然妙趣横生,但不要忘记活出你自己的人生。

三个月后她去世了。

我十六岁时被迫辍学,但我立志要让她骄傲,从未松懈。自此,我做的每件事都是为了成为一个她不会想改变的人。

我接连交过好几个女朋友,她们也都想改变我却无法做到,直到遇见我老婆。我有生以来第一次发现有人爱的是真实的我,也不想改变这个真实的我。我终于可以做我自己,以及写我自己的故事,而不用担心被抛弃或取代。也许这就是我当初如此爱她的原因。但无论喜不喜欢,婚姻都会改变人。鸡蛋搅打后摊成了饼就变不回鸡蛋了。

我试着摆脱消极的念头,把注意力集中在景色上。待在这么高的地方使我想起小时候住在十三楼的日子。公寓的墙很薄,晚上睡不着的时候,我就会将卧室的窗户开到最大,盯着夜空看。

最令我印象深刻的事物是飞机——我当时还没坐过。我过去常数飞机，想象那些够聪明、够幸运和够富有的人正飞往某个跟我这里不一样的地方。我那时就觉得自己被困住了。和在伦敦的公寓楼上看到的景致不同，这里四面八方都没有建筑物，也毫无生命迹象，万物均被白雪覆盖，沐浴在月光下。这里确实只有我们，这也是阿梅莉亚想要的结果。

许愿还需谨慎些。

我老婆身上有其他人看不到的一面，因为她掩饰得太好了。阿梅莉亚为动物慈善机构工作并不会使她变成圣人，也并不意味着她从未做过坏事。恰恰相反，森林都没有我老婆阴暗。她或许能骗过其他所有人，但我清楚她的本性和能耐。这也是我近来精神崩溃的原因——我对她仅存的爱已消耗殆尽。

我不是要在整件事上装无辜。

我从未料到自己会是那种对老婆不忠的男人。

但我确实出轨了。而且不知怎的，她还发现了。

也许这让我听上去像个负心汉，但这个故事里还有个坏女孩。以牙还牙有时将万劫不复。况且和不该上床的人上床的不只是我。圣人阿梅莉亚也干过。

阿梅莉亚篇

"亚当?"

我站在楼梯平台上,拿着一支蜡烛,呼喊他的名字。但他没有应答。

鲍勃抬头注视着我,气我扰乱了他的睡眠,然后他望向那扇挂着"危险!禁止入内"标牌的门,叹了口气。有时我觉得我们的狗要比我们想的聪明。但话说回来,我记得经常见他转着圈追自己的尾巴,原来他和我们其他人一样都对生活充满困惑。

我从来不是严守规定的人,所以我没理会标牌,打开了门。出现在眼前的是一段狭窄的木楼梯,楼梯的顶端还有一扇门。我刚走几步就步入一片蜘蛛网,手上的蜡烛差点掉落。我拼命想把蛛网从我脸上抹去,可还是感觉黑暗里好像有东西在我的皮肤上乱爬。

"亚当,你在上面吗?"

"在,这里的景色美极了。把酒拿来,再拿两张毛毯。"他说,此时那种突然如释重负的感觉出乎我的意料。

五分钟后,我们在礼拜堂的钟楼里紧紧靠在一起,他说得没错,景色确实十分美妙。这里空间不大,即使肩上裹着毛毯还是很冷,但酒减少了寒意。亚当见我冻得瑟瑟发抖,便一把将我搂入怀中。

"我不记得上次看到满月是什么时候。"亚当低语道。

"还有满天星斗。"我回应道,"天空如此清澈。"

"没有光污染。你看到最亮的那颗星了吗?就在月亮左边。"他边问边指向天空。我点点头,看着他挥动手指,好像在写字母W。"这五颗星组成了仙后座。"亚当满脑子冷知识,有时我想这就是他没有多余的脑容量思考我们或者说我的事的原因。

"这个仙后是哪个人,再说一遍好吗?"

"仙后卡西俄珀亚是希腊神话里的一位王后,虚荣和傲慢导致她身败名裂。"很多东西我老公都懂得比我多。他博览群书,有点好为人师。可要是情商能像智商一样测量的话,我的分数次次都会更高。他谈论星星时语气尖锐,我不认为这是我的臆想。

我最近稍微搞了一次扫除,在整理一些旧物时发现一个装有结婚纪念品的漂亮盒子。它就像一个婚姻时间胶囊,我精心制作好后将其藏起来以待日后的自己来找。盒子里有朋友和"巴特西"的同事送的几张贺卡、插在蛋糕上的新郎新娘"乐高"小摆件和一枚六便士幸运币。迷信的亚当坚持要我在我们的大喜之日——其实规模小得很——带上这枚硬币。我们还一致同意将他母亲的蓝宝石戒指同时作为我借来的东西和蓝色的东西。在盒子底部,我找到一个信封,里面是我们手写的誓词。这些山盟海誓字字珠玑,令我潸然泪下。这使我想起从前的我们,以及我曾憧憬的永不变心的我们。可诺言一旦打破,或有了缺口,便失去了价值,就像被人遗忘的尘封的古董。我们现在惨不忍睹的关系总是一次次地让我对我们过去的美好回忆强行打断画上句号。

我怀疑所有的婚姻最终都会以同样的方式收场。也许生活瓦解爱情从来只是时间问题。可是我又想起每年情人节都会在新闻里看到的那些老夫妻，他们携手并肩六十载却依然恩爱有加，面对镜头咧嘴露出假牙微笑，宛如青梅竹马的少男少女一般。我想知道他们的秘诀是什么，为何从未有人和我们分享过。

我的牙齿开始打战。"也许我们该回屋里了？"

"都依你，亲爱的。"亚当只有在醉酒时才会叫我"亲爱的"，我这才意识到酒瓶已空了一大半，而我只喝了一杯而已。

我想转身朝门走去，他却抓住我不放。场景从壮观变成险恶，我们两个不管是谁掉下钟楼，都会摔死。我不恐高，但我的确怕死，所以我甩开了他。就在此时，我撞到了钟。这一撞还不足以让钟响起来，只是晃了晃，可就在这一瞬间，我听到诡异的咔嚓声，接着传来一阵嘈杂尖锐的响声。我愣了片刻才反应过来看到的和听到的是什么。

是蝙蝠，而且数量众多，它们从钟里飞出，直冲我们的脸。亚当踉跄着向后退，离矮墙近在咫尺，很危险，他的手臂在脸前甩来甩去，想把蝙蝠拍走。他东跌西撞，一切都好像切换到了慢动作。他张着嘴，睁大了眼睛，眼神失魂落魄。他一边后仰一边伸手够我，可我似乎被钉在原地，蝙蝠一直在我们脑袋边乱飞，我吓得不知所措。亚当重重地撞上了墙，一部分墙壁随即坍塌掉落，他也大叫起来。我一下子回过神，一把抓住他的胳膊，将他从边缘拽了回来。几秒钟后，古砖砸落在地面上，发出一声巨响。这个声音似乎在山谷间回荡，蝙蝠也迅速飞向了远方。

我救了他的命，可他既没有谢我，也没有露出任何感激之情。我老公的表情是我此前从未在他脸上见过的，这不禁让我感到害怕。

亚当篇

她差点让我掉下去。

我知道阿梅莉亚也吓坏了,但她差点让我掉下去。这种事我可忘不了,也原谅不了。

我们得走了。我不管现在多晚,也不在乎路上有雪。我甚至不记得我们讨论过这事。我只为将要离开这个地方感到高兴。虽然我不愿承认——无论是向我自己还是其他人——但我被困住了。被困在这辆车、这段婚姻和这种生活里。十年前,我觉得自己无所不能,能成为任何人。那时这个世界似乎充满无穷的可能,但现在只有一条条走不通的死胡同。有时候我真想……从头再来。

前方的路黑漆漆的,没有路灯,我也清楚我们没剩多少油了。阿梅莉亚不理我——已经一个多小时没开口了——但沉默反而是一种解脱。既然我们已放弃在外面度周末的打算,我担心的只有天气。雪停了,但下起的大雨在引擎盖上弹跳,发出令人不悦的击打声。我们应该开慢点,但我想想又没说——没人喜欢副驾驶座位上的人对司机指手画脚。瘆人的是,自从我们离开后就没再见过一辆车或一座建筑物。我知道现在是午夜,但即使是道路都显得很诡异。景色几乎没有变化,我们仿佛陷入了循环。星星全都消失不见了,天空的颜色似乎更黑了。我感觉我也比之前更冷了。

我转头看阿梅莉亚,她一片模糊,无法辨认,面部的五官如怒海狂涛般翻滚回旋。感觉我像是坐在一个陌生人而不是我老婆旁边。后悔的气息如廉价的空气净化剂一般弥漫在车里,显然我们俩都很不高兴。婚姻总靠修补将就是不行的。我想开口,可话卡在了喉咙里说不出来。我连要说什么都不清楚。

这时我看见远处一个模糊的女子身影走在路上。

她一袭红衣。

我起先以为是大衣,但靠近后,我看出她穿的是红色和服。

雨下得更大了,在柏油路上弹跳,而这个女子浑身湿透。她不该在外头。她不该在路上。她拿着什么东西,但我看不到是什么。

"开慢点。"我说,但阿梅莉亚没听见,她好像还加速了。

"开慢点!"我又说了一遍,这次大声了一些,可她却一脚踩在油门上。

我看着速度从时速七十迈[①]升到八十迈,然后九十迈,直到仪表盘彻底失控。我用手捂住脸,似乎不想让自己目睹眼前的景象,但接着发现我的手指满是血。子弹大小的雨滴落在车上发出的啪嗒声震耳欲聋,这时我抬起头,发现雨变红了。

那个女子现在几乎就在我们正前方。

她看到前灯后遮住眼睛,但没有躲开。

在我的尖叫声中她撞上了引擎盖。然后我惊恐地看着她的身体从破裂的挡风玻璃上弹起,飞入空中。她的红丝绸和服如破斗篷一般在她身后飘动。

---

① 1迈(英里/时)约相当于1.6千米/小时。

阿梅莉亚篇

"醒醒!"

我轻轻地晃着他喊了三遍,亚当才睁开眼。

他目不转睛地看着我。"那个女子,她——"

"什么女子?"

"那个红衣女子——"

又来了。我早该知道。

"那个穿红色和服的女子?她不是真的,亚当。记得吗?这只是个梦。"

他看我的眼神和受惊的小孩看爸妈的眼神一样。他面无血色,满是汗水。

"你没事了。"我边说边握住他湿冷的手,"没有穿红色和服的女子。你就在我身边。安然无恙。"

谎言除了伤人外,还能治愈人。

我们先前从钟楼下来时他几乎对我不理不睬。我不知道这是因为他差点随坍塌的墙坠落而惊魂未定,还是因为蝙蝠,或者是因为喝了太多红酒。但他脱掉衣服,爬上这张陌生的床——看上去就和我们自己家里的一样——然后一声不吭地直接睡了。

亚当已有一阵子没做这样的噩梦了,但它们还是出现得够频繁,而且内容始终相同,只是他看这场事故的视角不同。梦里他有时在车里,有时走在路上,有时他梦到从大楼十三层的一套廉租公寓的窗户看到这一幕,然后用拳头猛敲玻璃。他醒后从未立马认出我——鉴于他有脸盲症,这对我们来说很正常——但有时他会以为我是别人。每次都要花上好几分钟才能让他平静下来并相信我不是别人。无论是睡着还是醒着,他的梦常扰得他不得安宁。他的大脑不是在"淘金",而是要寻找某样颜色深得多的东西。内心埋藏的悔恨有时会从缝隙里滑落,但最沉重的回忆往往会下沉而不是上浮到水面。

我真希望知道怎么阻止这些噩梦。

我想轻抚他肩膀上的雀斑,或像过去那样用手指拂过他花白的头发。但我没有这么做。因为我听到了钟声。

在放了一首怪异的曲子后,卧室角落里的这个落地大摆钟开始像大本钟一样敲响午夜十二点的钟声。我们俩就算还没完全醒,现在也都睡意全无了。

"很抱歉,吵醒你了。"他说,呼吸还是偏快。

"没事。就算不是你,想必这钟也会把我吵醒。"我对他说。然后我做了每次都会做的事:拿出便笺本和铅笔,尽快在事后将一切都写下来。因为这不只是梦——或者说不只是噩梦——还是记忆。

他摇摇头。"今晚就没必要做这事了——"

我默默记录了他的各种情绪,逐一在熟悉的模式旁打钩:恐惧、遗憾、悲伤和内疚。每次都一样。

"不,有必要。"我说。笔记本中的空白页已所剩无几,但我还是找到了一页。我曾经一直以为自己能挖掘出他不愉快的记忆,然后用愉快的记忆替代它们——有关我们的记忆。如今我没那么大把握了。

亚当叹了口气，靠在床头上，然后将所有记得的事情都讲给我听，直到梦境褪去到看不清为止。

这些噩梦总是以同一个人开场：那个穿红色和服的女子。

虽然穿的是和服，她却不是日本人。亚当发现很难描述她的面孔——他在梦中和在现实生活中一样对识别五官很吃力——但我们知道她是一个四十岁出头的英国女人，与我现在的年龄相仿。她很妩媚。他始终记得她的红色口红，与她和服的色度完全一致。她和我一样也有金色长发，但她的头发短些，只到肩膀。

他今晚没说她的名字，但我们俩都知道她叫什么。

梦中事件的顺序有时会有变化，但总有那个红衣女子，还有那辆雨中的汽车。这就是亚当没有车也不开车的原因。他连学都不想学。

噩梦里还有一个少年，他非常害怕。

亚当目睹了事情的经过：那名女子、那辆车、那场事故。

不只在梦里，还在现实生活中。

就发生在她母亲离世的那个晚上。那年他十三岁。

亚当认不出二十五年前车里的那个人，当他眼睁睁地看着那辆车冲上人行道撞上了他妈妈。但这并不意味着是他不认识人。肇事者可能是朋友、老师、邻居——所有人的脸在他看来都一样。想想看，不知道是不是你认识的人害死了你爱的人是什么滋味。难怪他很难信任人，连我也不例外。要是我老公没患面孔失认症，他的整个人生也许就会是另一番景象，可他无法向警察描述他所看到的人。那时不行，现在也不行。而且他至今还在责怪自己。事发时他母亲正在帮他遛狗，因为他懒得去遛。

他对死去的人的执着让我感到悲哀。

大家都说亚当的母亲是个非常善良的女人——她是护士，在他们居住的小区人缘极佳——可她并非完人。更绝非圣人。让我感到不可思议的是，他会把生命中的所有其他女人都和她比较一番。也包括我。他对死去母亲的仰慕站不住脚，令人难以信服。例如，他好像故意忘记了她当时为什么穿红色和服。每当男性"朋友"来他们居住的那套小小的廉租公寓做客时，她总会穿红色和服——并涂上与之匹配的口红。房子的墙很薄，薄到亚当能听到躺在她母亲床上的"朋友"的声音几乎每周一换。

记忆千变万化，梦也未必真实，所以我会把所有他选择记忆的东西写下来。我想让他恢复正常。我想让他为此爱我。但不是所有破损的东西都能修复。

也许有一天他会记起那晚他看到的那张脸，困扰他多年的疑问最终得以解开。我竭力想阻止这些噩梦：草药、睡前的正念播客、特制茶……但似乎什么都帮不上忙。把所有情况都写下来后，我熄了灯，周围再次陷入黑暗，但愿他能重新入睡。

这没花多长时间。

亚当很快就微鼾起来，但我好像反而静不下心来。

我吞了一片安眠药——这是处方药，我只有在没有办法的情况下才服用——可我近来服用的量比平时多了。我们的关系出现越来越多的裂痕让我心力交瘁，这些裂痕大到无法填补或忽视。我对我们的婚姻为什么，以及什么时候开始瓦解了然于胸。生活在我们最顺遂的时候依然让人捉摸不透，在最失落的时候更是不依不饶。

我肯定在某个时候睡了过去——药最终起了作用——因为我醒来时有一种似曾相识的不安感。屋里漆黑一片，过了好几秒我才想起自己在哪里。但我在黑暗中眨了眨眼适应光线后，我想起我们在黑水礼拜堂。百叶窗和墙壁之间透出的一缕月光照亮了房间的一个小角落,我竭力想看到落地大摆钟钟面上的时间。但细细的金属指针显示现在只有午夜十二点半,这说明我睡着的时间不长。我觉得脑子稀里糊涂,但接着我想起是什么吵醒了我,因为我又听到了那个声音。

楼下有响声。

萝宾篇

萝宾也睡不着。

她为访客担心。他们不该来这里。

当她从窗帘后面往外看，发现礼拜堂一片漆黑时，她知道自己得行动起来了。

礼拜堂看上去要比实际距离远。但萝宾认为，两地之间的距离有时会和人与人之间的距离一样难以察觉。有些夫妻看着亲密，实则不然，而有些貌似疏远，实则亲密。早些时候，她看到他们将托盘放在腿上吃冷冻餐，访客看上去相处得不是特别开心，或者说看上去并不相爱。可无论至善之人还是至恶之人，婚姻都会把他们变成这样。或许这只是她的臆想。

从她的小屋穿过田野步行到礼拜堂通常不超过十分钟。她早些时候还发现，如果跑过去的话用时更短。但由于下了这么多雪，她用了好长时间才探出一条路而没有滑倒。她那双大了好几号的长筒橡胶雨靴没起作用。这双雨靴是二手货：她没有自己的雨靴。她要买的话就得一路驾车去威廉堡，黑水湖附近，甚至"空林"村都没有鞋店。她本可以网购几双，可这需要信用卡，而她如今只有现金。萝宾很久以前就把她所有的卡剪碎了。她不想任何人有办法找到她。

她喜欢踩雪的声音，除了远处蝙蝠发出的咔嚓声外，这是唯一打破寂静的声响。她爱在夜里看蝙蝠在湖面上俯冲，此乃非同一般的美景。萝宾最近在报纸上读到，蝙蝠是倒挂着分娩的。然后蝙蝠得趁孩子坠落之前抓住他们，不过在这方面，天下的父母都是一样的。今晚一轮圆月照亮了她的路，否则夜空会是漆黑一片，因为乌云现在又将一切遮蔽，徒留几颗最亮的星星。但这没关系：萝宾从不怕黑。

她不在意暴雪或狂风，也不介意与世隔绝几天——老实说，这和她的日常生活没太大区别。而且萝宾确实一直想做个诚实的人，尤其是对自己诚实。虽然初来时她只打算住一小段时间，但她如今已习惯住在这里。当人们忘记生活时，生活就会另作安排。几周变几月，几月变几年，而那件事发生后，她知道自己走不了了。

访客到时候也会想走而走不了。他们现在还不知道这一点。要说对他们没有丝毫同情是不可能的。

萝宾来到他们那辆被雪覆盖的车前，停留了片刻。那个男子一下车她就认出来了，她对那件事念念不忘。她一直不知道是否会再见到他，甚至连想不想见都不确定。他现在老了一些，但她很少忘记一个人的脸，更不可能忘记他的。她的思绪在恍惚间回到了过去，她想起了他小时候发生的事。既有他看到的，也有他没看到的。这种事在任何时候都是悲剧，萝宾不知道他是否还会做噩梦，梦见那个红衣女子。她认为该让他知道真相了，但他不会喜欢真相的。很少有人会喜欢。

当萝宾到达礼拜堂巨大的木门时，她向四周望了最后一眼，其实这里没有人会看到她要做的事。她来时温柔的月光照亮了她的路，此时远处的湖水和群山在月光下尽收眼底，她不禁注意到这里的自然风光是何等秀美。这里不该有作恶之人,她边想边望向访客的那辆被雪覆盖的"小莫里斯"汽车。这是她最喜欢的天气,因为白茫茫的雪覆盖世间万物,十分美丽,将一切黑暗和丑恶掩盖在下面。

生活像一场"兵"可变"后"的国际象棋游戏,但不是人人都懂怎么玩。有些人一辈子都是兵,因为他们从未学会正确的走法。这才刚刚开始。之所以还无人出牌是因为他们之前不知道牌已经发了。

萝宾从大衣口袋里掏出一把钥匙,悄悄进入了礼拜堂。

麻婚

年度词语:

耍弄（hornswoggle）动词 靠欺骗占某人便宜。

2012年2月29日——我们的四周年纪念日

亲爱的亚当:

我感觉我们好像总有同样的梦想——和噩梦——但这一年很艰难。你辜负了我，本该在我身边支持我，但你没有。我一个人惴惴不安地坐在候诊室里，可你明明说过会在那里陪我。

经过三年的努力，两年的约诊，其间见过形形色色的医护人员，过去十二个月更是跑了无数趟医院和诊所，以及一次失败的体外受精，我感到心灰意冷。我期望中的纪念日可不是这样的。

我早该料到今天会很糟糕，头开得就不顺。

昨晚两只幼犬被从南伦敦的一间公寓里救了出来。它们被送到"巴特西"，我也是最早见到它们的人之一。这份工作我干了这么多年，可我还是大吃一惊。这两只比格犬已被遗弃很长时间，当班的兽医猜至少有一周。要不是喝马桶里的水，它们早就死了。它们骨瘦如柴，看上去就像掏空填料的玩具。我们竭尽全力想救活它们，但它们今天早上还是死了。最终我们无能为力，让它们安乐死会仁慈些。它们的主人正在西班牙度假，我真希望实施安乐死注射的对象是她。有时我对人类嗤之以鼻，所以我们一直生不出孩子也许是好事。

我们本该下午一点钟在伦敦桥见面。我最近一直有睡眠障碍，浑身乏力，但我还是按时到了。因为这次助孕的约诊对我很重要。我以为这对我们都很重要，可你近来比以往任何时候都要~~自私~~心不在焉。我担心你可能会忘，于是便发了短信提醒你。

发了五次。

你都没有回复。

在这个时候，我真的认为你应该把老婆放在写作前。

伦敦桥熙熙攘攘，但这不仅仅是通勤的人多的缘故。当我走出地铁站时，似乎到处都是戴着安全帽的人，成堆的大吊车挡住了我的视线，使我看不到天空。碎片大厦正在紧张的建设中，我听一旁路过的人说，这将是欧洲最高的建筑物。我确信一段时期内这个头衔会是它的，直到有人盖出更高的楼。我敢打赌这用不了多长时间，因为人类一直都在你追我赶。

即使是在他们假装关心的时候。

我到达诊所门口的时候给你打了电话。你的电话响了两声后便转入语音信箱。我知道你和谁在一起。一个对你的处女剧本——《石头，剪刀，布》感兴趣的制片人。正是我在抽屉里发现的这份手稿让我有了给你写亲笔密信的想法。圈内有人对你写的小说产生了一丝兴趣，而不是让你改编别人的小说，你就兴奋得像一只发情的狗。难道作家都是不自爱的自大狂吗？还是说只有你这样？你说跟她见面吃顿午饭花不了多长时间，但我猜把你的处女作拍出来比我们生一个真正属于我们自己的孩子更重要。

社区医生让我们去伦敦桥的这家诊所治疗。终于到了这一步。要孩子这件事从第一天起就是一场斗争。我完全不曾料到我们会为这件事争吵。这几个月来，我对这个了无生气的地方已经很熟悉了。要是把我坐在那间候诊室里的所有时间加起来——常常都是一个人——我觉得我人生中肯定有好几天是在那里度过的，等待那个我一直知道可能永远不会有的结果。

先要花几个月预约，然后又是好几个月的戳戳捅捅，其间还要接受咨询师的问话，让他们随意探听我们的难言之隐。如今回想起来，我不时纳闷我们是怎么坚持这么久的。每当我倍感孤独时，我就对自己说你爱我而我也爱你。这话成了我心中无声的咒语，每当我觉得要倒下时就默念它来稳定情绪。可我们的婚姻没有我想的那般牢靠稳定。

我知道你觉得约诊很麻烦。我相信走进单人房间，锁上门，挑一些黄片来看，然后对着采样管打手枪肯定压力很大。很抱歉。我并不想贬低你的感受，但我想大多数三观端正的人都会认为你对这个过程的贡献没那么巨大，尽管这种经历在心理上仍是难以接受的。

我得把两腿撑开，有时要当着满屋的医生和护士的面做这个动作，让他们把金属仪器放进我体内。这些陌生人见过我的裸体，扫描过我，触摸过我，有些人甚至还把手伸进去过。我做过检查，多次被针扎，服过大量药物，还被全身麻醉做过手术。我被采集过卵子，事后尿了好几天血，还在一次拙劣的手术后疼得站不起来，更不用说走路了。但我们挺了过来，一起挺了过来。你说一切都会变好的。你保证过，我也信了你。

毕竟，别人都有孩子。

这里面有我们认识的人，也有不认识的人。这事在他们那里好像易如反掌。有些人甚至都不用尝试就意外怀孕了。有些人会把肚子里的胎儿打掉，因为他们一开始就不想要孩子。我们认识的一些人本不想要孩子，但还是生了下来。因为他们可以生。因为其他人都有孩子。人人都有，只有我们没有。这种感觉就像我们是历史上唯一遇到这种事的夫妻。有时比这更糟：感觉就像我孤身一人在这个世界上，而你就是那个抛弃我的人。

我求子心切，以至于身心俱痛。今天是我们第二次——可能也是最后一次——体外受精后的首次约诊，你却不在。

前台叫我们时你不在，我只得独自一人走进那个房间。那个我们戏称为"厄运医生"的男人在办公桌后面坐下来，指了指对面的两把空椅子，而当我们在尴尬的沉默中等你时，他查看了一下文件夹才想起我们的名字。整个过程你都不在。这家诊所从未真正把我们当人对待，我们在这里更像是孤独的活支票簿。

最糟糕的是，你没有当场听到那个我们一直期盼的消息。

在经历了这一切后，医生终于说我怀孕了。

我一开始不相信他的话。

我让他重复了一遍。接着让他检查档案，我坚信他读的是别人的记录结果。但这事儿是真的。

"厄运医生"甚至让我躺在床上，给我的肚子做了扫描。他指着屏幕上的一个小点说这是我们的胚胎。经过实验室的混合培育，你采样管里的东西和我的卵子已成功植入我的子宫。它就在屏幕上，充满活力地在我体内生长。

你错过了。

你赶到诊所前台时我正要离开。你刚要解释，我便叫你不要费这个劲儿了。你工作的事我都听腻了，说得好像那才是唯一要紧的事似的。你靠编故事为生，你的经纪人负责卖。我想你们该认清自己有几斤几两了。从你讲的那些制片人、导演、演员和作者的事情看,他们好像一群被惯坏了的孩子,我不明白你为何要迁就他们,或者任由他们发脾气。你至少曾被他们中的一人耍弄得团团转(hornswoggle),只是你眼瞎看不到罢了。

我很抱歉。但愿你永远发现不了这封信,万一你发现了,我想说这些话不是我的本意。我现在太伤心了,需要发泄。你把所有时间都给了这些人而对我漠不关心,有时这让我伤透了心。我是你老婆。我的故事是真实的,所以就不值得聆听吗?

我想要坐地铁,可你非要打车不可。前半程我对你不理不睬。我现在对此也很抱歉,但我从不是那种会扬家丑的人。不过我真希望早点告诉你。我们喜悦的时间本可以更长一些。

在我们到家前我都没有告诉你。我早已用亚麻布铺好了餐桌——周年纪念日无论如何都是该庆祝的——可当我从新买的"斯麦格"冰箱里拿出一瓶香槟酒时,我的面部表情泄露了这个消息。翻修房屋使我忙个不停,没空想其他事情。一楼终于完工了,打磨地板、用灰泥抹墙、自制罗马帘——看几个"优兔"视频就能学会这么多东西真是不可思议,大部分工作都是我自己做的,对此我很得意。

当我告诉你我怀孕时,你哭了。我给你看扫描图时我也哭了。在梦想这一刻这么久之后,这张黑白图是唯一让人觉得真实的东西。因为你没有当场听到这个消息,我一直担心医生说的话可能是我臆想出来的。

"我希望是个女孩。"我轻声说。

"为什么?我希望是个男孩。我们用石头、剪刀、布来决定吧。"

我大笑起来。"你想用石头、剪刀、布来决定我们未出生孩子的性别?"

"有更科学的方法吗?"你一脸严肃地回答道。

和以往一样,我的剪刀赢了你的布。

"你让我赢的!"我说。

"是的,因为是男孩还是女孩,我其实无所谓。不管孩子是什么性别,我都爱,但我永远更爱你。"

你打开了香槟——我只喝了一小杯——我们还点了一张比萨。

"顺便说一下,我没忘我们的结婚纪念日。"一个小时后,你一边狼吞虎咽地吃着第三块"激情辣香肠"比萨一边说。

"是这样吗?"我抿着细颈香槟杯里的柠檬汽水问道。

"麻婚主题让我犯了难,今天早上我还担心买错了东西——"

"那现在就给我吧。然后你就知道是对是错了。"

你把手伸进我去年送你的肩背皮包里,然后递给我一个方形包裹。包裹软软的。我拆东西通常都非常认真,但意识到比萨要凉了,便一把扯掉了包装纸。里面是一个亚麻垫。垫子上缝着我的名字,名字下面有这样一行字:

她相信自己可以,所以她做到了。

我想忍住,但还是又哭了。幸福的泪水。感觉就像是你早就知道我怀孕了。连我都不相信我自己,你却相信我。

我刚要感谢你,一抬头却看到你脸上那副奇怪的表情。你正低头盯着我的腿,当我顺着你的视线看时,我知道了原因。一股鲜红的血液径直流到了我的拖鞋上。我惊慌地站了起来,血流得更多了。

按照我们在急诊科见到的第一个医生的说法,我怀孕的时间不够长,还不能叫流产。随后给我做检查的妇产科医生更有同情心一些,但也好不了多少。现在回想起来,我倒希望从未告诉过你——若不知道拥有过，悲伤也就无从谈起。我为我们俩感到难过，整个人都垮了。

我们一到家我就直接去了卧室，甚至任由鲍勃趴在床尾。我试着边哭边睡，但无济于事，怎么都睡不着。我可能会去找社区医生要几片安眠药。我注意到手表停在了八点零三分，怀疑这就是我们的孩子夭折的确切时间。我把表从手腕上取下，永远不想再看见或戴上它了。我会永远铭记你上楼时搂住我说的话：

"我爱你。一如既往，永远不变。"

"不是几乎一如既往了？"我问，虽然心灰意冷，可我还是想把你逗笑。但你没有笑。你的神情反而比我见过的任何时候都更严肃。

"永远一如既往。我们好像要不了孩子了，对此我很难过，我知道要孩子对你有多重要，也知道你会是个非常出色的母亲。可我不会因此有丝毫改变。无论如何，我都会一辈子陪着你，因为你、我和鲍勃，我们是一家人。我们不需要其他任何人或任何东西。没有什么能改变这一点。"

但言辞解决不了所有问题，不管你多喜欢言辞。

几个小时后，你已经睡了，可我还是睡不着，于是觉得不如起床下楼去。鲍勃跟着我，好像他知道出了大事。我把吃剩的冰凉比萨——还在我开始流血时我们所放的位置——丢进了垃圾桶，一起丢进去的还有你送我的亚麻垫。缝在上面的字令人无比痛心，不忍卒读。你相信我可以，结果只是昙花一现。现在任何事情我都说不准了。要是做不了我梦想中的那个我，我不知道该做个什么样的人。我不知道这对我们意味着什么。

我已经喜欢上了写这种永远不会让你读的信。我发现这可以宣泄情绪。这些信让我觉得好受些，虽然我知道你一旦发现它们会崩溃的。所以我把信藏了起来。我会把医院的扫描图和这封信放在一起，提醒我们曾经差点拥有过什么。我已将扫描图塞进诊所给我的信封里，信封上还有我的名字：

A. 赖特太太。

此时我握着信封，不肯松手。前台的工作人员是用花体字写我名字的首字母的，好像这是件漂亮的东西。我记得婚后我便从了你的姓，当时我练了好几周我的花体新签名。成为你的妻子我非常开心，但此后我许下的愿望竟无一成真。我想这可能是我的问题而不是你的。如果你发现了真相，我希望你能原谅我，还会义无反顾地爱我。永远一如既往。就像你保证的那样。

你老婆
××

阿梅莉亚篇

我听见礼拜堂的楼下再次传来响声,我确定这不是我的臆想。

我在黑灯瞎火中伸手够床边的电灯开关,但灯没亮。要么又停电了——如果这里有发电机的话,这似乎很反常——要么有人切断了电源。我尽量不让自己胡思乱想,以免使这一恐怖的经历雪上加霜。我告诉自己肯定有合理的解释。但此时,我听见嘎吱作响的楼梯底部传来清晰的脚步声。

我屏住呼吸,坚持认为周围就是一片寂静,什么也没听见。

可老旧的地板又接连发出两下嘎吱声,有人爬楼梯的声音越来越大,也越来越近。当脚步声在卧室门外戛然而止时,我不得不用手捂住嘴,不让自己叫出声来。

我想伸手寻找亚当,却已吓得动弹不得。

当听见门把手开始转动的声音时,我差不多一个跟头摔下了床,想赶紧躲开门外的那个人,要是我身上穿的不止一件薄薄的睡衣就好了。我紧紧抓住陌生的家具,在阴暗处摸着路,尽可能快而悄声地向浴室走去。浴室的门有锁,这点我很确定。我发现到达目的地后,便立即将身后的门合上,把自己关在里面。这里面的电灯开关也坏了,但没准这是好事。

我听见卧室的门缓缓打开,接着又传来蹑手蹑脚走路的声音。我在黑暗中眨了眨眼，希望能适应昏暗的光线，接着当地板的嘎吱声越来越近时，我屏住呼吸，尽可能向后退。我意识到自己一直在转动手指上的订婚戒指——这个动作我只有在无比焦虑时才会做。这枚戒指——曾经属于亚当的母亲——我从未取下来过，已开始觉得太紧。我的胸口也有同样的感觉，心怦怦直跳，声音非常大，当那个人直接在浴室门外停下脚步时，我真怕他能听见我的心跳声。

把手慢吞吞地转动着。当发现门上了锁时，那个人又试了一次。这次更用力了。我觉得好像在电影《闪灵》里，可这间浴室里唯一的窗户是用彩色玻璃做的——就算能打开，我也绝对钻不过去，而且从这个高度掉到地面上我很可能丧命。我转而寻找武器，只要能防身就行，可找到的这把吉列·维纳斯剃刀没让我觉得安心多少。我不顾一切地将剃刀举到面前，然后紧靠着墙，退无可退。我光溜溜的背贴在瓷砖上，冰冷冰冷的。

周围安静了几秒钟。然后拳头砸门的声音打破了寂静。我惊恐万分，不禁哭喊起来，泪如雨下。

"阿梅莉亚，你在里面吗？一切都好吗？"

"亚当，是你吗？"

"还能是别人吗？"

我打开门，看见他穿着睡裤站在那里，忍住哈欠，顶着刚起床时的炸毛发型。他手持一架老式烛台，发出的光将整个卧室笼罩在幽灵般的阴影中，让我觉得现在像在查尔斯·狄更斯的小说里。

"你怎么哭了？没事吧？"他问。

我急着说话，一时竟语无伦次。"不，我有事。我被吵醒了，听见楼下有响声，灯却不亮，然后我听见有人上楼——"

"那个人就是我，傻瓜。我渴了，就去找杯水喝。但我猜所有管道肯定都冻住了，因为没有一个水龙头出水。"

"没有水？"

"也没有电。暴风雪肯定弄坏了发电机。我在楼下的时候想找保险丝盒——万一我能修好呢——但没找到。幸好我们有这些怪异的烛台！"

他将摇曳的火苗置于下巴下方，连续做了几个鬼脸，孩子们在万圣节也会拿着手电筒做同样的事。我开始觉得好些了。好了一点点。至少有了合理的解释。然后我觉得自己很傻……

"我好像听见楼下有响声。有人蹑手蹑脚四处走动的声音。我怕得不得了——"

"我也一样，吵醒我的也是这个声音。"亚当插话道。

短暂的平静后，恐惧再次向我袭来。"什么？"

"这就是我下楼的另一个原因，想检查一下是否一切正常。但大门仍然锁着，没有其他进出的通道，这地方就像诺克斯堡①一样牢不可破。我四处好好看了看，没有盗贼或羊闯入，一切安好，和我们离开时一模一样。况且，要是有陌生人进来，鲍勃会叫的。"

这倒不假：每次有陌生人来到家门口，鲍勃确实会低吼，但仅限在我们开门前。开门后他会以两倍速摇尾巴，然后翻过身向客人露出肚皮——拉布拉多犬过于友好，不适合做看门狗。

我们爬回床上，然后我问了一个他绝不想回答的问题。

"你到底希不希望我们有孩子？"

"不是很希望。"

---

①诺克斯堡：美国陆军的一处基地，位于肯塔基州。它成立于一九一八年，并于一九三二年成为永久军事哨所，一九三六年那里建造了美国金银存管所。

"为什么？"

我以为亚当会转移话题——他通常会这样——但他没有。"有时候我很高兴我们没有孩子，因为我担心会把孩子毁了，就像我们的父母把我们毁了那样。我想也许我们无后是有原因的。"

我更希望他不回答。我不喜欢他那样说我们，但在某种程度上他也许是对的。我总有一种被人抛弃的感觉，而对于抛弃我的人，我竟然蠢到曾关心他们，其中就包括我父母。是的，他们在我出生前便死于车祸，我在孤独中长大，这和他们故意遗弃我的结果是一样的。如果从小没有要爱的人，也没有人爱你，你又怎么学会去爱呢？

不过话说回来，难道爱不就像呼吸一样吗？难道爱不是本能吗？不是我们生来就懂的东西吗？还是说爱像说法语？如果没人教，就绝不可能说流利，如果不练习，就会忘记怎么……

我不知道我老公是否还真的爱我。

"我不喜欢这地方。"我承认道。

"是的，我也不喜欢。要不我们早上就离开吧？去个不那么偏僻的地方，找家不错的酒店？"

"听上去不错。"

"好的。我们先试着睡会儿，天亮后就收拾东西走。要不再吃片安眠药，也许有帮助？"

我按他说的做了——尽管药方上有警告——但我已筋疲力尽，如果明天又要开几个小时车，我得休息一下。可在合眼前，我注意到房间角落里的那座落地大摆钟停了。我很高兴，至少那东西不会再在夜里把我们吵醒了。我眯着眼看了一下时间，发现它停在八点零三分，这似乎很奇怪——我以为我们是在午夜听见钟声的——可我的脑子太累，连转都转不动了。亚当悄悄搂住我的腰，把我拉向他。我记不得上次他在床上做这个动作，或者说让我感觉如此安心是什么时候了。不说别的，这趟旅行起码拉近了我们的距离。和往常一样，他几分钟就睡着了。

亚当篇

我假装睡着，不知道我得搂她多久才能回到楼下，继续做我要做的事。

阿梅莉亚一直有失眠问题，但吃药可改善状况，而当药起效时，她的呼吸会发生变化。所以我要做的只是等待。还有聆听。我刚才就是这样做的。吃到第二片药应该就可以了——通常都会奏效，即使有时我是偷偷把药碾碎放进她茶里的。她是个非常焦虑的人。这是为她好。她再次入睡后，我立即溜下床，拿起床边的烛台，尽可能悄声地离开房间。我其实不需要蜡烛照路——我知道要去哪里——但提醒自己要避开响声最大的地板：我知道哪块地板会嘎吱作响。

鲍勃跟着我下了螺旋式木楼梯，我喜欢养狗正是因为这一点：他们既充满爱心又忠贞不贰。狗不记仇，也不会疑神疑鬼。他们不会动不动就吃醋和吵架，让你不敢跟他们待在一起。狗不撒谎。他现在可能有点耳背，但鲍勃见到我总是很开心，而阿梅莉亚只会从她的角度看事情。

我厌倦了，厌倦了这一切。

我曾相信爱情，可话说回来，我也曾相信有圣诞老人和牙仙。我听人说婚姻就像两块缺失的拼图碎片拼到一起，结果发现是绝配。但这种说法大错特错。人与人互不相同，这是好事。两块来自不同拼图的碎片无法也不会拼到一起，除非迫使其中一块弯曲、折裂或变形才能嵌入另一块。我现在才明白，我老婆花了很多时间试图改变我，让我觉得矮人一截，这样我们就会更配一些。

任何人都不该许诺永远爱对方，但凡理智的人，最多许诺朝这个目标努力。如果十年后那个和你共结连理的人变得认不出来了怎么办？人是会变的，而诺言——即使是那些我们想要信守的诺言——有时候也无法兑现。

几个月前我重新开始跑步。写作是孤独的职业，也不太需要活动。我大把的时间都干坐在小屋里，我身体上唯一得到一定锻炼的部位是不断敲击键盘的手指。鲍勃每天会带我散步一次，但和我一样，他也上了年纪。跑步只是为了使身体健康，更好地保重自己。当然，我老婆却认为这说明我打算搞外遇。两三个星期前，她在收垃圾的前一晚将我的跑鞋和垃圾一起放在屋外。我看见她干了这件事。这不正常。

于是我买了双新跑鞋，但我生活中需要更换的东西不止跑鞋。我可能不善认脸，但我知道自己的样子变老了。我确实感觉到了。也许是因为其他同行如今似乎都变年轻了：监制、制片人、经纪人等。上次我参与讨论剧本时几乎每个人看上去都像还在上学的年纪。我以前就是这样。我曾是圈内的新人。你仍觉得自己年轻，但每个人都开始把你当作老人，这很奇怪。我才四十来岁，还没怎么为退休做好准备。

我会对别人产生情欲吗？当然会，我是人，是人就会有情欲。但从来不是因为脸蛋漂亮——我反正也看不出来。从这方面看，人对我来说有点像书，真正勾起我情欲的往往是内在而不仅是光鲜的外表。我承认近来一直对别人念念不忘，幻想我要是和他们在一起会是什么样子。可谁偶尔没点儿幻想呢？仅此而已，并不意味着我真的会有行动。我上次和不该上床的人上床后并没有落个好下场。我吸取了这个教训。我想是的。况且，我现在一直在工作，没有时间搞外遇。我竭力安抚我老婆，求她不要猜忌个没完，但无论我说什么，她好像就是无法相信我。

从某种程度上讲，她不相信我是对的。

我对我老婆从未完全坦诚相待，但这是为她好。

我不能告诉她的事有很多很多，类似间或在睡前往她的热饮里放安眠药的事。这些事她不需要知道。她先前在地窖里时是我切断了电源。她不懂保险丝盒——我只需轻轻按下开关然后放下活板门即可。我忘了外面有发电机，但现在我把发电机也关了，短时间内是不会来电了。

木婚

年度词语：

高洁之人（mensch）名词 好人。善良、正直、高尚的人。

2013年2月28日——我们的五周年纪念日

亲爱的亚当：

对不起，近来我表现得妒忌心十足，我希望我们能把过去这几个月置之脑后。完全不提孩子的事好像会很奇怪。我不能假装这事没发生，或者我不想做母亲。这从来不是给你生孩子的事（很抱歉），我只想有个我自己的孩子。我已经决定不再放弃生活中的很多事情，可我知道我没法继续尝试要孩子了。在上一次体外受精未果后我就知道这一点了。心碎一度让我痛不欲生，而我的苦痛一度让我们的婚姻走向灭亡。

我还曾暗暗希望有奇迹发生。有些夫妻刚放弃就怀上孕的报道我读了个遍，但生活对我们的安排不是这样。头几个月里，我每次来例假时还是会哭，~~虽然你没问过~~我没告诉你。但我想我已经走出来了，或者说走出来的距离至少已远到足以再次畅快呼吸。当爱无处安放时就会觉得生活开始变得千疮百孔。

鲍勃不是婴儿——这点我知道——但我想自己确实将他视若己出。而且我这几个月已经重新投入流浪狗收容所的工作了。我意外升职后挣的工资并不比以前多多少，但得到认可的感觉真好。而且我意识到自己是个好人。没怀上孕不是惩罚，只不过是没按计划进行。我小时候屡屡被说成是坏孩子，有时候我还信以为真。但他们对我的评价是错的。他们所有人。

上周我们吵了一架，这是多年来我们第一次吵架，你还记得吗？对此我仍心怀内疚。说句公道话，我觉得很多妻子都会有同样的反应。你醉醺醺地回到家，而且比你说好的时间晚很多。我要是没有辛辛苦苦做饭，可能也不会那么不高兴。我故意当面把你没吃的冷饭冷菜丢进垃圾箱，你却没注意到我在生闷气，反而跟我大谈特谈奥克托巴·奥布赖恩。这位年轻的爱尔兰获奖女演员爱上了你的剧本——《石头，剪刀，布》。她通过你的经纪人联系上了你，下午的三人会面变成了两人喝酒吃饭。就你和她两个人。我本来毫不在意，直到我上网搜索发现这个女孩貌美如花后才着急起来。

"你得亲自见见她。"你叽里咕噜地说，一脸傻笑。你的嘴唇沾了点红酒渍，至少我希望那是红酒渍。"她关于如何完善剧本的想法简直……神了！"我几年前帮你改过那个剧本。我也许不是好莱坞女演员，但我读过书。很多书。我以为"我俩搭档"干得不错。"你会喜欢她的……"你吹捧道，可我深表怀疑。"她太讨人喜欢了……魅力四射、聪明绝顶，还有——"

"我不知道她竟到了可以喝酒的年纪。"我打断道。我熬夜等待时喝了一些酒。

"别这样。"你说，一副欠揍的表情。

"别怎样？搞得好像我们没遇到过这种情况似的。某个男演员或女演员说喜欢你的故事，好莱坞不拍出来决不罢休——"

"这次不一样。"

"是吗？这个女孩刚刚毕业——"

"她二十多岁，就已经拿过英国电影学院奖——"

"你二十多岁时也拿过英国电影学院奖，可还是没让你得偿所愿。你肯定得找制片人来挺这个项目……或者电影公司。"

"和像奥克托巴这样的女演员捆绑后，我成功的机会已大大增加。好莱坞的大门随时为她敞开。然而对我来说，除非我马上又能改编名家大作，否则所有大门似乎都要关闭了。"我当时感觉很难过。这一年对你来说坎坷不平。你还是有工作可做，但不是那种你真正想做的工作。我正要换个话题，试着亲切一点，你却出于自卫猛烈抨击起来。"你对你的事业还是这么不上心，真是可惜，否则你也许会明白。"

"这么说可不公平。"我说，虽然确实如此。

"难道不是吗？'巴特西'这么多年来没给你好好涨过一次工资，你却还不走。"

"因为我喜欢在那里工作。"

"不，因为你胆子太小，连换个工作的念头都不敢有。"

"不是人人都想统治世界，有些人只是想让世界变得更美好一些。"

一想到你不以我为荣~~就很崩溃~~伤心。非常伤心。我知道你认为我的生活可以有更多成果，但这并不都是我的问题。如果你爱的人足智多谋，就会令你黯然失色。而且我始终如一。爱着你。我一心扑在你的而不是我自己的梦想上。

那晚你睡在了客房，不过之后我们和好了。正好赶在今年的纪念日前。

今天早上你醒得比我早,这几乎闻所未闻,而且鉴于昨晚你再次熬夜修改十年前的剧本,就更出人意料了。当你端着一托盘早餐走进卧室时,我以为自己肯定在做梦。我们相伴这么多年来,你从未做过这种事。所以事出反常必有妖。

我们吃的是"方便蛋",这是我喜欢的叫法——你更喜欢"溏心蛋"这种成年人的叫法——而且要配"士兵吐司条"①一起吃。我盼着共度这一天,所以我不明白你为什么起这么早,又为何好像这么急着要把脏杯子和脏盘子拿回楼下。

"我们没必要着急,不是吗?"我问。

你还没坦白,你的表情就出卖了你。"我很抱歉,我得去见我的经纪人。真的用不了多长时间——"

"可我们说好今年这一整天都一起过。我请了年假。"

"我们会的,就几个小时而已。我真的觉得《石头,剪刀,布》这次真要拍出来了。我只是想和他谈谈,当面谈——你知道,只有这样我才能搞清楚他的确切想法——毕竟这个项目又有戏了。看看他是否同意推进以及……"

我知道不管我露出什么表情你都看不到,但你肯定看懂了我的肢体语言。

"我知道今天是我们的纪念日,但我保证今晚会弥补你的。"

"我们还会有大餐?"我说。

"最迟下午五点钟就可以开始畅饮了。我一完事就给你打电话,另外,我给你弄到了这个。"

这是一张下午场的演出票,我这几个月来一直想看这场演

---

①薄片吐司,双面烤后切成条状,容易让人联想到阅兵式上的士兵。它的形状适合蘸取去顶壳的溏心蛋吃。

出，可首演后票就卖完了。这是今天的票，所以至少你工作的时候我会有开心的事可做。但这也说明你知道我需要有事做。独自一人。只有一张票。于是我把周年礼物给了你。五周年应该送木制礼物，所以我为你准备了一把尺子，上面还有刻字：

结婚五年了，"木"敢相信？①

你笑了笑，拿起两条领带，要我选一条。老实说，两条我都很不喜欢，但还是指了指有鸟图案的那条。即使是在那个时间点，这似乎也很奇怪，因为你见经纪人从来不穿正装。

"这不是给我的，是给你的。"你看出了我的心思后说道。

你把这条丝绸领带裹在我脸上以蒙住我的眼。接着你牵着我的手领我下了楼。

"我不可以穿着睡衣出门！"我听见你打开前门时轻声说。

"当然可以，你还是和结婚那天一样好看，而且只有这样才能让你看到你真正的周年礼物。"

"我以为是那张演出票。"我说。

"给我点信任。"

"不好意思，办不到。你已经欠了太多债。"

"今年的礼物应该是木制的，没错吧？"

我跟跄地又走了几步，小径冷冰冰的，我光着脚感到阵阵刺痛，直到走上草地为止。我们停下脚步，你摘下了我的临时眼罩。

我那曾经完美无瑕的草坪中央有一棵光秃秃的丑陋小树。

"这是棵树。"你说。

"我看得出来。"

---

① 原文为"Who wood believe it"取谐音。

"我知道你一直想要一株木兰，所以——"

"就是这个样子？"你看上去很伤心。"对不起，你真贴心。我很喜欢。我的意思是，也许现在不行，但一旦花开，那景象肯定叹为观止。"你又眉开眼笑了。"谢谢，这礼物太完美了。快去处理剧本的事，把它拍成好莱坞大片，这样我和鲍勃就能去莱斯特广场走红毯了。"

得到我的同意后，你立即出了门，留我一人过纪念日。又是这样。

现在回想起来——马后炮真烦人——要是下午剧院的烟雾报警器没响的话，一切本会顺顺利利的。大幕拉开后不久所有观众就被疏散了，消防队也被叫来了，我本该看的下午场演出也被取消了。

正因如此，我比原计划提前回家了。

我搭地铁回家的途中发现自己盯着一对夫妻看。他们和我们年纪相仿，却像热恋的小情侣一样手牵手咧着嘴笑。我敢肯定他们每次都是一起过纪念日的，这让我开始怀疑我们的关系是否正常。我在汉普斯特德站下车回家时心里还是没底。我开始步行时下起了倾盆大雨，等我走到我们家的花园大门时人已经湿透了。看到那棵你种下的丑陋的木兰树，我感到莫名的愤怒。走到前门时我又气又冷，双手直哆嗦。

当我艰难地把钥匙插入锁孔时，我听见家里传来一个女人的笑声。当我打开门走进大厅时，我感觉肯定在做梦。有一个好莱坞女演员在我家的厨房里喝着酒。和你一起。在我们的纪念日这天。

"你怎么这么早就回家了？"你问，看上去和我的心情一样不快。

"演出取消了。"我说，始终目不转睛地看着她——我忍不住。奥克托巴·奥布赖恩本人比我在网上搜到的所有照片都更漂亮。她极其白皙的皮肤如陶瓷般光滑，完美无瑕，而她红棕色的"精灵头"在厨房的灯光下熠熠闪光。如果我留那种发型，就会像个假小子，她却像个快乐的精灵公主，眨着大大的绿眼睛，开怀大笑时露出一口洁白的牙齿。即便在我二十来岁的时候，我也从未如此好看过。

然后你介绍了我们两人认识，好像下午回家发现自己的丈夫正和另一个女人——一个只在影视剧里见到过的女人——喝酒很正常。我快要失态之际，奥克托巴完美的红唇却嫣然一笑，她点出了你该有的责任。

"见到你太好了。"她一边柔声说一边伸出一只指甲修剪得很漂亮的手。一时间我拿不准是该握它、亲它还是一个巴掌把它拍开。我有种想行屈膝礼的奇怪冲动。"你老公昨晚承认他从来没有在纪念日这天给你做过饭。我说在这个情况得到纠正前我不想和他的剧本有任何瓜葛。当他说自己不会做饭时，我提出可以帮忙。本想制造个惊喜……不过可能变成惊吓了？"

我一下子感觉自己的脸火辣辣的，原因有以下几点。

首先，我要是这几天清理过冰箱就好了，然后我又为我们家这些旧锅的状况感到忐忑不安——担心她会怎么想我、我们，以及我们家厨房的情况。还有，我的妆要是再浓一点就好了，因为和这个大美人比起来，我感觉自己像个湿漉漉的老太婆。

我的担心是多余的。我想我还没见过比她更友好或者说更大方的女人——难怪你想和她共事。鲍勃也爱上了我们家的这位客人，不过他谁都喜欢。我坚持要奥克托巴留下来吃这顿她和我们一起做的饭——你没有提出异议——于是我换上一身干衣服,打开另一瓶酒,然后我们度过了一个最美妙的夜晚。三道菜个个都很可口——特别是那道巧克力布丁。我以为自己面对奥克托巴·奥布赖恩这样的人会畏首畏尾。她如此迷人、成功和聪慧……却又魅力四射、谦逊有礼和善良友好。这让我意识到不管大家怎么看明星,他们终归还是人,像你我这样的人。即使是那些美得令人忐忑的明星。

"我就知道你见到她后也会喜欢的。"奥克托巴走后你说。

"你说得没错,不过我更喜欢你。"

"是几乎一如既往吗?"你笑着问。"所以你现在不介意我和她共事了?你也不会吃醋了?"

"谁说我吃醋了?"我答话道,而你扬了扬眉毛。

"你没必要吃醋。她很美,但不过是演员而已。"

"你觉得我美吗?"

"你是我的 MIP。"你说。

"MIP?"

"最重要的人(Most Important Person)。"

谢谢你今年让我度过了一个非常难忘的纪念日,这个纪念日我肯定忘不了。五年了。时间都去哪儿了?回忆满满,并且大多是幸福的,我期待将来和你制造更多美好的回忆。我觉得人人都有一个最重要的人。我们是彼此最重要的人。永远都是。

你老婆

××

萝宾篇

萝宾躲在礼拜堂一个阴冷的角落里一动不动地蹲着,直到访客都再次回到楼上为止。那个男人下来过两次,她差点儿就被发现了。她怀疑他现在到底认不认得出她。无论他有没有脸盲症,自从上次见面后,她恐怕也已变得让他完全认不出来了。

萝宾一个多小时前开门进来时,以为他们已经上床睡觉了,所以当她听到他沿着老旧的螺旋式木楼梯下来时,不得不躲起来。他不知怎的竟然避开了嘎吱声最大的那几级台阶。幸好,这间起居室——她一直觉得不如说是一个有沙发的藏书库——有很多黑暗的空间,而书柜又提供了充分的掩护,让她能看到来者是谁。然后她开门进了密室。秘密只有对还不知道的人才是秘密。秘密一经分享就可能变成谎言,而就像毛毛虫变成蝴蝶一样,美丽的谎言也能漫天飞,传得很远很远。萝宾对这座古老的礼拜堂了如指掌:她曾经就住在这里。

如果她愿意,还可继续住在这里,但她宁愿离开。

如今除非万不得已,萝宾不愿在这个地方多待一刻。她每次都得鼓起巨大的勇气才敢踏进这座古老的礼拜堂的门,而偶尔不得不进来时,她会以最快的速度做完要做的事然后赶紧离开。访客要是知道他们所住之地的真面目,也会想离开,但人们看到的都是他们想看到的。

密室隐藏在藏书库后面，这也是萝宾最讨厌礼拜堂的部分。很容易在书柜后找到这个密室——只要知道往哪里看——但得用眼睛观察。大多数人是闭着眼睛过日子的。而书可以完美隐藏各种东西，特别是合上的书，就像封闭的人一样。

一些回忆会让人感到幽闭恐怖，而这间屋子勾起的回忆每次都令她窒息，喘不过气来。萝宾尽可能保持不动，端详着密室的镶木地板，仿佛这是一个她可以解开的谜，而不管什么东西，只要会让她想起不堪回首的往事，她都尽量不看。但回忆不会听从指令，它们想来就来，想走就走。

今晚的月亮又圆又亮。皎洁的月光穿过彩色玻璃窗投下一系列奇形怪状的图案。映在墙上的自己的影子吸引了她的注意，这让她觉得自己很小。连她的影子都显得很哀伤。萝宾并不想握拳，但当她看见自己的侧影做了这个动作时，她把手往上举了举，开始变换手指的形状。先是石头。然后摊开，像布一样。接着她做了一个剪东西的动作，形如剪刀，然后笑了笑。

当确定安全后，萝宾起身离开。这时她以为看见了人，一下子呆住了，可只是炉台上方镜子里她自己的影像。这一影像震惊了她：她差点没认出自己。她的小屋里是没有镜子的。镜子里的这个女人正在密室里回瞪她，看上去老态龙钟，她病态的皮肤苍白到可能使她被误认成鬼。

萝宾把手伸进口袋，想拿出钥匙把身后的密室锁上，可她的手指却摸到了别的东西：她最喜欢的那支口红，这使她获得了一丝急需的安慰。这支口红被磨到只剩扁平的残根。她记得第一次涂它时的情景：那是个雨夜，她受到了很大的伤害。但这也强化了不要相信除她自己以外的任何人的重要性。

最有益的教训往往是那些我们不知道自己正在吸取的教训。

萝宾抹了一点点口红——想尽可能省着用剩下的口红——然后欣赏起镜子里她的新形象。她再次笑了笑,但没用,嘴角很快便耷拉下来。不过,情况还是有改善,这让她有勇气去做她来这里要做的事。

访客来的时候,或者说当她通过窗户看他们的时候,他们看上去并不开心。她躲在楼下,用手指抚摸着起居室里的书的背脊时,她察觉到访客的声音听上去也不开心。她听着他们在楼上卧室里的谈话。他们的声音传得很远,说话声好像从上方双倍高度的拱形天花板直冲而下进入她的耳朵。

令她感到奇怪的是,访客似乎真的以为可以免费住在这里。只有傻子才相信可以不劳而获。当听见他们一致同意早上离开时,她不得不忍住笑声。可她很快就转喜为怒。这是如今人们最大的问题:不珍惜所拥有的,总是想要更多。他们不愿为之努力。他们不愿去争取。当无法为所欲为时,他们便像被宠坏的小恶魔一样骂骂咧咧。太多的人都觉得这个世界亏欠他们,把自己糟糕的人生抉择怪到别人身上。而且人人都觉得,如果事情没有按计划进行,大不了就一走了之。

在这里,绝不可能。

当访客们把头再次枕在她的枕头上时,他们可以爱说什么就说什么,如果这些话能助他们入眠的话,他们甚至可以选择相信。外面的暴风雪可能已经停了——暂时停了——但明天早上谁也不会离开这里。鉴于她的所见所闻,萝宾可以肯定,至少他们中的一人永远不可能再离开这个地方。

阿梅莉亚篇

外面的天还没亮,但我摇醒了亚当。

"鲍勃不见了。我找不到他了!"

我焦躁地看着我老公揉了揉睡眼,在黑暗中眨了眨眼,然后仔细环视了一下卧室。从气味上看我们现在好像在一个礼拜堂——旧《圣经》和盲目信仰散发的那股霉味。唯一的光源是我握着的烛台上的火焰,而亚当过了一会儿才想起我们在哪里。由于通宵停电,我怀疑现在屋内和屋外一样冷,而他本能地把床罩裹在了身上。

我一把拽下床罩。"你听见我说的话了吗?鲍勃失踪了!"

"他在外面的楼梯平台上睡觉。"亚当边说边强忍着哈欠。

"哼,他现在不在那儿了。"

"也许他下楼了——"

"他也不在那儿!我把这地方找遍了,他不在这里!"

亚当这才露出担心的样子。

他终于听见我说的话了。他脸上那不常见的忧虑表情反而让我感觉更糟糕了——我才是那个会担心的人,而他不是。每当我无比焦虑时,他总能保持冷静。我们可以平衡彼此的情绪,我们的婚姻就是这样运转的。或者说曾经是这样运转的。

"好吧，前门肯定是锁着的，鲍勃也没有钥匙，所以他一定在这里的某个地方。我来帮你找找。"他边说边点亮另一根蜡烛，并在睡衣外面又套上一件毛衣——对御寒没什么用。"我敢肯定，只要我们在他的盆里放些食物，他就会跑过来——他通常都这样。"

亚当还没睡醒，却硬撑着下了床，匆匆来到楼梯平台。他停下来凝视着空空如也的狗窝——好像鲍勃失踪是我编的故事一样——然后抢在我前面下了楼。我注意到他刻意不踩一些台阶，这些台阶在我踏上时发出了响亮的嘎吱声。

"你怎么知道哪些台阶不要踩？"我问，同时稍稍跟紧了他一些。

"什么？"

"你跳过了一些台阶。嘎吱作响的台阶。"

"哦……好吧，这声音让我心烦。就像吱吱叫的橱柜或门。"

"可我们昨晚才到，你怎么知道哪些——"

"我也许记不住脸，但事实和数字，或者说大多数人忽略的东西——比如哪些台阶会嘎吱作响——往往会印在我的脑海里。我这方面的能力你是知道的。"

亚当确实常常记得那些奇怪的细节。对琐事有某种过目不忘的记忆力。我决定不谈这事了——眼下我们有更重要的问题要担心——为寻找这只失踪的狗，我们一起搜遍了每个房间的每个角落。

"我不明白，门还是锁着的，他不可能跑出去。"亚当说。

"嗯，他不会凭空消失。"我边答话边往鲍勃的食盆里倒了一些干狗粮，然后呼唤他的名字。

没有回应，这让人觉得更加不妙。我不知道该怎么办了。我拿起手机,果然没有信号,可就算有信号,我又能打给谁呢?

"我们应该去外面找找。"亚当说,于是我们赶紧来到靴室。

他打开了这座古老礼拜堂大门的锁,然后用力将门拉开。

门外的景象让我们俩都停下了步伐。

旭日冉冉升上远处的山头,屋外也刚好有足够的光线让我们看到一堵比我膝盖还高的雪墙。万物都覆盖在厚厚的白雪下,我只能勉强分辨出车道上我们那辆车的轮廓。如果鲍勃真的在屋外的某个地方,在如此厚的积雪中,他是撑不久的。

亚当猜到了我的心思,于是竭力安抚我,让我不要胡思乱想。

"你看到我开了门,当时肯定是上了锁的。积雪比鲍勃还高——就算他可以跑出去,他也不会的。那只狗连雨天都不喜欢。他一定在里面,你去地窖找过了吗?"

"在昨晚那事之后?就靠一根蜡烛?当然没有。"

"我用手机里的手电筒试试。"他说。

我正要纠正他——他忘了手机还在伦敦的家里——但这时我看见他匆匆找到那个他用于工作的旧肩背皮包。它太破了,我该给他买个新的。他伸手从包里掏出他的手机。

这部他假装在车里找不到的手机其实一直被他带在身上。

一个人说谎的原因几乎总是比谎言本身更耐人寻味。我老公不该说谎,这不是他的长项。

亚当篇

我抓起手机,打开手电筒,急忙来到活板门处。门是关着的,所以我看不出鲍勃怎么下得去,可这也是我们唯一没找过的地方。我打开门,以我胆量范围内的最快速度沿着石阶向下奔去。我还是只看到了布满灰尘的酒架,地上还有一本像是自制的脏兮兮的小册子:

黑水礼拜堂的历史

我敢肯定先前没有这东西。

"鲍勃不在下面。"我边说边走上台阶,手里的纸分散了我的注意力。

阿梅莉亚没有答话,干瞪着眼。我要是能分辨她脸上的表情,我敢肯定会很糟糕——她双臂交叉,而一旦她是这个站姿,就说明有麻烦了。我有麻烦了。

"怎么了?"我问。

"我还以为你找不着手机了。"

被逮到了。

我的内疚感很快被愤怒取代。

"好吧,幸好在出发前我发现你把我的手机从车里拿走了。你对我隐瞒了这件事,而且这几周你的行为一直很反常。你还有什么事瞒着我？鲍勃真的失踪了吗？"

"别这样。你知道我很爱鲍勃。"

"我原以为你很爱我。"

认为阿梅莉亚和鲍勃的失踪有关这个想法很离谱，可鉴于她近来的疯狂行为，我不知道该怎么想了。

"我只想出去过一个愉快的周末。就我们两个人，一次就好。不是我、你和你那该死的工作。写作、书、剧本……如今你似乎就只在乎这些。所以我才把你的手机从车里拿出来，因为你把大量的时间都花在刷手机上，总是让我觉得自己毫无存在感。"

然后她哭了起来——这招永远是她的"免狱卡"——让我没法再生她的气。我好像也不是事事都说了实话。

"你的手机有信号吗？也许我们可以给谁打个电话？"她问。我和她用的是不同的手机网络，所以这是个正经问题。

"没有，我已经查过了。"

从肢体语言看她很放心，可这说不通。我一定猜错了她的心思。我讨厌现在的我们，但这一切不能都怪我。信任是借不来的，一旦拿走，就还不回来了。

"有件事我得告诉你。"

我说这话时声音非常小，没想到她竟听到了。

阿梅莉亚从我身边走开。"什么？"

"昨晚……我下楼不是为了拿杯水喝。我看到……这下面有东西，就在我们上床睡觉前。我不想吓到你，所以我一直等到你入睡，然后回到楼下试图搞清楚状况。你因为地窖的事已经很烦了，我不想事情变得更糟——"

"请说重点，好吗？"

"如果你允许的话，我会说的。"

"你有什么发现?"

"这个。"我边说边打开厨房的一个抽屉。抽屉里塞满了旧报纸,上面刊载的都是关于奥克托巴·奥布赖恩的文章。"她是那个女演员——"

"亚当,我知道她是谁。这种事我不大可能忘掉。"阿梅莉亚厉声说,同时将这些剪得整整齐齐的剪报一张张地抽出来,摆在厨房的餐桌上。"我不明白。这些东西怎么会在这里——"

"而且我刚刚在地窖里发现了这个。这事我本来也想瞒着你——我知道这个周末对你有多重要——可我也知道你不喜欢秘密。"

我给她看了那本小册子。

"这是什么?"

"我想你应该亲自读读。我觉得这里其实不欢迎我们。"

"但为什么还要提供免费的周末住宿作为抽奖奖品呢?他们邀请我们来的。"

"谁邀请的?"

阿梅莉亚没有回答,因为她不知道。

她接过那薄薄的白纸,上面满是打印出来的文字,然后一直停留在首页,好像不敢打开似的。她读的时候我就在一旁默不作声地看着。

黑水礼拜堂的历史

至少自九世纪中叶以来，紧邻黑水湖的这个位置就坐落着一座礼拜堂。当现在的主人买下该房产和周边的土地时，它早已无人问津好些年。凭着浓浓的爱意和不辞劳苦的精神，他们决定将这个废弃的建筑物变成美丽的家。

原来的装饰物包括几个年代在八二〇年至八四〇年之间的石雕——这是有记录以来苏格兰最古老的礼拜堂之一。据我们所知，自从上任牧师道格拉斯·道尔顿神父一九四八年离世以后，这座礼拜堂就没再按它本来的用途使用过。他在这里的情况没有留下记载，只有当地（未经证实的）传言说他是从钟楼上掉下来摔死的。

其他记录显示，随着当地人口的老龄化，这座礼拜堂的会众逐渐减少到几乎为零，这也是它无人问津的原因。人们对这座礼拜堂真实的历史一度知之甚少，直到政府开始施工将这个当时摇摇欲坠、破败不堪之地改造成一个生活区。

为巩固地基而在地窖进行的挖掘工作显示，这座礼拜堂曾在十六世纪被用于关押女巫。地窖的墙壁内发现了铁环，被判为巫蛊罪的妇女和儿童在被绑在木桩上烧死前就拴在那里。一百多具被怀疑是女巫的人以及她们孩子的骸骨被发现埋在地下。检测结果显示，其中一具骨架是一个五岁女孩的。

各种地方逸闻和都市传说中有关黑水礼拜堂的故事都大同小异。大部分都说夜晚能看到鬼影飘在湖上。有几个故事说有人扮成女巫，她们的脸被烧伤，衣角处有烧焦的痕迹。据传她们日落后会在礼拜堂四周走动，透过彩色玻璃窗往里凝视，寻找她们被杀害的孩子。这些年来当地报纸多次说有人看见这样的场景，因此弄得人心惶惶，大家都不敢靠近。

几乎所有参与翻修该宅邸的建筑工人都说觉得地窖里莫名其妙地冷，一些人还称在那里听见有人低声念他们的名字。但必须指出的是，不是每个来黑水礼拜堂的人都目睹过灵异现象或鬼魂。

我们希望你们住得愉快。

阿梅莉亚篇

"我们得找到鲍勃,然后离开这里。"我一读完便说。

亚当将小册子和有关奥克托巴·奥布赖恩的剪报放进厨房的抽屉里,然后坚定地关上了,好像让这些东西消失不见就会有帮助。我还不清楚奥克托巴和这个地方有什么关联,但他似乎不敢看我的眼睛。

"我不想吓到你——"

"我没被吓到。我是生气。"我打断道。"我不相信有鬼。有人想吓唬我们。我还不知道是谁或者为什么——"

"我觉得我们不该仓促下结论。"

"我同意。我们要找到鲍勃,收拾东西,跳上车走人。"

我们不到五分钟就穿好了衣服。为找这只狗,我们把整个礼拜堂又搜了一遍,现在除了外面已无处可找。

雪已经不下了,感觉就像踏进了一幅画。自从我醒来后,天空的颜色从黑到灰,直到变成浅蓝色,我们昨晚到达时外面一片漆黑,现在能看到的东西比那时多多了。远处有白雪皑皑的群山和茂密的森林。几朵白云倒映在平静光滑的浩瀚湖面上,古老的白色礼拜堂似乎在朝阳下闪闪发光。接着我看到了钟楼,想起昨晚的事。那片坍塌的墙让人不可能注意不到。难怪门上的标牌会写着"危险"。

"亚当……"

"怎么了?"

"掉落的墙。"

"那又怎样?"

"要是鲍勃不知怎的上了钟楼,撞上那面破墙……然后掉了下来怎么办?"

"那他就会摔断身子躺在雪地里。"

我不喜欢他回答这个问题的方式,但我知道亚当是对的。我们开始默默地在外面搜寻。这里无疑是世界上自然风光最秀美的地方之一,但我迫不及待地想离开。

我没有带最适合这种天气穿的衣服和鞋子。雪非常深,可我们别无选择,只能穿着运动鞋蹚过去。我的袜子和脚几秒钟就湿了,牛仔裤的裤腿也湿漉漉的,全是冰冷的水。由于非常担心狗,我竟几乎没有察觉。在白天看到这个地方后,我们才真正意识到我们所在的这个辽阔的山谷不仅远离尘世而且非常大。我们没有找到要找的东西,但很快发现宅邸里那些丢失的浴缸的下落。三个爪脚卷边浴缸被藏在后面,里面都是植物——从样子看是欧石楠,有粉的,有紫的,颜色深浅不一。

意外的发现不止这些。

我们无意中发现了一小块墓地——我想古老的教堂后面有墓地并不意外——一堆看上去很有年头的墓碑几乎完全被雪掩盖。礼拜堂四周还散布着一系列深色的木雕,每个方向至少有两到三个。有似乎要跃出冰封地面的手工雕刻的兔子,有巨龟,还有巨大的木猫头鹰,它们栖息在被用作雕刻它们的树桩上。它们都有用手凿刻的大眼睛,似乎在盯着我们的方向看,好像和我们一样又冷又怕。连树上都雕刻着脸,所以不觉得被监视是不可能的。

我一遍遍地呼唤鲍勃的名字,但兜兜转转二十分钟后,我不知道该怎么办了。不养狗的人是理解不了的,这简直和失去孩子一样痛苦。

"你说该不会是有人把他带走了吧?"我问,我们似乎已经想不到其他可能性了。

"谁会干那种事呢?"亚当说。

"为什么做事要有理由呢?"

"那会是谁?这可是荒郊野岭。"

"会不会是我们来的路上经过的那个小茅屋?"

"那儿看上去空无一人。"

"要不要去看看?"

他摇了摇头。"我们不能随随便便就指责别人——"

"是不能,但我们可以向他们求助吗?那里离主路比较近,所以没准儿还有电……或者至少借我们打个电话。走到那里不是很远。值得试试,不是吗?要是鲍勃不知怎的确实跑了出来,他们没准儿还见过他,不是吗?"

亚当以前其实从不想养小狗。迄今仍常常闯入他梦境的儿时记忆使他对养狗望而却步——这情有可原。但这种情况在他遇见鲍勃后就改变了。我老公有时掩饰得很好,但我知道他和我一样爱那只狗。

"好吧,我们走。"亚当说。他拉起我的手,我没拦着。

湖的一些地方结了冰,我也再次想起鲍勃。他讨厌雨、冻雨和雪,或者说讨厌任何从天而降的东西,但他喜欢水——总是会往河里跳或往海里奔。但我们的这只上了年纪的傻狗肯定知道要避开冰冻的湖面。我们艰难地向远处的小屋走去,我也尽量不去想这事。除了我们踩踏新雪的脚步声外，寒冷的空气中鸦雀无声。如果不习惯的话，寂静会很瘆人，而在伦敦生活和在"巴特西"工作的我肯定习惯不了。有时候我睡觉时都会听到狗叫。可这里却如此安静。安静得如此不自然。连一声鸟鸣都没有。现在想想，我不记得见过哪怕一只鸟。

虽然出发时看着不是很远，但我们花了超过十五分钟才到达小屋。这是个巴掌大的房子，墙壁和礼拜堂内的一样都用石灰水粉刷过，屋顶用茅草覆盖。几乎就像霍比特人的房子。这屋非常小，又地处偏僻，我想象不出为什么会有人愿意住在里面，但屋外停着一辆车——几乎完全在视线之外——这让我对有人住在里面有了希望。这辆车很大，可能是辆路虎老爷车。由于车被半埋在雪里，所以很难辨认。不管是什么车，我敢肯定都比我的车更能应付这种天气。

我清了清嗓子，然后敲了敲那扇亮红色的门。我紧张是有原因的，我甚至都不确定要是有人开门我该说什么。

我的担心是多余的。无人开门。

这很奇怪，因为我敢发誓在我们沿着小路走过来时我听到了声音——也许是收音机，或者是有人在轻声和孩子说话。我看了看亚当，他耸了一下肩，于是我又敲起了门。这次更用力了一些。还是无人应门，完全没有活人的迹象或声音。

"看那个。"亚当凝视着屋顶说。

我以为他说的是茅草屋顶，但当我抬起头时，发现烟囱正在冒烟。里面一定有人。

"也许他们听不到我们的声音。"他说，"你待在这里，我去屋后扫一眼。"

我还没来得及答话，他就没影了，而且消失了很长时间，我都开始担心了。

他终于回来了。"有什么发现吗?"我问。也许只是因为冷,又或者是我的臆想,但他的脸色更苍白了。

"既有也没有。"他说。

"这是什么意思?我们只需要找到鲍勃就行了。"

"屋后一片狼藉,杂草丛生,甚至还有一个茅厕。至少这次没有浴缸在外面了,但我想不管谁住在这里,肯定上了年纪。没有别的门,只有两三扇脏兮兮的窗户。我看到里面有个女人,就坐在炉火边。"

"太好了——"

"不一定。"他说,用他的消极想法给我的乐观当头一棒。"我敲了敲窗户想引起她的注意,可我想我吓到她了。"

"好吧,这可以理解——我想一路来这儿找她的访客没有多少。我们道个歉就好了。我敢肯定,一旦说明原因,她会愿意帮忙的。"

"我可不这么认为。那里到处都是蜡烛——"

"嗯,一直在停电,那里面大概很黑。"

"不,我说的是到处。好几百支蜡烛。她看上去像个施咒的女巫。"

"别犯傻了。那本破册子让你开始胡思乱想——"

"这还没完。她的腿上有只动物。"

我想到了可怜的鲍勃,顿感恶心。"什么动物?"

"一只白兔吧,我觉得是……"我如释重负,担忧一扫而空。我一度不敢听亚当要说的话。"我没来得及看清所有东西她就看到了我。"

"她看到你后又发生了什么?"

"她盯着我看了很久,然后径直走到窗前,就和你我现在的距离一样近。怀里仍抱着那只白色的肥兔子,如果是兔子的话。然后她拉上了窗帘。"

萝宾篇

萝宾拉上的窗帘不止一副,而是所有窗帘。

她也一一吹灭了蜡烛——蜡烛只有几根,不是数百根,男人就是容易夸大其词。然后她在黑暗中坐下,等待心脏不再如此剧烈地跳动。她从未想到有人竟会无礼地擅闯她的宅邸,或未经邀请绕到屋后——透过玻璃往里凝视,仿佛她是动物园里的动物似的。窗帘根本不是真的窗帘——而是钉在窗户上方的二手床单。她注意到破旧的布料上有烟斗留下的黄色污渍。布料以前是白色的。但只要派得上用场,以前是什么样不重要。而且东西不是非得好看才有用处。萝宾也许不再漂亮了,但她绝对有权住在这里。

他们就不一样了。

萝宾小时候一害怕就会像现在这样坐在黑暗里。这种事经常发生。为了使自己平静下来,她现在的做法和那时一样:盘腿,闭眼,然后把注意力放在呼吸上,缓慢的深呼吸,吸气和呼气。吸气……然后……呼气。至少只是他看到她了,这点还是值得庆幸的。

现在想起来,这似乎是明摆着的事——访客当然会来这里求助——她恼火的是他们竟然把她弄得措手不及。

萝宾想知道他们现在会怎么想。

这种情况对他们中的任何一个人来说都不正常，绝对不正常，她估计紧张和恐惧的威力肯定开始显现。夫妻总认为他们比任何人都更了解自己的伴侣——尤其是在一起生活两三年后——但事实并非如此。萝宾了解他们两个人的情况，而且她敢肯定他们不了解彼此。

她看到他注视着她腿上的兔子，脸上的表情既恐惧又厌恶。但这只叫奥斯卡的兔子是她现在唯一的陪伴。和她一样，他也是习惯的奴隶，每次早饭吃完草、新鲜蔬菜或——在下雪的时候——罐装婴儿食品后，他就想跳上扶手椅。至少他是真实的，不像亚当·赖特在脑海中杜撰的那些人物，而且他所有的时间都是和这些人物一起度过的。赖特（正确）①先生有时是错的。萝宾不会任由这些人来评判自己。

她避开窗户匍匐着爬到小屋的最前面。她得知道访客有没有走——要做的事多得不得了，时间却少得可怜。但他们还没有走。所以她滑到地上坐着，耳朵贴着密封的信箱，怀里仍揣着那只兔子，抚摸它的毛。听他们在门那边谈论她犹如做梦一般。他们也许不知道她是谁，但萝宾知道他们是谁。毕竟是她邀请他们来这里的，虽然他们还没意识到这点。

他们很快就会意识到了。

---

① "赖特先生"原文中为 Mr. Wright，音同 right（正确）。

阿梅莉亚篇

"我们应该再敲一次门。"我说。

"我觉得这不是个好主意。"亚当答道。"她看上去像个疯子。"

"嘘!她很可能听得到你说话。这地方装的不是双层玻璃。你怎么知道是个女人?"

他耸了耸肩。"长发?"

有时候亚当认不出面部五官这个问题会令人无比气恼。

"要是女人的话。"我说,"那也许我应该试着和她谈谈。我没看到附近还有其他建筑物,她搞不好是唯一能帮助我们的人。"

"要是她不想帮忙怎么办?"亚当嘀咕道。

我早已冻得不行,但当他说这话时我觉得比以前更冷了。我想起他在礼拜堂厨房的抽屉里发现的奥克托巴·奥布赖恩的剪报,顿感恶心。这已经是很久以前的事了,但亚当在那件事发生前是和这个女演员合作的,有时候我仍怀疑——

"你觉得她会不会就是你昨晚看到的窗外的那个人?"他低声说。

我耸了耸肩,紧接着哆嗦了一下。令人略感宽慰的是,至少他现在相信我说的那件事了。"我不知道。你呢?"

"我怎么知道?我又没看到你看到的,而且我们俩都知道,就算我看到了，我也无法再认出来。"

"好吧，你刚刚看到的那个人是胖是瘦？是老是少？"

"我想是中等身材，而且她有一头花白的长发。"

"所以，那就是老人？"

"也许吧。"

"不知道她是不是管家。"

"如果她是的话，也是个糟糕的管家。"

"有人特地给我们写了那些字条。"我提醒他道。

"管家不打扫卫生吗？就我透过窗户看到的情况而言，她好像连羽毛掸都不知道怎么用。她也许有一把扫帚……用来在夜里四处飞——"

"现在不是开玩笑的时候。"

"谁说我在开玩笑？你可没看到，里面全是蜡烛，还有她腿上的那只白兔，就像在施咒一样。别再惹这个当地女巫生气了，我们现在的麻烦已经够多了。"

有时候想象力过于丰富不是好事。我拿出手机高高举起，发现还是没有信号。亚当看到后，也拿出手机做了同样的动作。

"怎么样？"我边问边盯着他的一举一动。但他摇了摇头，然后在我看到屏幕前就把手机放回口袋里了。

"连一格信号都没有。我们为什么不爬到那座山的山顶？我想我看到了一条小路。"他边说边指向一座在我看来很小的山。"我们在那上面可能会有信号，就算没有，至少也能看到整个山谷。要是有其他房子或人，我们都能看得到；要是有公路，我们甚至可以去那儿拦人。"

这个主意倒不是完全不切实际。

"好的。这听上去是个不错的计划。不过我还是打算写张便条，以防万一。"

我伸手从手提包里取出一支钢笔，然后找到一个旧信封，在上面草草地写了起来。

很抱歉打扰您，我们不是有意闯入的。我们住在黑水礼拜堂。宅邸里没有电话，因为暴风雪的缘故也没有电，由于管道冻住了没有水，手机也没有信号。您要是有电话借我们用一下，我们将万分感激，并保证支付通话费用。我们的狗还丢了。不知您是否见过他，他的名字叫鲍勃，他若能平安归来，我们必有重谢。

非常感谢。

阿梅莉亚

我把字条拿给亚当看。

"你为什么加了那句酬谢的话？"

"以防她真是女巫，想把鲍勃也变成一只兔子。"我嘀咕道，然后试图将字条投进信箱。信箱好像被封住了，我只能将信封从门下塞了进去。我听到一阵声响，然后一个箭步退了回来。"来吧，我们出发。"

"急什么？"亚当问。

我看着他向一只黑鸟行礼，万一它是喜鹊可不能错过了。这是他的众多迷信行为之一，这些行为常常让我对他又爱又恨。不向喜鹊行礼就会在下一个拐弯处遭霉运，这种说法按我的逻辑就是无稽之谈，我是绝不会信的。可他相信，因为他母亲相信。鉴于我们现在的处境，也许我也应该行礼。

"我听到了一些声音。"当我们稍微走远一些后我轻声说。"我想我们站在那里说话时她一直就在门那边。这意味着她全都听见了。"

萝宾篇

萝宾确实全都听见了。

她看了那个女人从门下塞进来的字条，然后将其揉成一团丢进了火里。

萝宾不是女巫——她倒不在意他们怎么想——但老实说她有过比这糟糕得多的称呼。所以她没有把小屋打扫得一尘不染又怎么样？这是她的家，她选择怎样生活是她的事。有些人认为钱可以解决生活中的一切问题，可他们错了，有时候钱才是问题出现的原因。有些人认为钱能买到爱和幸福，甚至能收买人心。但萝宾不会被收买。她如今所拥有的一切都是她的，都是她凭一己之力挣到的、找到的或做到的。萝宾不需要也不想要任何人的钱、物和意见。萝宾能照顾好萝宾。此外，这个小屋也许看上去没什么大不了，但这里是她儿时的避风港。正如她母亲一样。有时候，家与其说是住处不如说是回忆。

对她个人相貌的那段议论有点伤人，或者说有点过分。但如今言语中伤的刺痛程度不比荨麻大，最初的恼怒很快消失得无影无踪。况且，被轻蔑地认为是老妇人让她觉得有些好笑。头发花白并不代表萝宾老了。她对自己说他不知道他在说什么——这个男人连他自己的样子都认不出。不过，虽然她从不爱慕虚荣，但这不代表她对冒犯的话无动于衷。

她将自己和住处稍微拾掇了一下——因为她想拾掇，不是因为他说的话——然后小心翼翼地将一处窗帘的边角掀起，看看访客是否还藏在外面。看到他们已经走到半山腰，她很高兴。他们不再碍事，也听不见她的声音了。

既然确定他们不会再看到不该看的东西，听到不该听的东西，萝宾在旧皮椅上坐下，点燃了烟斗。她只是需要一点点东西来稳定情绪，让自己平静下来，况且这是她最后一次有机会抽这个烟斗了。她现在唯一习惯的访客是邮差帕特里克——他懂得不应该敲门或问好——和当地的牧民尤恩，他会在黑水湖一带的土地上放羊。他不时会过来送些牛奶或鸡蛋以表谢意——她让动物们免费吃草，因为她明白养殖业已变得颇为不易。他还会和她说镇上各色人等的八卦消息，倒不是萝宾想知道，只是大多数人都对她敬而远之。

因为当地人都知道黑水礼拜堂的传闻。

萝宾望向窗外，最后查看一次访客的情况。他们已快到山顶，所以可以安全出门了。她披上大衣，奥斯卡则抬头望着她。几年前，萝宾还觉得在家里养兔子是无稽之谈，但结果证明，有家兔做伴出奇地好。萝宾把一个红色的皮项圈塞进口袋里，然后独自向礼拜堂走去。她知道访客的狗去了哪里，因为是她带走了狗。虽然她自己曾养过狗，知道他们现在肯定心烦意乱，但萝宾对此毫无歉疚感。

恶人就该有恶报。

铁婚

年度词语：
乐不可支（chuffed）形容词 感到开心或非常高兴。

2014年2月28日——我们的六周年纪念日

亲爱的亚当：

这一年对我们两个来说是美好的一年，不是吗？你很开心，这让我也很开心，好像开心可以感染人似的。亨利·温特邀你把他的另一部小说改编成电影，这次是一部有点恐怖的凶杀悬疑小说，名叫《黑屋》。你自己的剧本似乎也在朝着正确的方向迈进，《石头，剪刀，布》已进入开拍前的筹备期！

我们得感谢奥克托巴·奥布赖恩的帮忙。有一线女演员助阵，不光帮你自己的项目打开了好莱坞的大门，还吸引了一位你信赖的优秀制片人的关注。你们三个今年待在一起的时间 多到荒唐 很多，你不止一次消失不见，和他们去了洛杉矶——这倒不是说我介意。而且多亏了奥克托巴，我们刚刚度过了一个最棒的结婚纪念日。

我告诉她我们从未出门过过纪念日，因为你总是忙于工作，这是实话。她就是在那时提议我们去她的法国别墅好好庆祝一番——我们的六周年纪念日。这真是太体贴了，特别是她这段时间还过得非常糟糕。记者发现她因超速而吃过罚单，而且还吃过很多次。奥克托巴的漂亮脸蛋——和非常昂贵的车——因为种种不光彩的事情出现在报纸上。奥克托巴喜欢飙车，可现在她得上法庭，而且因为先前的种种违法行为，她好像会被吊销驾照。

穿行英吉利海峡隧道比我想象的要快得多。我们把车停在列车上，仅仅三十多分钟后我们就到了加莱，就像变魔术一样。鲍勃第一次用上了他的宠物护照，带狗旅行如此容易。我看到有个女人带着一只兔子穿行海峡，那只兔子就在她的副驾驶座上。它身上套着小小的红系带，拴着牵引绳走路，我从未见过这样的场景！

我们开车穿过巴黎——我想看看巴黎圣母院——在塞纳河畔的一家小餐馆吃完午饭后，我们认真逛了逛"巴黎的旧书摊"，它们没让人失望。在河畔小道上一大片鳞次栉比的绿顶棚屋下，每家都有自己的二手书展——有好几百本。卖旧书的传统在这里代代相传，已延续数百年之久。

你很是怡然自得。

"这些书摊一九九一年被联合国教科文组织列为世界遗产，这事你知道吗？"你边说边停下来大闻特闻这些书。你老做这事，虽然我一度觉得这个行为有点奇怪，现在却觉得它很可爱。我很喜欢你挑书的方式，先是小心翻动书页，好像纸是黄金做的，然后闻它们，好像可以把故事吸进去似的。

"我不知道这事。"我答道，虽然这件事我以前听你讲过好几次。

这样一个有关婚姻的奇怪现象却从未有人说过。人们认为当夫妻没有故事可向对方讲时，他们之间就该结束了。我听你讲故事能听一整天，即使是那些我已经听过的也一样，因为你每次讲的故事都略有不同。无论相处的时间有多长，也无法对另一个人了如指掌，而一旦你感觉自己了解得过多，那就有问题了。

"人们都说塞纳河是世上唯一流淌在两个书架之间的河流。"你说，并牵起了我的手。

"我喜欢这种说法。"我答道，因为我确实喜欢。我现在仍然喜欢。

"我喜欢你。"你答道，然后吻了我。

我们好几年没像这样在公共场合接吻了。起初我感到不自然——我不确定还记得怎么接吻——但接着我释怀了，认为我们又是我们了。那个曾经的我们。我们穿越时光回到过去，那时我是你想娶的女孩，而你是那个我希望会向我开口求婚的男人。

奥克托巴把她在法国香槟地区的住宅借给我们住，她自己则在美国拍另一部戏。她在世界各地有四套不同的住宅。这也许就是她如此擅长改变口音和样貌的原因。从香槟大道的莫埃香槟酒厂步行二十分钟便能抵达她在法国的房子，我深信这是我听到过的最好的住址，我也明白了她更喜欢住在这里而不是伦敦或都柏林的原因。我感觉我们像来到了葡萄酒爱好者的乐园。对于喜欢喝上一杯香槟酒的人来说，这条大道就是铺着鹅卵石的仙境。街道两旁林立着优雅的庄园，所有者个个都是世界上最古老、最知名的酿酒商。小城到处是获奖餐厅和可爱的小酒吧，家家都提供香槟酒，好像这是柠檬汽水一样。

你最喜欢的女演员在法国的隐居地位置绝佳：近到足以步行到市中心，但也远到足以让我们感觉像在乡村，葡萄园和底下的山谷尽收眼底。这房子曾经是一个废弃的小型私营酿酒厂，而现在是座豪宅，全是木梁和大玻璃窗。房子很新潮，但也保留了足够多的原始特点，使这里有家的感觉。这对一个不到三十岁的女人来说相当厉害了。按照你的说法，她似乎发现了翻修的问题，并且已经看上了另一处她想要改造的废弃房产。地段要稍偏远一些。

我们很晚才到，所以吃了一顿卡芒贝尔熟奶酪、果酱和新鲜的法式面包晚餐后，我们喝了一瓶香槟酒——这是当然的——然后就直接上床休息了。

"纪念日快乐。"你第二天早上把我吻醒时说道。

起初我不确定自己在哪里，但随后从客卧看到的迷人景色让我放松下来：虽然只不过是蓝天、阳光和葡萄园。你微笑着把礼物给了我，看上去还相当得意。如果我打开礼物时露出了一些失望的表情，那我真是过意不去。我当时还没睡醒，没想到你会送我一枚书签。千万别误会，就书签而言，它非常精致：用铁制成，以此象征我们的六周年婚姻，上面还有刻字：

娶了你，老铁我① 真高兴。

你似乎觉得这很好笑。

"你现在和我一样爱看书，我真是乐不可支（chuffed）。"你说，"我们晚上在炉火前看几本书、喝瓶美酒，很惬意，不是吗？"

"七十岁以下的人都不再用'乐不可支（chuffed）'这个词了。"我答道。

没错——我现在看书的频率确实赶上你了。可我有选择吗？要么一起看书，要么独自一人。

---

①原文为"Iron so glad I married you."

我把送你的礼物给了你：一把看上去精美华丽的老式铁钥匙。你似乎不感兴趣，我几分钟前大概也是如此，我认为我们可能得改改买礼物的标准了。

"它是开什么的？"你问。

"保密。"我说，并把手伸到白色的床单下。

我想你会记得我们随后做的事，做了两次，就在奥克托巴·奥布赖恩的卧室里。这是很长时间以来我们最棒的一次性生活。墙上挂着几张我们美丽的东道主的照片：有奥克托巴获英国电影学院奖的照片，有她因慈善工作与王室成员合影的照片，还有与其他年轻貌美的好莱坞一线明星微笑合影的照片，这些一线明星的名字按说我该知道，可实际情况正好相反。我一度不得不转过脸去，担心她在看着我们。

我讨厌自己有这样的想法，但我希望你在她床上想到的人是我。

趁你冲澡的时候，我稍微探了探这个地方。谁不想探探呢？这里到处是励志的格言警句，一幅镶框的版画上写着："收获靠的是努力，而不是空想。"以及——我个人最喜欢的话——"成为爱犬心目中的那个人。"我不知道她养过狗。门口的地垫上还有几封未拆的信件，我拾起后发现有两封是寄给一个叫R.奥布赖恩的人。

"我不知道奥克托巴结婚了。"我边说边将信件放到梳妆台上，并偷偷向抽屉里扫了一眼。

"她没结婚。"你在浴室里答道。

"那R.奥布赖恩是谁？"

"什么？"你大声问道，以盖过淋浴声。

"这些信都是寄给一个叫R.奥布赖恩的人的。"

"奥克托巴只是她的艺名。为了让她的私生活不受打扰。"你说,"从记者有时对她穷追不舍的架势看,这也是好事。就超速吃罚单那事,看看那些新闻标题,你还以为她杀了人。"说到这儿,你旋即换了话题,这让我很高兴,因为我希望这次外出度假的主角是我们。只有我们。

我送你那把铁钥匙是因为我想把所有事情的真相都告诉你。一切真相。我们眼下如此幸福,我不希望我们之间再有秘密了。但当你拆开包装,手里握着这把可以知晓一切的钥匙时,我却感觉有些不对劲。为什么要用我的过去毁掉我们的现在或危害我们的未来呢?还是让我们这种幸福的生活再多持续一些时间吧。

献上我所有的爱
你老婆
××

亚当篇

我比我老婆更会照顾自己,她把太多的时间都花在照顾别人上了。我们到达山顶时,她满脸通红,喘得非常厉害。我本可以不这么着急,也许走慢一些就行了,但我想让我们俩都尽快远离那个小屋。

"我看不到任何东西。"她说。

"那是因为没什么可看的。"

严格地说,这两种说法都不对。

从这上面可以三百六十度俯瞰山谷的全貌——和我预想的完全一样——可放眼望去,只有雪山和荒原。景色迷人极了,可鉴于现在的情况,要是能看到另一个房子,或者加油站,或者电话亭会更好。景色优美却寸草不生正是我所担心的:无处可逃。或者说无处可藏。我们完全与外界隔绝了。

不过,我确实看到了一样东西。

在小屋后面。

这事一直困扰着我。

我认不出这个女人——任何人我都认不出——可我确实产生了一种奇怪的似曾相识的感觉。我试图将这种感觉隐藏在心中某个黑暗的角落——眼不见,心不烦,然后朝我老婆望去。她背对着我,正忙着看清山谷。我看得出她在努力喘气并整理思绪,这两件事她好像都没掌控好。我真希望能像别人那样看到我老婆。我认得阿梅莉亚的身形,她头发的长度和发型。我熟悉她的洗发水、润肤霜和我作为生日或圣诞礼物送给她的香水的味道。我也熟悉她的声音、癖好和言谈举止。

可当我注视她的脸时,我看到的可能是任何人。

我去年看了一本惊险小说,讲的是一个患有面孔失认症的女人的故事。起初我真的很兴奋——写脸盲症的小说并不多。我以为这会是一个很好的设定,可以拍出好看的电视剧,还能提高人们对这个病的认识,可惜事与愿违。文笔和情节都很平庸且令人失望,所以我拒绝了这个活儿。我花了那么多时间改写别人的故事,真希望我更擅长改写我自己的故事。

有时候我觉得自己本该是作家。作家的文字被人视若金子,它们碰不得,可以从此在书中过着幸福的生活——即使是烂书。相比之下,编剧的文字就像软心糖豆,如果监制不喜欢,就会把它们嚼烂吐出来。一起被抛弃的还有写这些文字的人。我的亲身经历要是写成惊险小说肯定比那本强。想想看,认不出老婆、最好的朋友,以及那个儿时当面害死你母亲的人是什么滋味。

我母亲是那个教我读小说和爱上小说的人。我们常常在我儿时住的那套廉租公寓里一起津津有味地看从图书馆借来的小说,而且她说过,只要我愿意,书会带我去任何地方。善意的谎言无伤大雅。她还说过,如果我非要老看电视不可,就会有四角眼,可当我们那台破旧的电视机坏掉后,我母亲却去当铺卖了她所有的首饰——除了她心爱的蓝宝石戒指——给我又买了一台电视机。儿时的我缺少家人的陪伴,也没有朋友,她知道那些我喜欢的书和影视剧里的人物填补了这些空白。

看着她死去是我今生遇到的最不幸的事。

"我们现在该怎么办？"阿梅莉亚的问话打断了我的思绪。

爬到山顶的路程既远又陡——我们俩的衣着都不适合此次远足和这种天气——而且似乎徒劳无功。即使在这上面，我们俩的手机还是都没信号。既没有鲍勃的踪迹，也无从求救。我看到礼拜堂在下方很远的地方，它看上去比之前小太多。没那么咄咄逼人了。但另一方面，自从我们离开后天色暗了下来。乌云似乎誓要将太阳遮住，而阿梅莉亚正在瑟瑟发抖。我们之前走动时还没问题，但一停下来我也觉得冷了，看来久站不动可不行。到达山顶后，通常可以回头看看此行走过的整条道路。但在路上时，有时却无法看到要去哪里或走过哪里。这感觉像在喻指生活，我要不是冷得要命，肯定会忍不住把这一想法写下来。我最后环视了一下四周，但除了礼拜堂和小屋，四面八方全是绵延不绝的雪景，真没什么可看的。

"我想我们真的在茫茫荒野中。"我说。

"我要冻僵了。"她答话道，牙关咯咯作响，"可怜的鲍勃。"

我把夹克脱下裹在她身上。"快点，我们走吧。我们回去后就生火，暖和起来后再想其他办法。下山会容易点。"

关于下山这件事我错了。

地面现在似乎比上山时更滑了，既有冰又有雪，使我们前进得很慢。浑浊的天空变得更加灰暗，虽然冻雨刚落下时，我们俩都装出一副若无其事的样子，但几秒钟后就装不下去了。我们的衣服不是为抵御冬季的极端天气而设计的，我们的身体也不是。冻雨从四面八方吹打我们，不到几分钟我们俩浑身上下都湿透了。现在连我都在哆嗦。

就在我以为在天气方面事情不会变得更糟时，冻雨变成了冰雹，像子弹一样从天而降。我预计我们回去时会伤痕累累，要是回得去的话。每次我壮着胆子冒着满脸都是小冰粒的风险抬头看时，都感觉我们好像没在往山下走。礼拜堂看上去还是那么小，遥不可及。

这种倾泻之势缓和下来，冰雹也变成了雪。

"我们趁现在试着加快点步伐。"我边说边伸出手，想扶阿梅莉亚走下一段崎岖的山路。但她没有牵我的手。

"我看到人了。"她边说边盯着远处看。

我护住眼，眺望下面的山谷，却什么也没看到。"在哪儿？"

"要进礼拜堂了。"阿梅莉亚悄声说，好像一英里之外的那个人能听到她说话似的。

果然，我看见一个正沿着礼拜堂的台阶向上走的人影。

我摸索着找我们离开前用来锁旧木门的巨大钥匙，当我发现它在口袋里时才放心。可这种安心片刻就消散了，因为我看到那个模糊的人影打开门消失在屋内。我相信这一定是我的臆想——虽然这么远的距离很难确定任何事——可那个人看着像是穿了一件红色和服。就像我母亲以前邀请……朋友小住时常穿的那件。我想像往常一样一键删除这一念头，可我头脑里的键却卡住了。那个人的穿着可能是我的臆想，但刚刚确实有人进了礼拜堂。就算我跑下山，没在冰上滑倒或跌入雪里，我想至少也要二十分钟才能下山回到那里，直面刚刚开门进去的那个人。

"再和我讲讲我们最终是怎么来到这个地方的。"我说，那颤抖的声音听上去像是对我自己说话声的拙劣模仿。

"我已经告诉过你。我在员工圣诞抽奖活动中抽中了这个外出度周末的奖品。"

"而你是收到一封电子邮件后才发现中奖了？"

"是的。"

"那这封邮件来自?"

"管家。我和你说过。"

"你知道还有其他同事抽中类似的奖品吗?"

"尼娜抽中了一盒凯利恬巧克力,可她买了二十张抽奖券,所以肯定会中。"

"你买了几张抽奖券?"我问,心里已经害怕会听到那个答案。

"只买了一张。"

萝宾篇

萝宾没花多长时间就从小屋走到了礼拜堂。

当她丢下奥斯卡离开时,他一脸委屈,耷拉着的白色大耳朵似乎垂得比平时更厉害了。萝宾刚来黑水时,急需一些慰藉和陪伴,而对于她找到的这个伙伴来说,奥斯卡好像是个不错的名字。萝宾以前一直很喜欢那些电影界每年颁发一次的实心铜像。她唯一的奥斯卡可能是只兔子,但她喜爱他。

她看见访客在远处的山顶上观望,知道自己至少有半个小时来完成所有她要做的事。就算他们想也不可能及时赶回来阻止她。和他们不一样,她有合适的衣服抵御冬季的严寒。就算她借来的靴子太大,还是比时髦的运动鞋更适合在白雪皑皑的山间和田野跋涉。

她进礼拜堂前在门外停留了一会儿,抬头盯着彩色玻璃窗和坐落于楼顶的白色小钟楼看了片刻。在那面湖和群山的映衬下,就像在看一幅画。她意识到自己已经在这里待得太久,也像这样忍受了太久;一个人过于频繁地接触美就会对美无动于衷。当萝宾开门进去时,风也进去了,将一团貌似雪的尘埃吹到空中。让她觉得好笑的是,访客竟以为她是管家。这可不是她有钥匙的原因。

萝宾在靴室里脱下靴子——这地方也许很脏，但也没必要让情况变得更糟——然后走到厨房。她袜子上的眼儿比渔网的还多，但勤俭节约，吃穿不缺。礼拜堂甚至比平时更冷，里面的味道与他们来之前相比已经发生了变化。污浊的空气中弥漫着那只狗的气味，以及那个女人身上浓烈的香水味。

她匆匆来到起居室，脱下右手的手套，用手指抚摸排列在架子上的小说的书脊。她每次来这里都要做这件事，就像有些人在田里就忍不住摸麦尖一样。她留意到淡淡的烟味，发现访客昨晚把她留给他们的所有木柴都烧了。现在这并不重要，至少对她来说不重要。可能晚些时候对他们会很重要。

当她紧紧抓住螺旋式楼梯的扶手时，无数痛苦的回忆涌上心头，使她顿时失去了勇气，无法集中注意力。

你的专注决定你的未来。

萝宾很喜欢这种励志的格言警句。她反复对自己说这句话，直到她觉得思绪恢复了稳定，然后踩着吱吱作响的楼梯向上走，对墙上那些无脸的镶框照片视而不见。

访客昨晚睡过的那张床还没整理过。让他们睡在这里还是觉得很奇怪。但萝宾没花多久就掖紧了床单，铺好了羽绒被，并把枕头拍得鼓鼓的。这是她应该做的：如果访客今晚还在这里的话——他们定会的——他们得休息。然后她朝他们的包里看了看，并研究起他们的东西，因为她可以而且也想这么做。

她先从浴室开始。萝宾发现了这个女人的洗发水，闻了闻后将里面的液体倒入了排水孔。看到他们并排摆放的粉色和蓝色牙刷，心里又生出一股怒气，于是她一把抓起这两把牙刷用它们清理抽水马桶。她擦得如此用力，牙刷毛好像都被磨平了。然后她把一切东西都放回原处。

留在窗台上的几瓶面霜看上去价格不菲,于是萝宾往她自己的脸颊上抹了一些。她的日常护肤已有很长时间只是每天用湿毛巾擦擦脸而已。这款润肤霜的质感非常好,她决定占为己有,于是利落地将瓶子放入口袋。然后她回到卧室,向四周最后望了一眼,看到其中一个床头柜的抽屉微开着。她仔细看了看,希望里面会留下什么东西。

有些人竟会如此盲目地相信别人,这一直让萝宾困惑不解。至少其中一名访客认为他们是来这里过周末的,还以为黑水礼拜堂是某种度假出租屋。它不是度假屋,而且将来也绝不会是。至少在她活着时不会。

每当萝宾想到人们花大笔钱住的那些房屋,如酒店、民宿和定价过高的滨海小别墅时,她就不禁想到此前已有数以百计的陌生人用过同一张床单睡觉,同一个杯子喝东西,以及同一个马桶拉屎。所有这些人每逢入住日用同一组密码进屋——每周不同的手将同一把钥匙塞入不同的口袋一次。即使出租屋的钥匙丢失,锁也很少换,所以谁知道实际上有多少人有房屋的钥匙。在那里住过的人都有可能随时回来再开门进去。

她在抽屉里发现了一个钱包。那个男人竟会把钱包落下,这似乎有点奇怪,不过主人担心他们的宠物时确实会有反常的行为。这点萝宾可以理解。她将信用卡从钱包里一张张地抽出来,用拇指在凸起的名字上擦来擦去。这时她在皮夹层中发现了一张折得皱巴巴的纸。她把这东西拿到灯光下,发现是一只纸鹤。它的边缘烧焦了一些,但萝宾知道鹤会带来好运,他把这东西放在钱包里随身携带这件事让她对他的恨意减少了一些。她把其他所有东西都放回了原处。

另一个床头柜的抽屉里有一个吸入器。萝宾把它放进嘴里吸了一口,但这和她的烟斗带来的满足感相比差远了。她将里面剩下的液体喷到空中,然后把这个空吸入器以及她找到的处方安眠药带走了。在迅速到钟楼敲响礼拜堂的钟后,萝宾返回楼内来完成他们挑起的事。

阿梅莉亚篇

亚当开始往礼拜堂的方向跑步下山,但我跟不上。

他最近有些关注自己的健康,开始吃维生素和补充剂,这种事前所未有。他强迫自己每周至少慢跑两次,终于有了回报,我也叫他不要等我,我们俩中的一个越快赶回去越好。我得不断停下来喘气。我忘了带吸入器——为了找鲍勃,我在惊慌失措中愚蠢地把它落在了床边——但我知道,只要慢慢来,努力保持冷静,就会没事。

我好像把实际情况想简单了。

要不是我们俩都看到有人开门进了礼拜堂,我可能会以为这是自己的臆想。但这是真的。也许是那个神秘的管家?来看看暴风雪后我们是否安好?我对自己说不管是谁都能帮到我们——对方也会愿意帮。因为从我大脑划过的其他可能性无一不是糟糕的。当我到达山脚下被雪覆盖的小路时,我对再次踏上平坦的路面感到欣慰。亚当领先的幅度更大了。他现在离礼拜堂不远了,于是我以最快的速度继续赶路,试着追上他。

这时钟楼里的钟响了起来,我也停下了脚步。

雪不停地捶打我的脸。我没看到亚当进去,但他肯定进去了,因为当我抬头看时——护着眼睛以免受到无情暴雪的袭击——他已经消失了。是他敲的钟吗？我记得早些时候亚当说过正门是进出礼拜堂的唯一通道。我没见到有人离开，这说明我们看到进去的那个人还在里面。任何事都有可能发生。这场暴风雪似乎使人间变得只有黑白两色，几乎到了伸手不见五指的地步。我试着跑快些，却接连滑倒，胸口也疼了起来。我的心跳得太快，呼吸也过于急促。意识到我们即使需要急救也无从求救后，我更加焦虑不安。

当我终于到达礼拜堂巨大的门前时，我发现不用担心敲门的事——门敞开着，靴室的地面满是雪。我发现那张陈旧的教堂长凳旁有一双陌生的大号长筒橡胶雨靴，并注意到有人已在这张木椅的灰尘上画了好几个笑脸。我想知道这有什么含义，便打开长凳的盖子，可里面是空的。当我抬起头时，我看到小镜子墙里我的样子。我看上去疲惫不堪。

"亚当？"我喊道，但没得到回应，只有瘆人的寂静。

厨房空荡荡的，那间满是书的起居室也没人。我沿着螺旋式木楼梯匆匆赶到二楼，气喘吁吁的我像挂着拐杖一样紧抓着扶手不放。我无视最远那扇门上"危险！禁止入内"的标牌，爬上楼梯来到钟楼。可那里没有人，卧室也是空的。这说不过去。我胸口的疼痛没有丝毫好转，于是我拉开床头的抽屉。我的吸入器不见了。我敢肯定就落在那里，我顿时恐慌起来。

我得找到亚当。从屋里出来回到楼梯平台后，我推了推其他门，但都还是锁着。他不在这里，我已经搜过每个房间。这时我想起了地窖。

"亚当！"我再次叫道。

一片寂静。

我跑得飞快，差点跌倒在嘎吱作响的楼梯上。

"我在这里!"我到达起居室时他喊道,但我看不到他。

"你在哪儿?"我大声回叫道。

"在后墙的书柜后面。"

我听到了他的话,却搞不懂他的意思。

我循着他说话的声音望去,目光落在了从地板到天花板都摆满书的搁架。我本来一头雾水,直到看到一缕亮光,这缕光将藏在旧书书脊后的暗门暴露了出来。我犹豫了一下才推开门,又一次觉得自己好像掉进了无底洞,或者被困在那种我老公爱改编的令人不安的黑暗小说里。

薄薄的门吱的一声开了,里面又是一个房间。这是一个书房,但和我以前见过的任何书房都不同。这个狭长黑暗的房间只有一扇透光的彩色玻璃窗,一端摆放着一张古董书桌,我老公就坐在桌前。

"那个来这里的人已经走了。"亚当头也不抬地说。"我把整个屋子都搜遍了。我注意到唯一有变化的是这个房间的门打开了。"

"我不明白——"

"我想我有点明白了。我认识这个房间。"

他似乎没注意到我快喘不过气来了。缺乏同情心的人补什么都没用,我老公就总是很容易沉浸在他自己的心思和感受里。"你真的认识?"

"是的,我以前见过。一开始我想不出在哪里见过,然后我看到了这个。"他边说边敲了敲光亮的木桌面。"我在一本杂志里看到过这间书房的照片,不过是在几年前了。我记得那篇文章写的是谁。你说你是在抽奖活动中碰巧抽中了一个外出度周末的奖品,但这不可能是真的,不像是巧合。我现在知道这是谁的宅邸了。"

铜婚

年度词语：

无所适从（discombobulated）形容词 感到困惑和不安。

2015 年 2 月 28 日——我们的七周年纪念日

亲爱的亚当：

这一年很难熬。

奥克托巴·奥布赖恩几个月前被发现死在伦敦的一家酒店里，而你是她生前最后几个见过她的人之一。报纸上说疑似自杀。没有留下字条，但在她的床边发现了空酒瓶和药片。这显然很打击人，也出人意料。这个女人总是显得那么开心乐观，至少表面上是这样。刚刚三十岁，生活充满了奔头。你们两个已变得十分亲密——我也很喜欢她——但这也意味着《石头，剪刀，布》的拍摄取消了。一部电视剧没有了主演，自然就拍不成了。

葬礼糟糕透了。看得出好多人只是在那里演他们所认为的悲伤的样子。~~两面派小人~~。看来名人更难交到真正的朋友。我惊讶地发现奥克托巴的真名叫蕾恩博（彩虹）·奥布赖恩。她的父母曾是嬉皮士，而且葬礼上没有人穿黑衣服。

"谢天谢地,她用的是艺名。"你悄声说。

我点点头,但不确定自己是否也这么认为。她有点像彩虹:美丽、迷人、多彩,几乎刚来到我们的生活就离开了。我曾以为名字就只是名字。现在我不确定了。我自己也和奥克托巴非常要好——不时喝喝酒、遛遛狗、看看画展——我也想念她。现在她不在了,感觉就像是我们俩的生活都少了什么东西,而不仅仅是少了一个人。

去纽约旅行听起来像是过七周年纪念日并忘掉一切烦恼的好办法,直到我意识到亨利·温特的最新电影《黑屋》的首映式也在这一天。他告诉他的经纪人和电影公司只有你参加他才参加,对此你~~迫不及待地想讨好他~~受宠若惊。你以为这是因为他对改编的剧本很满意,希望你得到写这个剧本应得的荣誉。可这不是他希望你到场的原因,或者说不是他建议你携妻的原因。

你最近~~脾气臭得要死~~有些冷淡,但我不想再吵架了,可是当两个作家享受好莱坞变幻莫测的太阳短暂的暖意时,当他们的电灯泡没什么意思。在曼哈顿举行首映式的老电影院走红毯同样没什么意思。齐格菲尔德剧院是我喜欢的地方——一个用红色和金色装饰的老式电影院,里面有大片的豪华红丝绒座椅。但在入场的过程中接受拍照让我觉得自己像个骗子。即使在最好的时光我也讨厌拍照,而且与那些到场的美人相比——都有杨柳腰和爆炸头——我担心自己肯定会让你失望。当周围都是明星时很难大放异彩。连只做个普通人的念头好像都会让你很不开心,但这正是我曾经对我们的期望。

本来说好首映式后我们就单独相处,但后来亨利希望你第二天陪他再参加几个活动。我明白你为什么拒绝不了,我只希望你原本是不想答应的。我知道你一直是他的狂热粉丝,我明白你对他让你改编他的作品感激不尽。我清楚这对你的职业生涯意味着什么，但难道我不是已经为此付出了代价吗？你牵着一个作家而不是我的手，让我一人在城里游荡，我可不认为这是快乐的纪念日。

你这段时间一直状态不好。我知道你在哀悼奥克托巴，我明白她不只是个同事。此外，你想要看到自己的作品登上银幕，而这一梦想再次泡汤肯定也令人心烦意乱。但还是感觉好像有别的事情。一件你没告诉我的事。我们的人生里有住客，那种一住好几年不走的人，也会有匆匆而过的游客。有时候会很难区分二者。我们无法、不会也不该去挽留我们遇见的每个人。我在人生里遇见过很多过客，那些我本该与之保持安全距离的人。只要不让别人靠得太近，他们就伤害不到你。

我今天独自一人去了纽约那些我以前从未见过的地方，而你跟着亨利·温特在城里四处走动。这个上了年纪的作家也许在你看来很有魅力，毕竟你难得和他在一起，但在现实生活中，这个男人过着隐士般的生活，经常酗酒，而且很难取悦。我无法告诉你这些事情，因为我不应该知道。我和你一样，也看过他的所有小说。他的最新小说充其量也就是普通水准，可你还是表现得好像这个男人是莎士比亚转世似的。

我尽量在参观自由女神像时不去想这些事。去岛上的渡轮挤满了人，可我还是感到孤独。在女神像内，我和一群陌生人组团参观。这里面有一家人、夫妻和朋友，当我们爬楼梯时，我意识到好像每个人都有可与之分享这段经历的对象，除了我。工作单位的一个朋友发短信问旅行的情况。我认识这个人的时间不是很长，这似乎有些太随意，所以我没回复。

到达自由女神像的王冠要爬三百五十四级台阶。我边爬边默默地数着我们还在一起的原因。我们的婚姻有很多美好的地方，但越来越多的糟心事让我觉得我们的关系好像开始分崩离析。我们之间产生了距离，心灵空虚，言语空洞，这让我很害怕。我们认识的很多夫妻也是得过且过，但他们大多数都有孩子这个黏合剂将他们凝聚在一起。我们只有自己。我登顶后做了一件我从未做过的事……我自拍了一张。

然后我去了科尼岛。我猜这里夏天时肯定更热闹，但我很喜欢在封闭的拱廊购物街闲逛。我甚至在最后一刻找到了送你的礼物——今年的铜婚主题是有些难度的。我们的感情有过很多大起大落，但我想第七年应该很难熬。我听过七年之痒的说法，我相信你肯定也听过。我确定，无论如何自己都不会是那个先挠痒的人。

我走了这么多路，脚开始隐隐作痛，于是便回到了那个"名副其实"的"藏书库酒店"。这是个小而精美的僻静之地，摆满了书，也富有个性。每个房间都有一个主题，我们房间的主题是数学。但考虑到今天晚上的情况，也许惊悚才是更恰当的主题。

我为晚饭订了一张桌子——我知道你不会记得订的——地点就在附近的一家叫本杰明的牛排餐厅，是酒店大堂的服务人员推荐的。那里的装饰和环境让我同时想到了《闪灵》和《教父》两部电影——事后再看似乎挺恰当——但服务和牛排没的说。酒也没的说。我们喝了两瓶红酒，其间我听你对我讲了你与亨利的一天。你没问我今天的情况，也没注意到我在布卢明代尔百货商店买的新裙子。夸赞我只是你如今偶尔才做的事。

今晚你走进餐厅时我忘了招手，但不知怎的你还是知道哪个人是我。鉴于所有的脸在你看来都一样，而我又穿了一件你从未见过的衣服，你在我们的桌子前坐下来时那自信的样子很不寻常，令人惊讶。你对女服务员大献殷勤同样令我困惑不解，我纳闷既然你看不出她的脸，又是怎么知道她那二十来岁的面孔很美的。

现在想来，在你说出那番话之前我就已经知道我们会吵起来。有时候吵架就像暴风雨，是可以预见的。

"这事我很抱歉，但亨利想要我和他去洛杉矶。鉴于这部片子很火，电影公司想要再改编一部他的书，但他说只有我陪他去见制作方并同意写剧本，他才会考虑这个提议。"

"《石头，剪刀，布》怎么办？你不会放弃它的，对吧？奥克托巴的事打击很大，但还有其他女演员。改编亨利的小说只是块垫脚石，帮你——"

"我不认为将畅销小说改编成大片剧本是垫脚石，何况小说还是有史以来最成功的作家写的。"

"但这一切的意义就是帮你拍自己的影视剧，去做你曾经真正想做的事，而不是他的。"

"这就是我现在想做的。如果我的职业选择对你来说不够好，我很抱歉。"

我们俩都知道我不是这个意思，而且我也看得出，你根本不是真的感到抱歉。

"那我想要的呢？在纽约共度几日是你的主意，可到目前为止我都没怎么见过你——"

"因为我没法抛下你。你会唠叨个没完。"

这一次感觉我好像才是那个认不出伴侣的人。"什么？"

"你如今好像没有什么朋友，甚至都没有自己的生活。"

"我有朋友。"我边说边拼命想有没有什么名字能证实自己的说法。

我以前认识的同龄人现在好像都有孩子了，这让人很难受。他们全都消失在闪亮幸福的新家庭里，也慢慢不再发出邀请了。这让我有点想起了上学的时候……我因为没有最新款的必戴饰物而被那些酷孩子嫌弃。我小时候不止一次转学。我总是那个新来的女孩，而其他人都已经互相认识了很多年。我不合群——我从不合群——但是十几岁的女孩有时会很残忍。我试着交朋友，一度也成功交到了，但是在那些儿时的人际关系中，我一直处于外太阳系。就像一颗体积较小的冷门星球，远远地绕着那些更亮、更美的热门星球旋转。

尽管如此，我还是试着与他们保持联系——参加偶尔一次的生日聚会，或婚前必办的单身聚会，或某个我多年没说过话的人的婚礼——但随着我们都长大成人，彼此也渐渐疏远，我想我变得更不愿接近人了。我儿时的人际关系确定了我长大后的人际交往的调子。在我看来，自我保护比什么都重要。我永远忘不了那个自称用母乳把孩子喂养到四岁的女人。她总是找各种借口不见我——好像我的不孕症会传染似的。如今我更在意自爱而不是被别人喜爱，我不会再浪费时间结交虚情假意的朋友。

你伸手牵我的手，但我甩开了，于是你把手伸向了酒。

"我很抱歉。"你说，但我知道你不是真的感到抱歉。"我不是那个意思。"你接着说，但这不过是又一个谎言。你就是那个意思。"亨利是个敏感的作家。他真的很在意他的作品和托付的对象。他这一年过得很艰难——"

"我好几年都过得很艰难。你有考虑过我吗？你表现得好像他突然就成了你最好的朋友似的。你并不了解这个人。"

"我很了解他。我们一直都有联系。"

我已经很久没感到如此无所适从（discombobulated）了。

我差点被牛排噎住。"什么？"

"亨利和我经常谈天。打电话谈天。"

"从什么时候？你从没说过。"

"我不知道我跟谁谈话还得跟你说，或者得到你的许可才行。"

一时间我们四目相对。

"纪念日快乐。"我边说边将一个小纸包裹放在餐桌上。

你拉着脸，这让我以为你忘了给我准备礼物，但这时你出乎意料地从口袋里掏出一样东西。

你非要我先打开你的礼物不可，我照做了。这是一个铜和玻璃做的小挂框。里面是七枚一便士铜币。每枚硬币上的发行日期各不相同，分别来自我们结婚七年的每个年份。要把它们找全肯定花了很多心思和时间。

你清了清嗓子，看上去有些羞怯。"纪念日快乐。"

我说了声谢谢，也想表现出感激，但我们之间似乎仍有裂痕，我感觉就像是我和一个长相和声音都像我老公却不是他的人度过了这个晚上。当你打开我仓促买来的礼物时，我尴尬得满脸通红，毕竟你是下了很大功夫的。

"你从哪里买的？"你边问边拿起那枚一美分硬币放到烛光下。它上面刻了一个笑脸，就在"自由（liberty）"这个词旁边。

"今天下午在科尼岛买的。"我回答道。"我无意中发现了这个写着'幸运美分'的游戏机。我送你的纸鹤看上去有些破旧了，所以我想送你一个新的代表幸运的东西，你可以放在钱包里。"

"这两样东西我都会珍藏的。"你边回答边将这枚硬币和纸鹤一起收了起来。

你很快又开始说亨利·温特的事了。你最喜欢的话题。似听非听间,我不禁想起奥克托巴·奥布赖恩的早逝,以及你现在对亨利的作品似乎比对你自己的还关心。好莱坞有很多恐怖故事,但我说的不是那些拍成电影的恐怖故事。这些故事我都听过。你这个编剧还能接到活儿,我对此也许应该心存感激,因为竞争很激烈。有些作家就像苹果,得不到采摘很快就会烂掉。

你将剩下的酒倒进杯里,一饮而尽。

"你要是多关心一下自己的事业,也不会如此担心我的。"你嘟囔道,而且你不是第一次说这话了。我想把酒瓶砸你头上。我热爱我在"巴特西狗之家"的工作。它增强了我的自尊心。也许是因为——就像那些我花时间照顾的动物一样——我也常常觉得被这个世界抛弃了。没人疼、没人要很少是它们的错,就像这也从来不是我的错一样。

"我相信我可以写得和你一样好,或者说和亨利·温特一样好——"

"对,在真正坐下来试着写之前人人都觉得自己可以。"你打断道,露出你那极其自命不凡的笑容。

"我更关心现实世界而不是沉溺于幻想。"我说。

"我沉溺于幻想才让我们有钱买了房子。"

你再次伸手拿酒杯,然后意识到酒杯已经空了。

"跟我说说你爸爸的事。"我几乎不假思索地说。你有些用力地放下酒杯,我很惊讶酒杯竟然没碎。

"为什么要提这个?"你看都没看我就问。"你知道我还在蹒跚学步时他就离开了。我不认为亨利·温特其实是我久未谋面的父亲,如果你是这个意思的话——"

"你不这么认为吗?"

你的脸一下子红了。你答话前探了探身子，并压低了嗓音，好像生怕有人听到似的。

"这个男人是我的偶像。他是个了不起的作家，我非常感激他为我，也就是为我们所做的一切。这不等于把他想象成某种替代父亲角色的人。"

"难道不是吗？"

"我不知道你想要说什么——"

"我没什么想要说的，我在告诉你我觉得你对这个男人产生了某种情感上的依恋……类似于痴迷。你抛下你自己的所有项目夜以继日地忙他的项目。亨利·温特在你时运不济时提振了你的事业，所以你确实该感激他，可现在你每次写新东西都要看他认不认可……这说好听点是缺爱，说难听点就是自恋。"

"哇。"你边说边往后靠，好像我要揍你似的。

"你现在应该对自己有足够的信心，要相信你写的东西不需要他认可也是优秀的。"

"我不知道你在说什么。亨利从来没说过喜欢我写的东西——"

"正是如此！但这显而易见——他和其他所有人都看得清清楚楚——你拼命想得到他的某种认可。你不要再偷偷抱这样的希望了。他鲜少说其他作家作品的好话——他对任何人或事，很少说一句好话——接受这段关系的本来面目吧。他是作者，你是改编了他几部小说的编剧。仅此而已。"

"我想我不小了，可以自行选择交什么样的朋友，谢谢。"

"亨利·温特不是你的朋友。"

我早已发现亨利也坐在餐厅里，就和我们隔了几张桌子，但直到我们离开，我都没去打破尴尬的沉默，让你知道这事。他穿着自己的标志性粗花呢夹克衫，打着丝绸领结，很难不被注意到。他的白发已变得稀疏，看上去像个人畜无害的小老头，但那双蓝眼睛还是一如既往地敏锐。他自始至终一直在那里注视着我们。

在去藏书库酒店的路上你一直在谈论他，我对这个问题的看法几乎刚说完就被你忘了。从你脸上兴奋的表情看，谁都会以为你这一天是和圣诞老人一起过的，而不是一个眼里只有书的埃比尼泽·斯克鲁奇①。

当回到我们的数学主题的房间时，我变得不对劲起来。我趁你冲澡时把我们枕头上的两块巧克力都吃了——即使我讨厌黑巧克力——我觉得是想设法让你也受到伤害，虽然这听上去很幼稚。这时我的手机嗡嗡响起，一时间我还以为是你从酒店的浴室给我发了短信——别人不会在深夜给我发信息。白天也不会。但不是你，是我工作单位的新朋友说想我了。一想到有人想念我，我不禁热泪盈眶。我把自己登顶自由女神像时的自拍照发了过去，对方立马回了一个竖起的大拇指。还有一个吻。

你已经睡着了，但我和往常一样还醒着，给你写一封我绝不会让你看的信。这次是用印有酒店名称抬头的信纸写的。相比七年之痒的说法，七年之积怨可能更准确。我做不到对你诚实，但我得对自己诚实。

我~~讨厌~~不喜欢现在的你，但我依然爱你。

你老婆
××

---

①查尔斯·狄更斯小说《圣诞颂歌》的主角，是一个冷酷无情的守财奴。

萝宾篇

萝宾一直待在原地,直到两个访客都进了秘密书房为止。然后她打开藏身房间的门锁,蹑手蹑脚地下了楼——避开她知道会嘎吱作响的台阶——最后离开了礼拜堂。她见到了她沉默的伙伴,它还在她离开时待的地方。它对被丢在天气寒冷的外面好像无动于衷。萝宾尽可能快而悄声地做了她得在外面做的事,然后便开始等待。

她善于等待。熟能生巧,而且至少这次她不是孤身一人。雪已经不下了,但天还是很冷。萝宾宁愿回小屋去,但是这么重要的事情急不得。她一直小心翼翼地踩着访客之前的脚印行走,但要想不被注意到并不容易。这就是亦步亦趋的问题所在,如果你留下的脚印比他们的大,他们往往会变得不安。萝宾历经过挫折才明白,慢慢来永远是最好的,以及迟到总比不到好。有时候早起的鸟儿会因为虫子吃得太多而撑死。

彩色玻璃窗很美,却挡不住寒气,也不隔音,这就是她在书房的那扇窗户外偷听的原因。她打开密室的门锁后故意让门敞着,这样访客就能自己发现这里。一旦他们恍然大悟,事情的进展就不会太慢了。

在她过去生活、大笑和做梦的地方听他们说话,这种感觉既离奇又荒诞，有点像食物中毒——她会感觉恶心、浑身发烫，却早就明白一旦将变质的食物排出体外，就会再次好起来。她想要访客离开礼拜堂，但不是现在。在她人生这段不愉快的经历结束前还有太多的话要说，太多的事要做。

"一切都会好起来的，等着看吧。"她对她的伙伴说，但它没有回答。它只是也凝视着她，看上去既难过又冷，而她也开始有同样的感觉。

过去每当她的生活出了岔子，萝宾都会努力找出她迷路的确切时刻。总有这样的时刻。如果你愿意睁开眼，并且回顾得足够远，通常就能看到那个你做出糟糕选择、说了不该说的话，或者做了追悔莫及的事的瞬间。错误的决定常常接踵而来，而当你反应过来时，已经回不去了。

但人人都会犯错。

有时候，看似最天真无邪的人竟犯有滔天罪行。有时候，干坏事的人就只是坏人而已。但人的行为举止总有缘由。本地商店的那个女人就是一个很好的例子，她的过去远比你以为的黑暗。这个不友善的店主帕蒂脸蛋红扑扑的，双眼晶亮如珠，有口臭，而且碰到陌生人就习惯性地少找零钱。她前科累累，从侵犯人身重罪到超速驾驶等，如果一条条列出来，会比她放在柜台后的《圣经》还长。对此镇上无人不知，但大家总得到某个地方买物资。很少有人能真正做到原谅，更不会有人会真的忘记往事。有时你一见到某个人就知道他不是个好东西，因为这个人从内到外已经烂透了，直觉会告诉你不要靠近他。

无论人怎样，生活都会继续。萝宾也曾想往前走，她竭力想把自己犯的错误置于脑后，不让悔恨吞噬自己。但我们的秘密往往会自己找上门，一切她试图逃避的事情最终还是缠上了她，将她现在的生活笼罩在过去的尘埃下。

她的伙伴开始坐不住了。

"嘘。"她小声说。"再等一会儿就行。"

他显得无动于衷,但还是一如既往地照她的话做了。

阿梅莉亚篇

当亚当说他知道礼拜堂是谁的这句话时,时间冻结了。

我环视了一下这个秘密书房,心想也许能在他揭晓答案前从这个房间里找到答案,但目光所及之处只有更多布满灰尘的书、一张旧书桌和我老公。他俊朗的五官扭曲变形,皱起的眉宇间透着失望,脸色阴沉难看。他看上去与其说是害怕,不如说是愤怒。好像这一切不管怎样都是我的错。

我认为如果你觉得自己被父母抛弃,余生就不可能不去怀疑别人在密谋离你而去。我对每个人都一直会有这种焦虑感,即使是亚当也不例外,虽然我们已经在一起这么久了。只要我亲近某个人——伴侣、朋友、同事——就必然会走到不得不放弃的那一刻。我会再次建起比以前更高的屏障,以让自己有安全感。由于始终害怕被抛弃,我无法相信任何人,连我老公也不例外。

我在这里找到他后呼吸稳定了下来,但新的焦虑正压在我的胸口上。

"作家这类人很不寻常。"亚当说,他仍盯着那张古董桌,好像在对桌子而不是我说话。这个房间非常冷,我都能看到他的哈气。"这些年我和不少人共事过——我曾信任的人——有些到头来只不过是……"

从彩色玻璃窗射入的光线在镶木地板上投下斑驳的色彩,他似乎因此分了心,话说了一半就停了。我试着回想我认识他后他和谁闹翻过,这样的人不多。他的经纪人自始至终都没换过。人人都爱亚当,连不喜欢他的人也不例外。

"你记得电影《小魔怪》吗?"他问。我很高兴他没有等答复,因为我不知道说什么,也不明白这有什么关系。"里面有三条规则:别弄湿它们,别让它们接触光,别在午夜后喂食。否则就完蛋了。作家就像小魔怪。他们一开始都像吉兹莫[①]——独特有趣,有他们在身边很开心——但要是你违反规则:要是他们不喜欢书的改编版,或者认为你魔改了原著,作家就会变成比他们笔下的怪兽更大的怪兽。"

"你在说什么,亚当?谁是这宅邸的主人?"

"亨利·温特。"

我惊呆了。我一向惧怕亨利,不只是因为他写的那些黑暗畸形的书。第一次见到他时最让我害怕的就是他的眼睛。它们太蓝、太敏锐,好像可以看到人的内心,而不仅仅是注视。看到他不该看到的事,知道他不该知道的事。我的呼吸又开始有些失控了。

"你还好吗?你的吸入器呢?"亚当问。

"我没事。"我嘴硬道,抓着椅背不放。

"《每日邮报》在上一部电影上映时想做一篇关于亨利在哪里写小说的专题报道。他不让他们派记者或——但愿不是这样——摄影师,他一向讨厌这些人。我那时已认识他好多年,但他还是不愿告诉我不在伦敦时他的住处——总是对隐私担心得要命,个中原因我从来都无法完全理解。我只见过一张他在书房的照

[①] 电影《小魔怪》中的主角,是一只可爱、善良的魔怪。

片——这家报纸说是'由作者本人提供'。就是这样。那个他写作的房间。我记得那张他坐在这张书桌前的照片。"亚当边说边摸着这张深色的木桌。这是一个很旧的装着轮子的怪东西,有许多小抽屉。"它曾经属于阿加莎·克里斯蒂,亨利几年前在一次慈善拍卖会上花了一大笔钱买了下来。他对这东西很迷信,曾告诉我他觉得自己在其他任何地方都写不出小说。"

"你确定吗?"

"确定。看看这个房间的书架。"

我转过身照他说的做了,但沿书房后墙排列的书柜看上去与起居室里的一模一样。接着我注意到了书脊,发现这些书都是亨利·温特写的。肯定有好几百本,包括译著和特别版。这是一面巨大的名利墙,完全符合我对像他这样的人的认知。

"所以这是什么?恶作剧,无聊的玩笑?"我问。"亨利为什么要用假账号发邮件,告诉我赢得了一个在他的苏格兰秘密隐居地过周末的奖品?为什么所有东西都布满了灰尘?他在哪里?鲍勃又在哪里?"

"你确定没事吗?"亚当问,"你的呼吸听上去——"

"我很好。"

他一脸狐疑,但还是说了下去。"我想他可能生我的气了。自从我说不想再改编他的书后——"

我目瞪口呆地看着他。"你干了什么?我搞不懂。"

"我只是觉得也许是专心做我自己的工作的时候了。"

"你没有告诉我——"

"难免要听到我早就跟你说过之类的话,我可受不了。他当时根本接受不了这个消息,就像一个被宠坏的孩子乱发脾气。我曾把亨利·温特奉为一辈子的偶像盲目崇拜。即使他看不起我,我还是仰慕他。但后来我第一次看清了他的为人：一个自私、刻薄、寂寞的老头。"

我将他的话记在心里，斟酌这番话对他，以及对我们意味着什么。

"这是什么时候的事？"

"有段时间了。我试着继续和他做朋友，但后来他不接我的电话了，我已经……很久没和他说话了。他的书就是他的一切。但如果说我从生活和小说中学到了什么，那就是没有人始终只是英雄或只是坏人。我们都有可能同时是这两种人。"

亚当说最后那句话时凶巴巴地瞪着我。我正要问原因却发现我的吸入器就在他身后的书桌上。

"那个东西怎么在你这里？"我问。

"你的吸入器吗？"他说，"我甚至都没注意到它在那里。"

我盯着他看了很久，如果他撒谎的话，我通常看得出来，但这次我觉得他没有。

我抓起吸入器塞进口袋。"我想我们俩都筋疲力尽了。既然我们知道这个地方是谁的了，我只想找到鲍勃，离开这里。"

我刚说了他的名字，就听到外面传来狗叫声。

亚当篇

我们跑了出去,来到雪地里。

我不知道会遇到什么情况。亨利·温特站在礼拜堂外?牵着鲍勃的狗绳,像喜剧片里的反派那样疯狂大笑?也许他终于彻底丧失了理智?这个男人写黑暗畸形小说,但我还是难以相信他在现实生活中会干出这样的事。

我们刚来到外面狗叫声就停止了。

"鲍勃!"阿梅莉亚喊道。

这毫无意义——这个可怜的老家伙在最好的情况下也和聋子差不多——但我也开始呼喊他的名字。

山谷现在寂静得瘆人。

"也许不是鲍勃?"我说。

"就是他,我确定。"她坚持道。"我回来时门口有一双男式长筒橡胶雨靴,现在却不见了。之前在这里的人离开了,还带走了鲍勃。"

她往雪地里更远的地方跑去,我别无选择,只能跟着她。

羊回来了。它们盯着我们,但不像昨晚在黑暗里那么吓人。我们看到一个人的背影,顿时都停下了脚步,此人穿着粗花呢夹克衫和深色裤子,好像戴着一顶巴拿马草帽……这可是隆冬时节……在冰冷没膝的雪里。阿梅莉亚看向我，我看不出她脸上的表情，但如果她和我现在的感觉类似的话，想必是恐惧的表情。

我提醒自己这是我的老熟人——那种共事和仅见过几次面的熟人。我清了清嗓子，向前走了一步。

"亨利？"我轻声说。

不知为何，我想起了靴室墙上的鹿角。我突然想到写犯罪悬疑小说和惊险小说的人大概知道很多杀人而不被抓到的办法，我不怎么想让自己的遗体被制成标本挂在墙上。他没有动。我告诉自己他大概只是有些耳背，就像那只狗一样，并继续往前走直到我们脸对脸为止。

可是他没有脸。

我看到的好像是稻草人之类的东西，只是有个雪人脑袋。他的眼睛是瓶塞，鼻子是胡萝卜，嘴巴处伸出一只烟斗，而脖子上系着一枚亨利·温特的丝绸蓝领结。这枚领结的颜色偏暗，已被融化的雪浸透。亨利的那个手柄是银兔头的拐杖正靠在上面，仿佛以此作为支撑。

阿梅莉亚来到我身边。"什么玩意——"

"我也不知道。"

"先前没有这个东西，是吧？"

"没有。否则我想我们会注意到的。我真搞不懂是怎么回事了。"

我们一言不语地并排站着，目不转睛地看着这个稻草人兼雪人的脑袋慢慢融化。他的一只瓶塞眼已经滑到了脸的中间。除了那棵死气沉沉的怪树和那些令人毛骨悚然的木雕外，我们周围是一望无垠的旷野。做这件事的人肯定在附近。而且如果鲍勃的距离近到我们足以听到它的叫声，那我们应该能发现他，但我眼前只有白茫茫的雪地。由于那些羊,礼拜堂外几乎每个地方的雪都被搅乱了。就算之前有可追踪的脚印,现在也没了。

"我们必须找到鲍勃。他就在这里的某个地方,我们俩都听见他的声音了,只需要继续找就行。"阿梅莉亚说,而我则跟着她。

礼拜堂的后面有一块小墓地。由于有雪,这些旧墓碑几乎都看不见,但有一块在我走近时很显眼。它之所以引起我的注意,是因为有人把它擦得很干净,深灰色的花岗岩墓碑在白茫茫的大地之间显得很醒目。而且和其他所有墓碑不同,这块看上去比较新。

这还没完。

墓碑顶部有一个红色的皮项圈。

阿梅莉亚拾起项圈,我看到牌子上有鲍勃的名字,好像我心中对这个项圈是否属于他有过怀疑。

"我不明白。为什么要把狗的项圈取下放在这里?"她说。

但我没接话。我正忙着盯着墓碑上的字看。

亨利·温特

一人之父,著作等身。

1937—2018

阿梅莉亚篇

"我不明白。如果亨利·温特两年前就死了,我们会不知道吗?"我问。

亚当没有答话。我们一言不发地并排站立,盯着这个花岗岩墓碑看,好像这样做就会让墓碑上的字消失似的。无论我在脑海里把这个拼图重新拼多少次,就是拼不对。我看得出我老公一脸困惑、恐惧和悲伤。我知道他曾认为我们拥有的一切都是因为亨利·温特给了他大好机会,放心地把小说交给他改编。一次愚蠢的争吵不会改变这一点。这个男人在他们彼此连话都不说一句的时候去世对他的打击会很大。但亚当要明白我们现在有更严重的问题:如果不是亨利骗我们来这里的,那会是谁呢?

"我们应该回到屋内去。"亚当说。

他还在看这块墓碑,好像不敢相信所看到的东西。

"鲍勃怎么办?"我问。

"鲍勃不会自己脱下项圈留在这里让我们找到。是别人做的。我不知道发生了什么,但我们不安全。"

他的话让人胆战心惊,但我同意他的说法。

我们一回到礼拜堂内,亚当就锁上了门,然后把那把大教堂长木凳推到门前。

"我们先前看到开门进来的那个人肯定有钥匙。这样那个人再来时我们就不会听不见了。"他边说边向厨房走去。"把你收到的那封获得在此地过周末奖品的电子邮件给我看一下好吗？"

我在口袋里摸索着找手机，却摸到了我的吸入器。既然呼吸已恢复正常，我不需要它了，但知道它就在手边会让我安心些。

我在手机里找到那封邮件后递给了亚当。

"info@blackwaterchapel.com，这就是他们使用的邮箱地址吗？"他问。

"是的。听起来像是真实的度假出租屋。"

"亨利对数字三和黑色情有独钟。他的很多小说以黑当丘陵或黑沙地为背景……我想可能也有黑水……"

"你以前从未说过这事。"

"在此之前我没意识到会有这层关系。但这封邮件不可能是亨利发的——他不写邮件，也不上网，甚至没有手机。他觉得这些会致癌。生前觉得。"

一时间我觉得亚当要哭了。

我把手放在他的肩上，"抱歉，我知道你有多——"

"我没事。他后来就没联系过……"

他的声音越来越小，茫然地看着前方。

"怎么了？"我问。

"去年九月他的新经纪人给我寄来一本他的新书，从那以后我就没收到或听到他的任何消息了。幸好这个经纪人和亨利的第一个经纪人不一样，他赞成影视剧改编。他人很好，我们还开玩笑说亨利也不理睬他，但这个作家还是在截止日期前三天寄来了手稿，手稿像往常一样用牛皮纸包裹并用细绳捆着。"

"所以呢？"

"外面的墓碑说他两年前就死了。死人是不会写小说或把小说寄给经纪人的。"

我花了几秒钟才消化了这条最新消息。"你是说你觉得他其实没死？"

"我不知道还能怎么想。"

"他有什么家人吗？他去世的话肯定有人知道。我年迈的养父去年死了，你还记得吗？查理，在超市打了一辈子工，老把快变质的免费食品带回家。我十多年没和他说过话，可我还是收到了他的死讯。亨利·温特是世界知名作家，我们应该会看到他的死讯，在报纸上或——"

亚当摇了摇头。"没有家人。他自认是遁世者，也喜欢那种生活方式……大部分时间是这样。每次喝多了威士忌，亨利就会热泪盈眶地哭诉自己没有孩子——他死后没人来照管他的书。他真正关心的只有这些书。这个男人其他时候都清心寡欲得如同树木一般。"

"好吧，肯定有人一直在帮他。亨利要是一九三七年出生的话，年纪也不小了。"我说。

亚当眯起双眼。"得记住这个古怪的细节。"

"算不上古怪。这个写在了墓碑上，而且阿梅莉亚·埃尔哈特就是一九三七年失踪的。我的名字就取自于她。你不记得你名字的由来吗？我觉得名字很重要。"

亚当直勾勾地看着我，好像我的智商已下降到一个危险的低值。"亨利·温特没有孩子，他根本没成过家。我想除了他的经纪人，他生前唯一认识的人就是我，可他死时我们已经连话都不说一句了……"

他的声音发颤，眼睛看向了别处。

"外面的墓碑写着'一人之父'。有人立了这个碑,有人葬了他。他不可能自己做这件事。"

亚当看我的眼神有些吓到我了。当事事都感觉不对劲时要想不说错话很难。有时我觉得他认不出别人的脸可能反而让他更难控制自己脸上的表情。一直紧皱的眉头不见了,而且他几乎像是在……微笑。这笑容刚出现就立即消失了。

"我们应该趁天还亮着离开这里。"他边说边又露出严肃的神情,以配合他的语气。

"鲍勃怎么办?"

"我们可以找警察局,说明情况,请他们帮忙。"

"车被困在雪里了。路看上去很危险——"

"我相信可以挖出来。比起在这里再住一晚,离开这里显然更安全,你不觉得吗?"

他打开步入式食品贮藏室的门,我们来的时候看到这里的墙上挂着工具。那个巨型冰柜发出的嗡嗡声很瘆人,我也刻意不去看地窖上的活板门。我宁愿忘掉底下发生的事。

"你打算砍出一条路来吗?"亚当从墙上拿下一把斧子时我问道。

"不是,我只是觉得有个东西防身不是坏事。"他边答话边用另一只手从生锈的挂钩上取下一把铁锹。

那辆"小莫里斯"汽车深深地埋在雪里,和环境融为一体。随着亚当开始从车轮处不断挖雪,我反倒觉得自己是多余的。天寒地冻,可他还是干得大汗淋漓。这时他停了下来盯着前轮,好像这个轮子冒犯到了他。他放下铁锹,在车的左前方弯下腰,所以我看不到他在干什么。

"我简直不敢相信。"他说,声音气喘吁吁的。

"怎么了？"

"似乎爆胎了。"

我急忙赶过去。"没事儿，这种路况下这辆车出现这种情况是正常的。我在行李箱里备有修理工具，只要能找到洞，要是够小的话，我可以——"

亲眼看到洞后我一下子不说话了。找到洞不是什么难事，因为这个洞有拳头一般大。橡胶上有一个笑脸形状的切口：轮胎明显被人割破了。我早就冷到几乎感觉不到手脚的存在，可我此时却感觉一股寒意传遍全身。

"也许我们碾到了一些玻璃。"他说。

我没答话。由于从未有过车，亚当对车的了解极其有限。我过去觉得这很可爱，现在却不这么觉得了。他开始挖后轮，然后突然停了下来，又一次停了下来。

"你遇到过两个轮胎同时爆裂的情况吗？"他问。

看样子后轮也被人割破了。另外两个轮胎也是同样的情况。

有人真的不想让我们离开。

萝宾篇

萝宾开门回到小屋里,然后锁上门。她从墙钩上取下一条红色的小毛巾,将这只狗的脚、腿和肚子上的雪擦掉,最后才顾上自己。在她擦时他摇着尾巴,还舔了她的脸。萝宾笑了笑,她喜欢一切动物,尤其是像这样的狗。连她的兔子奥斯卡都对家里的这个新客人有好感。

访客现在应该知道礼拜堂是亨利的了,而他已经死了。萝宾真希望看到他们发现墓碑时的表情,但她和鲍勃那时早就离开了。它是一只非常友善且通情达理的狗——即使它偶尔会对着风汪汪叫——那种信任所有人的狗。

天很冷,连小屋内也很冷。萝宾生了火,然后坐在旁边的小地毯上,试着让身子暖起来。她想念她的烟斗,但它已经没了,于是她打开了一盒道奇饼干。这只狗趴在她身边,把下巴靠在她腿上,抬头目不转睛地看着她吃东西,希望她丢下什么东西。萝宾喜欢啃咬每块饼干,将边缘一点点咬掉直到只剩下中间的果酱——以尽可能延长吃饼干给她带来的愉悦之情。

尽管坐得离明火非常近,她还是几乎感觉不到手的存在。徒手将亨利墓碑上的雪全部擦干净后,她的手指变得红一块蓝一块。但要是不这么做,访客就永远不会发现这块墓碑,她需要让事情顺利进行下去。她邀请他们在这个周末而不是其他周末来这里是有原因的。

萝宾记得亨利死时的情形。

"我需要你过来。"

这就是他打电话时说的话。不是"喂"或者"你好吗？"，就这几个字——我需要你过来。虽然他们已经这么长时间没说话了，但他无须说到哪里。他也无须说原因，但他还是说了。

"我病了。"她没有答话，对方又冒出了这几个字。从结果来看，这是相当轻描淡写的说法。

她知道亨利那时已卖掉了伦敦的公寓，整天住在苏格兰的隐居地。他一直都是个喜欢独来独往的遁世者。只是她没料到，她会是那个他在需要帮助的时刻打电话求助的人。但话说回来，孤身一人是他们少有的几个共同点之一。作家能创造最复杂、最受欢迎的世界，留给自己的世界有时却很小。有些马需要眼罩才能充分发挥水平赢得比赛。它们得有孤独感且不能分心。有些作家也是这样，这是孤独的职业。

只要不说话，话就不会被错误引用。这是萝宾的座右铭之一。但当她继续一言不发时，电话滋滋地响了起来，亨利又说了一句话才挂断电话。

"我要死了。来不来随便。只是别告诉任何人。"

她如今闭上眼仍能听到拨号音。

他后来解释说当时他在用医院的公用电话而零钱用完了，绝对不是做作或无礼。萝宾不相信他，从来没信过。不过她还是钻进了车，因为生与死可能就在一线间。

她没认出那个坐在病床边的男人。他的上一张官方作者照片至少是十年前拍的，而亨利输给了岁月。标志性的粗花呢夹克显得太大，就好像这件衣服是别人的。他也没戴丝绸领结，一头浓密的白发只剩下稀疏的几缕梳在谢顶的粉脑袋上。她没有比别人更熟悉他的脸，这似乎有些奇怪，但话说回来，人与人失去联系是常事。距离不是此类问题的决定因素。连街坊邻里也并不总是知道彼此的名字。

没有问候。没有拥抱。没有感谢。

他只说了一句话——"我要回家"。

萝宾看着亨利用从夹克口袋里掏出的一支钢笔，在出院同意书上签了字。他颤抖的手指如此用力地捏着钢笔管，好像手骨都要冲破他那薄如纸的皮肤。他在各份知情同意书上签了字，承认自己要在违背医嘱的情况下出院，她则沉默不语地等着。

医院离黑水有一个多小时的路程，当行驶在苏格兰高地蜿蜒曲折的道路上时，他们都一声不吭地坐着。一回到这个他改造成家的礼拜堂，亨利就一瘸一拐地径直来到他改造成藏书库的起居室，并招手示意她跟上。然后他打开摆着书的后墙上的暗门。萝宾无动于衷——她以前见过这扇门——但这是他破天荒第一次邀请她进入他的书房。

她目不转睛地看看似乎无所不在的白兔。墙纸上满是微微发光的白兔图案，罗马帘上缝的是跳跃的白兔，窗台坐垫上缝着与之匹配的大耳朵和短尾巴，连其中一扇彩色玻璃窗上都有兔子。

这时她注意到房间角落里的笼子。大到足以装下一个小孩。这是她以前从未见到过的，而且还不是空的。

"你养了只兔子当宠物？"萝宾边问边盯着这只小动物看。

"其实不如说是伙伴。我很喜欢白兔。"

"我注意到了。"她答话道，又打量了一下这间屋子，"它有名字吗？"

他笑了笑。"它有。我叫她萝宾。"

萝宾不知道该怎么理解这话。"为什么？"

他的笑容逐渐消失。"它让我想到了你。"

亨利拖着脚步走到书桌前的椅子边，坐了下来。

"我不知道还有多少时间，所以最好别浪费了。我想让你知道我存放遗嘱的地方。一切都安排好了，可以说我只需要届时有人按下按钮即可。怎么操办后事我都已经写下来了。我想火葬，而所有交代你的事宜都在这个文件夹里。我的新小说写了一半，现在我是无法完成了。我的经纪人到时候会负责处理差不多一切有关书的事宜。但可能有些关于我的文学遗产的决定我希望能由……"他抬头望着她，蓝色的大眼睛似乎在乞求萝宾说些什么。见她没有说话，他似乎只能放弃，缓缓整理好疲惫的思绪继续说了下去。"只要是认准的事就必须做。我们所有人到最后也只能这样了。我保证我尽力做了。还有两三个电邮地址可能也要给你——这些人得在报纸刊登讣告前知道我的死讯——我得趁着现在还记得赶紧写下来。"

萝宾看着他从书桌的抽屉里取出一台笔记本电脑。当看到她脸上的神情时，亨利挤出了一个类似微笑的表情，这使得他脸上密密麻麻的皱纹更多了。

"我知道，我知道。人人都以为我不懂如何用现代科技产品，但我是年纪大，不是老糊涂。我乐得让他们认为我年纪太大，只会用羽毛笔蘸墨水写小说，但这台小笔记本给我省了很多时间。首先用它校订要容易得多。我用打字机把终稿打出来发给我的经纪人——以让他们继续幻想我就是他们以为的那种人——但所有其他文稿我都是用电脑写的。不过我拒绝用手机——那玩意儿致癌，你记住我的话。"

他敲下电脑的密码，全程仅用食指且动作非常缓慢，所以就算她不是真的想知道也看到了密码："Robin（萝宾）"。知道他用她的名字作为密码和给宠物取名让她不禁感到既困惑又内疚。她不知道该说什么，所以——又一次——什么也没说。他用相同的密码打开了他的电子邮箱，这让她想哭。她很了解他，知道他想活下去——和写下去——直到永远。但全世界的钱都买不来更多的时间。

"大概是毫无意义的废话，通常都是这样。"亨利边说边把注意力转向书桌上一些未拆的邮件。他拿起一把银色的拆信刀，这把刀在他虚弱的手里显得很重，然后将最上面信封的封口划开。信封里是他经纪人的来信，他将信取出时手指微微抖了一下。萝宾从他的肩头上方看到了信的内容，发现这个老头在得知他的最新小说登上了《纽约时报》畅销书榜单时笑得无比开心。

"这很了不起吧？"他说，那神情和从前的他，也就是她记忆中的那个人非常像。"我写的时候可不知道，不过这是我出版的最后一本书了。对我来说，读者的喜爱就是一切。"

"好吧，他们的想法总是最重要的。"萝宾说，对此他皱起了眉。"我的意思是，恭喜你。"她补充道，毕竟她还能对一个将死之人说什么呢？她再次看了看这台笔记本电脑。"你的经纪人仍然给你写信然后邮寄过来？"

"是的。"

"他不知道你有电子邮箱吗？"

亨利笑了笑。"我有很多事情我的经纪人都不知道。"

他们进行了一段无言的对话，难得的默契时刻。然后他们仿佛重置了自己，默契又消失了。

"地窖里有一些香槟。"他说，"去给咱俩拿一瓶好吗？和我喝一杯，庆祝我的最后一本畅销书怎么样？然后我保证把你要知道的一切都告诉你。我把活板门锁上了——有时连我自己都会紧张不安。"

"可在地窖里发现尸体、女巫、幽灵等所有这些故事……都是你编出来让人远离这里的。"

他咧嘴一笑。"是的，都是我用黑暗畸形的想象力虚构出来的。但这管用，不是嘛！我们修复这地方时，建筑工人在地窖里唯一发现的就是湿气。我喜欢安静和独处。我不想别人打扰我，但有时我会自己吓到自己。我这么多年都沉浸在这些故事里，有时候我感觉编造的世界比我生活的世界更真实。"他的蓝眼睛噙满泪水，萝宾看得出他的思绪已飘到九霄云外。但接着他眨了一下眼后思绪又回来了。"活板门上挂锁的钥匙在厨房的一个抽屉里……我忘了是哪个。"

萝宾犹豫了一下，但还是按他的吩咐做了。她走进食品贮藏室，首先映入眼帘的是巨型冰柜，接着她注意到墙上一字排开的各种工具，包括按大小整齐排列的各种木工凿和石刻工具。那把斧子一如既往地让她感到害怕。亨利多年来一直喜欢做木雕和石雕，他说这有点像是把现实生活雕成小说。这需要耐心、想象力和稳健的手。每年夏天，他会用那把斧子砍下一棵挡住他看湖视线的老树，然后仔细地在树桩上雕刻一只动物。猫头鹰和兔子是他最爱雕刻的。它们都有怪异硕大的眼睛，和他本人的有几分相像。

活板门确实上了锁，她花了好久才找到钥匙。她走下石阶时闻到的那股湿气让她想起了那么多不堪回首的往事。但地窖里没有幽灵——至少那天没有那种幽灵——只有酒。当她拿着一瓶瓶身满是灰尘的香槟酒回到书房时，惊讶地发现亨利还在盯着那张薄薄的《纽约时报》畅销书榜单剪报。他的经纪人把他的书用红笔圈了出来。他的书位居榜首。

萝宾倒了两杯酒,然后把其中一杯递给这个老头,但他没有接。靠近一点看时,她才发现他没有动,蓝色的眼睛已有一段时间没眨了。她摸了摸他的脉搏,已经没了。她注意到书桌上出现了一些先前没有的东西:一个空药瓶、一张指示清单和一份遗嘱。她喝下了自己手里的那杯香槟。不是为了庆祝,而是因为她需要酒精。至少他死时很快乐。

萝宾当晚就把亨利安葬了,她担心如果等到天亮会被人看见。她把他的尸体和几本他最喜欢的书裹在旧床单里,拖出了礼拜堂。他在遗嘱里要求火葬,但既然外面有墓地,又有铁锹,不如直接下葬来得方便,就是会很累人。还有一些指示萝宾也选择视而不见,比如把亨利的死讯转告别人等。第二天早上,她用亨利的银行账户从网上订了一块精美的墓碑,并在墓碑送到后,亲自用亨利的工具在上面刻了字。他的钱多得惊人——比她想象的要多——但萝宾没在自己身上花一分一毫。虽然从他的遗嘱里可以清楚地知道这个作家给她留了一大笔钱。她唯一一次再度使用他的银行卡是为了给访客买道具,因为这是买给他们而不是她的。亨利去世两天后,她解雇了他的保洁员,她知道没有别人再拜访过这个隐居者。因为亨利的缘故,连黑水酒店也在几年前关闭了。他生前选择孤独,死后也会继续孤独。

萝宾在亨利的笔记本电脑里发现了他未完成的作品,于是读了起来,不过这主要是出于好奇而不是别的原因。这又是一部亨利·温特一贯风格的黑暗畸形小说。她没有意识到自己在看一段特别可怕的情节时屏住了呼吸,直到笼子里的那只兔子突然叫了一声把她吓了一跳。萝宾不喜欢让这只和她同名的兔子被锁着。

她把这只巨大的白兔抱到礼拜堂外，他却没有逃走，于是她关上他身后的门，希望再也见不到他。可他还是一动不动。她把他抱到更远处靠近深草丛和湖的地方后，他竟跑了回来，蹲在巨大的哥特式双开门外，仿佛在等人放他进去。她当时还不理解，其实并不是所有人都想获得自由。

青铜婚

年度词语：

不完美恐惧症（atelophobia）名词　害怕没做对事或害怕不够好。极度担心无法尽善尽美。

2016 年 2 月 29 日——我们的八周年纪念日

亲爱的亚当：

我们没有庆祝今年的结婚纪念日。

我很多时间都是和工作单位的一个朋友一起度过的，而你的时间，好吧，都花在了工作上。最近几次改编亨利·温特的书你都有些力不从心。就个人而言，我认为这是因为你太想让作者满意而忽略了自己的真实感受。但就像几周前我提出帮忙时你所说的，我又知道什么呢？

我知道自欺欺人向来是最危险的。我还知道我们潜意识里的想法是最诚实的，因为这些想法只属于我们，我们认为其他人都看不到。你在想着亨利·温特和他的书时，我在想着离你而去。

我工作单位的这个朋友亲切体贴，对我关怀备至。此人从来不会让我觉得自己愚蠢、卑微或者所做的一切都是理所当然。除了脸盲症，你还有其他地方也让我觉得自己毫无存在感。你每天都让我觉得自己好像不够好。尽管难以启齿，但有时候我怀疑自己留下来的唯一原因是鲍勃。还有这座房子。

我喜爱这座又大又漂亮的维多利亚时代的古董房，它隐没在伦敦的一个被时光遗忘的角落里。毫不夸张地说，修缮房屋期间我的血、汗和泪流入了这里的每一寸空间。你大部分时间都没帮忙。在我们年轻的时候，我不敢想象有朝一日我们会住上这样一座房子。你可能敢想，你向来比我敢做梦。不过话说回来，你的噩梦更严重。你和我的童年都是那种最好忘却的童年，但是浅层土壤更适合野心的种子生长。

你竟敢不先和我说一声就把他请来了。

我这一天工作很辛苦——而且没有冒犯的意思，我的工作是实实在在的工作，不是闲坐着整日 ~~胡编乱造~~ 写东西——我只是想回家冲个澡，然后开一瓶酒喝。还没等我把钥匙插进门锁里就听到了屋里的声音，你和另一个人的声音。而且还有一股烧焦的味道。我发现你在起居室里和亨利·温特一起喝着威士忌，与此同时他还在我们禁止吸烟的家里抽烟斗。起初我还以为这是我的幻觉，但是那件打着丝绸领结的粗花呢夹克看上去货真价实，应该不是想象。

"嘿，亲爱的。我们来客人了。"你说，好像我自己看不到似的。

任谁都会看出我脸上惊恐的表情——他看出来了，但你没有，因为你做不到。然而，我本以为你可以通过其他方式感受到我极度不自在的情绪。有时候论情商，你表现得如同一只脑损伤的青蛙。

你们俩都直勾勾地看着我，等着我说话，但我能说什么呢？

你俩一个好像完全不清楚状况，而另一个人好像对此喜不自胜。

"瞧，这是亨利的新书。"你边说边拿起一本鲜红色的精装书，一脸欣喜，好像是你自己写了这本书，想要一朵小红花奖励。

亨利故作谦虚地耸了耸肩。"这可能不是你喜欢的那类书。"

"可能吧，我在现实世界经历的恐怖事件够多了。"我回答道。你也许看不到我脸上的表情，但我看你的表情毫无障碍，如果神情可以杀人，我已经在太平间了。当时的气氛紧张得都能用一把茶匙切开，所以亨利觉察到不对劲不足为奇。

"很抱歉打扰了。我去年卖了伦敦的公寓然后彻底躲进苏格兰的隐居地生活——你和亚当一定要来做客——我明天要和我的出版商在城里开个会，但我订的酒店在最后关头出问题了，你老公坚持要我住在这里……"我一句话都没说。"但我不想打扰。我总能——"

"我们非常欢迎你。是吧，亲爱的？"你打断道，看着我。

"当然。"我说，"我其实正要换衣服出去见个朋友。祝你们度过一个愉快的夜晚。"

我感觉自己反而是家里不受欢迎的客人。

我几乎是跑上楼收拾行李的。我整个周末都是和我的那个同事一起度过的。我们第一天去了一家美术馆，第二天去了剧院。我感到活力四射、幸福快乐、无拘无束。如今我更喜欢她而不是你的陪伴。比起人，她也更喜爱动物，这就是她在"巴特西狗之家"做志愿者的原因。她聆听我说话，我讲笑话时她会哈哈大笑，从来不会让我觉得自己不如别人。她午餐爱吃微波炉烹饪的餐食和罐装食品——我从未见她吃过沙拉或任何绿色的东西——但人无完人，生活中有很多更糟糕的使人上瘾的东西。

当我过完周末回家时，亨利已经走了，我也松了一口气。让我感到难过的是，你好像真的不在乎我去了哪里或者和谁在一起。你知道这是工作中的一个朋友，却连此人的名字都不问一下。相反，你却以一种奇怪的眼神看着我。

"出什么事了？"我问，一心扑在鲍勃身上，他显然比你更挂念我。

"什么事也没有。"你说，可那闷闷不乐的幼稚语气分明就是出事了。"你换了发型。"

"修剪了一下而已。"

对你来说，我的头发比我的脸更有辨识度，每次我换发型，好像都会让你有些困扰。老实说只是剪短了一英寸，比以前多了几缕挑染的头发罢了，但这种被人注意的感觉真好。我想稍微放纵一下，好像犒劳一下自己是我应得的，但我从你的表情看出你还有心事。

"你是想现在告诉我你的烦心事还是晚饭后再说？"我问。

"我没有烦心事。"你像个被宠坏的孩子一样噘着嘴。"我今天写完了剧本……我不知道你愿不愿意去酒吧喝杯酒庆祝一下？"我正要婉拒说我累了，可还没等我拒绝，你就抢先一步继续说了下去。"另外，不知道你愿不愿意在我寄给经纪人前看看剧本？"

这就是你的心事，不仅在你的声音里，还在你的眼神里。

你仍然需要我。

尽管你在生活中，以及在伦敦和洛杉矶有各种作家同事和朋友，你还是在意我对你作品的看法。就像我们初遇时那样。

"我还以为我已经不是你的第一读者了。"我说，这下轮到我没好气了。

"当然是。你的看法一直都是最重要的。你觉得我是在为谁偷偷写这些故事的？"

我强忍住不哭出来。"我吗？"

"几乎一直都是。"

这让我绽开了笑容。"我考虑考虑吧。"

"也许可以用石头、剪刀、布来帮你做决定？"

"也许我们可以换个赌注？"我边说边强迫自己直视你。

"比如呢？"

"比如……我们是否还应该在一起？"

这句话引起了你的注意——甚至超过了对头发的注意——我们俩此时都收起了笑容。我不知道该期待你说什么，但不是这句话……

"好的，就赌这个。用石头、剪刀、布来决定我们婚姻的未来。如果我输了，就结束吧。"

我已经搞不清楚是谁在吓唬谁，还是说事情就是如此。我们每次玩这个游戏你都会让我赢。我的剪刀剪掉你的布。每一次。我不知道是什么促使我想有个不同的结果，但我的手摆出了一个新形状。令我意外的是，你也是如此。

第一个来回，我们俩都出了石头，打成平手。

但如果我没改变选择……你就赢了。

第二个来回，我们俩都选择了布。

由于赌注比平时高得多，这个儿童游戏的第三轮感觉紧张得出奇。

我们再次出手。我选择再变，而你决定不变。你出布的手指包住了我出石头的拳头，你赢了。

"我想这意味着我们会在一起。"我说。

这时你紧紧抓住我的双手，将我拉近了一些。

"这说明有时生活会改变人,连我们也不例外。与初遇时相比,我们俩都变了。在某些方面几乎认不出来了。但你变成什么样我都爱。无论我们的变化有多大,我对你的感觉始终不变。"你说,而我也愿意相信你。你和我走过漫漫长路,我们携手经历了这一切。这就是我不能让我们就此别过的原因。

我们没去酒吧,也没有大张旗鼓地庆祝今年的纪念日。相反,我熬夜读了你的剧本。写得很好。可能是你写得最好的。被需要的感觉和被爱的感觉不一样,但二者很接近,足以让我想起过去的我们。我想再次找到那时的我们,告诫他们不要被生活改变太多。

第二天一早,我把为手稿作的笔记以及送你的纪念日礼物放在了厨房的餐桌上,然后便上班去了。这是一个腾跃的小兔子青铜像。你以为这个东西与《爱丽丝梦游仙境》有关——知道这是我小时候最喜欢的一本书——但你错了。我之所以买它是因为它让我想起了一个老人曾教我的一句俄罗斯谚语。我如今仍然很喜欢这句话:

如果同时追两只兔子,只会一只也抓不到。

几天后你给了我一个青铜指南针,上面刻了一行字:

这样你永远都能找到回到我身边的路。

原来你以为我迷失了方向。

你老婆

××

阿梅莉亚篇

亚当抛下爆胎的汽车,气冲冲地回到礼拜堂内。我跟着他穿过靴室、厨房和起居室,最后我们俩都站在了亨利·温特的秘密书房中央。亚当仔细环视着房间。我不清楚他在找什么,或者说希望找到什么。我多想回到以为我们可以离开的时候。

白兔绝对是这里的主题……墙纸、窗帘和坐垫上到处是它们跳跃的身影。对于一个喜欢写令人不安的暗黑小说的耄耋老人来说,选择这种室内设计令人意外。但话说回来,正如亚当一直所说的,最优秀的作家往往和他们笔下的人物既毫无共性,也处处相同。

亚当直勾勾地看着我,脸上的表情很奇怪。

"你要是对这里的真实情况有所了解的话,那么现在正是告诉我的时候。"他说,那语气是他通常对电话推销员才会用的。

"别一上来就想怪我。这个地方是那个作家的,你过去十年都在改编他的小说。我一直不喜欢他。也不喜欢他的书。而且我在这个周末看到的一切都表明,你才是我们被困在这里的原因。"

亚当再次看了看那张古董书桌,这张书桌曾经属于阿加莎·克里斯蒂。它是用深色木料做的,体积很小,却有十个极小的抽屉嵌入其中,当他开始把这些抽屉拉出来时我才真正注意到它们。每个抽屉看上去都像是一个袖珍木盒,当他把第一个抽屉里的东西倒在手掌上时,一个小兔子青铜像掉了出来。

"我见过这个东西。"他嘀咕道,而人已经挪到下一个抽屉处。

他在这个抽屉里发现了一只折纸鸟,和他装在钱包里、一直随身携带的那只很像。我一声不吭地看着,而他面如土色。

看到我老公这个样子我很不好受。其他人看到的都是这个男人的另一面,与我了解的不一样。他们不知道他脾气坏,没有安全感,经常做噩梦,梦见一个穿着红色和服的女子被车撞倒。每次梦见她,他都会气喘吁吁、一身冷汗地醒来,有时还会尖叫。亚当一辈子都在回避那件最让他害怕的事,虽说这个男孩如今长成了大人,但他其实没怎么变。

在我眼里没有那么大。

他又打开一个抽屉,然后举起一把老式铁钥匙。

下一个抽屉里满是铜便士。肯定有一百多枚,每一枚都穿了孔作为眼睛,还有笑脸图案。

陶婚

年度词语：

格格不入（monachopsis）名词 难以捉摸却挥之不去的无所适从的感觉。认不出原来的生活环境，丝毫感觉不到那种在家里的轻松自在。

2017年2月28日——我们的九周年纪念日

亲爱的亚当：

我们的房子不再有家的感觉，但至少你没有忘记我们今年的纪念日。我想这算不错了。你又在一直忙写作的事，而我则让自己忙着和其他人做其他事。

我们选择在家安安静静地过一晚——就像我们大多数晚上那样——只是开了一瓶香槟，点了一份外卖来~~庆祝~~纪念我们九年的婚姻。我们一致认为，在起居室里边吃边看电影是最好的方式——坐着不说话只能说明我们如今没什么话说。你送给我一张~~从最有一分钟特价网站上购买的~~打印的陶艺课代金券。我送给你一个写着"走开，我在写作"字样的马克杯。我考虑过提议找个婚姻咨询师，但到目前为止，感觉还没有合适的时机。我们俩每走一步都谨小慎微,却还是到了走不下去的地步。

当门铃响起,将我们从自我戕害的苦海中拯救出来时,我感到既宽慰又激动。你跳起来去开门,可你在门厅那里耽搁了很久。我还以为来的是你的熟人,但来的是我工作单位的那个朋友。她在哭。看到你们两个在一起时我微微颤抖了一下。我不想和她说我们的事,她却老问,所以在这个问题上很难不失礼数。也许听起来很可笑,但我觉得我只是想独占她,因为她是我一个人的朋友,与你没有任何关系。

"怎么了?"我问,看见你俩站在门口,你穿着拖鞋,而她穿着高跟鞋,满脸泪水。

她去年刚来"巴特西"时做的是志愿者。我们要是给每个在这个慈善组织工作的人都付工资的话,很快就会破产。志愿者会协助员工做几乎所有事情:照料动物、给它们洗澡、带它们散步、给它们喂食等。他们清理狗窝,协助开展活动提高大家爱护动物的意识并筹集资金,有些还会来办公室里帮我。我们就是这样认识的。作为报答,我在她今年早些时候转为全职员工时帮了忙,所以我们现在几乎天天见面。

我的同事不像我那样热情待她。他们开玩笑说要不是我是金色直发而她是蓬乱的褐色鬈发,我们都可以做双胞胎。但我认为这些刻薄的话大多是出于眼红。流言蜚语往往是妒忌的私生子。她腼腆害羞、不善社交,言行举止会令人生疑。她还有些过于文静,好像对一切从她口中说出的话都没有把握,字斟句酌,生怕言辞不当。可今晚不是这样。

"非常抱歉,我就这样不请自来了。"她边说边用手背擦拭脸上的泪痕。她穿着一件带风帽的蓬松的大外套,与高跟鞋完全不搭。

"出什么事了？你还好吧？"我问，她又抽泣起来，"进来——"

"不，我真的不能进来。亚当说今天是你们的纪念日……"

你的名字从她的嘴里说出来听着很陌生。

"噢，这点你不用担心。我们结婚都快十年了，我们连爱都不做了。"

你当时看我的眼神可笑极了。

我想知道当她接受邀请，走进屋，并放下风帽露出一头金发时我是什么表情。褐色的鬈发不见了，而是做成了和我一样的直发，连染的色调都完全一样。

"噢……"她脱下外套时注意到我的反应，"我做了头发。"

"我看得见。"我说，开始注意她装扮上的其他变化。她的"巴特西"运动衫工作服、旧牛仔裤和运动鞋——我几乎只见过她穿这身衣服——换成了一件红色紧身连衣裙。她的样子变了，却很眼熟：她的样子像我。连她的声音听着都有点像我。她之前的伦敦东区的鼻音不见了，但话说回来，很多人一紧张说话声音就会变。而她在你身边好像超级紧张。

"我有个约会，想穿漂亮点……但这次约会很糟糕。他说要来接我，我以为他是想表现得保守体贴，可他现在知道了我的住址。我没请他进屋，他便威胁我，变得很凶……非常抱歉，可我在伦敦不认识别人，除了你和——"

"好了，你现在安全了。要来杯香槟压压惊吗？"你提议道，而她笑了笑，露出的牙齿好像比以前更白了。

你在客人面前向来是个更称职的老公。

我们三个坐在起居室里，一边喝我们的纪念日香槟一边听她诉说似乎永远也讲不完的恐怖的单身生活，我为她感到难过。我无法想象在我们这个年纪独自生活是什么样子。这个世界变化如此之大——网上约会、速配约会、各种约会软件——这一切听起来很糟糕。我以前从来没见过她的这一面——也许是因为她不露痕迹地将这一面隐藏在平时穿的宽松T恤和旧牛仔裤之下——但我的朋友打扮一番还是相当漂亮的。如果单身生活对她来说如此艰难,想象一下对我们这些凡夫俗子来说会是什么样子。我觉得自己一把年纪,干不出这种无聊的事。我看了看你,发现你注视着她,显得十分殷勤体贴。她在你说客套话时始终笑容满面,就好像有微笑指标得赶在今晚结束前完成似的。看来你们两个合得来,这让我很高兴。当我们又打开一瓶酒坐下来听她讲与渣男的糟糕约会时,我意识到我有个好男人是何等幸运。

"嗯,终于见到你的工作伙伴了,真好。"我们爬上床时你私语道。她睡在客房里,而且鉴于她喝了那么多酒,你大概没必要压低嗓音。

"我不知道以前为何从未邀请她过来做客。现在想想,我不明白她是怎么找到我的——我从未给过她我们的住址——但我很高兴她找来了。"

"根据你的描述,她和我想象的不太一样。她好像……人很好。"

"你这话像是在侮辱人。你是不是觉得她漂亮?"

你笑了起来。"不觉得。"

"真的?即使是那样的头发、高跟鞋和妆容——"

"真的,不觉得。况且这一切我都看不到,想起来了吗?我只看内在。"

"那你看到什么了?内在是什么?"

"女演员。我见过的女演员够多,清楚得很。"

我笑了起来。"这太扯了……她大部分时间就是个安静的小老鼠。"

"不是所有女演员都在舞台上。有些就生活在我们中间，伪装成普通人的样子。"我们俩都笑了起来，你也一把抱紧了我。外面很冷时躺在温暖的被窝里是件很美妙的事。与你爱的人或者说曾经爱的人分享体温。不过同床共枕并不表示我们依然观点一致。

"你看我的内在是什么？"我问。

"一如既往，我美丽的老婆。"

你当时凝视着我，让我有了存在感。

"我们怎么了？"我问，盼着你往别处看或换个话题，可你没有。

"我不是十年前的我，你也不是十年前的你，这没什么。我们唯一需要问的问题是，我们爱现在的我们吗？今晚听到你朋友的故事让我感到既孤独又幸运。一段感情成功与否不能仅用时间来衡量。我们每到纪念日就会把它作为重要事件庆祝一番，对此我很欢喜，而且看到夫妻携手走过七十载的那些新闻时，我也会报以微笑，但我也认为，一夜情有可能比某些婚姻意义更深远。问题不在于一段感情持续多久，而在于这段感情让你对彼此有了什么认识。"

"你在说什么？"

你微微一笑。"石头、剪刀、布。"

"什么？"

"你没有听错，石头、剪刀、布。要是你赢了，我们就永远在一起。"

我们上次玩这个游戏还是在一年前。但就像以前一样，当时你让我赢了——我的剪刀剪了你的布。这听上去很可笑，但我觉得这似乎预示着我们也更像从前的我们了。

"我要是输了又会怎样呢？"我问。

"我们还是会永远在一起，因为我爱你，赖特夫人。"你边回答边搂住我的腰。就算这是醉话，我也不介意。你整天和文字打交道，但只有这三个字才是我要听的。

"我更爱你。"我说，然后我们这么长时间以来第一次做了爱。

我在感情方面是那种"把鸡蛋放在一个篮子里"的女孩，这样做很危险。一旦栽了跟头或者不幸有个闪失，我在乎的一切都可能变得支离破碎。遇见你让我找到了另一半，从此我未再真正需要或想要过别人。对也好，错也罢，我把自己的全部情感都倾注到这段感情中。我接纳了你的希望和梦想，把它们当作自己的希望和梦想来爱。我对你的关心无微不至，已经没有精力关心别人，甚至我自己。我对足以容纳两人的社交圈感到满意。我向来有你就够了，但我从未感到你觉得只有我也足够了。也许这可以改变。也许如果我少爱你一点，天平就会向我倾斜，而你就会多爱我一点？

我非常关心我工作单位的这个朋友，但我不想落得和她一样的下场。看到她在我们家里——如此孤独、伤心和崩溃——是一个小小的警示。真是奇怪，他人的不幸竟能让人意识到自己拥有什么。我们不能再把彼此所做的一切看成是理所当然。这是另一个别人不会告诉你的有关婚姻的道理：它时而好，时而糟，但不意味着完了。也许再好或者说再糟也不过如此呢？因此，虽然我们的房子不再有家的感觉，但我打算试着修复它，也打算试着修复我们的关系。即使这意味着要去咨询，或者妥协，或者在某个时间出趟远门，就你和我……以及鲍勃。也许所有婚姻都有秘密,也许维持婚姻的唯一办法就是守住这些秘密。

你老婆
××

亚当篇

"这是什么意思?"我问,一手拿着装满便士的小抽屉,一手握着一个破碎的写着"走开,我在写作"字样的马克杯。我也许受到脸盲症和奇怪的神经系统障碍的困扰,但我的记忆没有问题(大部分时间)。书桌里装满了这些年来我老婆送我的纪念日礼物。"这一切你都参与了?"

"什么?没有!"阿梅莉亚说。

我盯着她看,想寻找真相,可我连她的脸都看不清。她的五官像凡·高的画一样在旋转,单单朝她的方向看都让我感到头晕目眩。有时我能通过头发的形状或颜色,或者独特的眼镜识别人。有时我根本不知道是否认识他们。

"那你怎么解释这件事?"我边说边重新转向书桌。"你安排了这次来苏格兰的小旅行;你开车把我们带到这里——"

"这个周末发生的事我都无法解释。"

"无法解释还是不愿解释?你是不是早就知道亨利·温特死了?"

"我觉得你得冷静冷静。我过去不知道,现在还是不知道,除了……"

"什么?"我问她。

"你说过亨利九月份出了一本新书,但现在我们知道他前一年就死了。"

"所以呢?"

"所以,如果是别人代笔的怎么办?"她叫嚷着说出了这个问题,这时我才意识到自己也一直在叫嚷。

这个说法很荒唐。这书后来在世界各地出版。她真的以为如果别人代亨利·温特写了部小说,会没有人——包括他的经纪人、出版商和广大粉丝——觉察到吗?但接着我合计了一下,发现她是对的,这事说不通。

"这不可能。"我答道。我心里对这个答案也没底,但我没和我老婆说。

作家这类人既古怪又善变。要成为作家需要耐心、决心和充足的在黑暗中独自写作的劲头,以及在阴影试图吞噬他们时坚持下去的信念。而且阴影确实试图吞噬他们——我很清楚。他们说好听点是怪人,说难听点就是疯子,这是作家们的另一个共同点。亨利会不会出于某种原因制造了自己死亡的假象呢?

"我们俩早些时候都看到有人开门进了礼拜堂。想起来了吗?那个人才是罪魁祸首,才是我们该指责的人,不是你我。"阿梅莉亚说。

"小屋里的那个女人呢?"

"那个点着蜡烛、抱着白兔的女巫?你说她上了年纪……"

"我说的是她头发花白。我们来后好像没见过别人了。"

"那我们就回去,再敲敲她的门。最坏的情况无非是她施咒把我们也变成白兔。"阿梅莉亚接话道,听上去比平时冷静。

也许她早就知道这里的情况,只是在演戏。

我一直为自己的出轨而感到内疚,但圣人阿梅莉亚也和不该上床的人上了床。她好像故意忘记了这段往事。但我忘不了。那个"叫我帕米拉"的咨询师说过我们得往前走，学着把问题置于脑后，但我还是对我老婆谎话张口就来感到震惊。

我真希望此时能像别人一样辨别出她的面部表情。我想知道她有没有露出害怕的神色，或者她的表情和她的声音一样镇定吗？倘若如此——鉴于我们似乎被困住而且很可能处境危险——为何她不像我一样害怕？她似乎把她的爱犬忘得一干二净。她隐瞒了一些事，这让我感到害怕。闹鬼的婚姻就和闹鬼的房子一样令人恐惧。

"跟我来。"我边说边拉起她的手——她总是埋怨我不常牵她的手。

她的表情和声音也许不会露馅儿，但阿梅莉亚控制不了她的呼吸。她在真正紧张或害怕时，这向来是最先出卖她的。

我们来到通往二楼的旧螺旋式木楼梯时，我抬起手指向楼道墙上的黑白照片。自从我们来到这里后，这些照片一直困扰着我。

"这些照片里的人是谁？他们中有哪个面孔是你认识的吗？"我问。

我看得出楼梯底部相片里的人穿的是维多利亚时代的衣服。靠近顶部的看上去穿得更现代。我能看出这里面有成人，也有儿童，但是和往常一样——他们的面孔我一个也认不出。

阿梅莉亚摇了摇头，于是我开始拉着她上楼。

"现在呢？这里有眼熟的吗？"

"亚当，你吓到我了。"她说，我从她的呼吸中听出她说的是实话。我正要道歉时她又说话了。

"等一下，我想这张照片是亨利少年时的……下面这张也有点像他，只是年轻些，与一男一女的合照。也许是他父母。"

"可能是某种家谱？继续说。"我说，不让她走。

"我可以肯定，这里的大部分相片都是亨利的。我现在才意识到，但话说回来，我先前也不知道要看什么。他比我在书封和报纸上看到的年轻得多——这些相片都是很久以前的。"

我放下了她的手。

我凝视着这些照片，想看到她所看到的，但这是枉然。

"还有其他眼熟的人吗？"当阿梅莉亚在楼梯顶端突然停下脚步时，我问。我注意到她在不断转动手指上的蓝宝石订婚戒指。

"还有一个小女孩的几张相片……等一下。"

"什么？"

"这些相片先前不在这里。你想起来了吗？之前只有三个褪色的方形印痕和伸出墙的锈钉。有人把相片放回去了。"我很想问是不是她干的，但还是忍住了。"我想这张相片是——"

她的话说到一半时我发现她身后有情况。

"另外几扇门里有一扇开了。"我打断道，赶紧冲了上去。

除了通往我们就寝的卧室和钟楼的两扇门外，楼梯平台上的其他门昨晚都是锁着的。但现在又一扇门敞开了，我发现自己站在一个儿童卧室里。

所有东西和礼拜堂的其他地方一样落满了灰尘，但这个房间还满是蜘蛛网，而且散发着霉味，好像几个月都没有通风了。也许还不止。我注意到的最令人毛骨悚然的东西是屋中央的大玩偶屋。它看上去像古董，还酷似我们伦敦的住宅——一座维多利亚时代的对称式房子。我忍不住打开了一扇扇布满灰尘的门，当我看到屋内的装饰和我们的房子如出一辙时，我感到恶心。每个房间都有同样的两个木雕玩偶，但它们不是袖珍版的阿梅莉亚和我。一个玩偶是老头,穿着粗花呢夹克并打着领结,另一个玩偶是一袭红衣的小女孩。在每一个过家家的场景里,他们都牵着手,而且老头都抽着烟斗。当我仔细看时,我发现这些烟斗其实是橡实的壳和柄。

"你见过这个吗?"阿梅莉亚问。

她拿着一个旧玩偶匣。我小时候有过一个一模一样的玩偶匣,它让我感到害怕。起初我不明白意义何在,直到我看到"杰克(Jack)[①]"这个名字被划掉时才恍然大悟,因为现在它上面写的是"匣子里的亚当(Adam-in-the-Box)"。

在我还是个小男孩时,我母亲教过我这些东西的法语名称:diable en boîte,字面意思是"匣子里的魔鬼(boxed devil)"。这么多意想不到的事情让我想起她。而我一想起她,就会再经历一次她死去的那个夜晚:雨天、尖锐可怕的刹车声、她飘在空中的红色和服。那只狗是我的。我求她让我养只狗,可我后来又不照顾它。如果十三岁的我说话算话,自己遛这只狗的话,她那晚在人行道上行走时就不会丧命了。

我的手指似乎不受大脑控制,摸到"亚当"玩偶匣的曲柄后开始缓慢地转动它。引人怀旧的曲调响起,我脑海中也跟着响起我母亲的歌声。

母亲教我缝纫,
以及穿针引线,
每次我手滑时,
砰!黄鼠狼跑了。

[①] 上文的"玩偶匣"是指"Jack-in-the-box",是一种带曲柄的音乐盒,摇动曲柄时会演奏美妙的音乐,然后一个人偶(通常是小丑)会从盒子里跳出来。

虽然我早知道会发生什么，但玩偶"杰克"从匣子里弹出来时还是吓了我一跳。乱糟糟的红发、大花脸和斑斑点点的蓝衣服使它看上去很可怕，甚至比我小时候记忆中的那个玩偶匣还可怕，因为它的眼睛不见了。

意思显而易见，我想我已经领会了，但还有什么是我没看到的呢？

当我转身观察卧室的其他地方时，我注意到墙纸、窗帘、枕头和羽绒被上密密麻麻的褪色图案全都是同一样东西：知更鸟。接着我看到房间角落里那个布满灰尘的独立式儿童黑板。黑板上的粉笔字已经变淡，明显是多年前写的，但我还是勉强辨认了出来：

我不可乱讲故事。
我不可乱讲故事。
我不可乱讲故事。

锡婚

年度词语：

悔悟（metanoia）名词 彻底回心转意。改变主意、自我或生活方式的过程。

2018 年 2 月 28 日——我们的十周年纪念日

亲爱的亚当：

今天其实不是我们的十周年纪念日。我因故晚了一些才写下这封信。

我以为这一年我们顺风顺水。我以为我们很幸福。我很幸福，所以以为你也如此。在外人看来，我们的婚姻绝对很牢固。可我~~瞎子眼~~ ~~很糊涂~~ ~~是个轻信的傻瓜~~ 错了。现在知道真相后似乎一切都是假的。我感觉自己好像被困在雪花玻璃球里，再摇一下就会彻底消失。

感觉好像有人在长期监视我们。我说不太清楚这种感觉，也不太能用语言描述，但我认为当被人监视时我们都是知道的。无论是在工作、遛狗还是乘地铁。当别人的目光停留在你身上时间过长你是感觉得到的。你总会知道。这是本能。

通常情况下,我下班回家时你还在你的写作小屋里。但是在我们的十周年纪念日前一晚,我发现你坐在起居室里,在黑暗中观看英国广播公司视频网站上很早的一期《格雷厄姆·诺顿秀》。亨利·温特以从不接受采访闻名,但为了庆祝五十年来的第五十部小说的出版,他去年同意做一次采访。我们当时还一起看了节目。格雷厄姆·诺顿一如既往地风趣迷人,但我记得当他介绍亨利上场时我觉得恶心。一个我差点没认出来的老头一瘸一拐地走上台,然后坐在了红沙发上。除了他一贯的粗花呢夹克和领结外,他新挂了一个手柄是银兔头的拐杖。他脸上的笑容也是我头一次见到,看上去像是会伤人。

我真希望我们从未看过这期访谈,但我们确实看了,而昨晚我看着你一遍又一遍地看这期节目。其实是亨利·温特提到你的那个片段。我静静地站在我们家的门厅里,看着你不断回看,将这一段放了七遍。

格雷厄姆探了探身。"嘿,跟我说说,不告诉别人……"观众哈哈大笑。"你对自己书的影视改编版的真实想法是什么?"

虚假的笑容顿时从亨利满是皱纹的脸上消失了。

"我没有电视机,我向来更喜欢看书。"

"但你肯定看过吧?"格雷厄姆坚持问,同时抿了一口他的白葡萄酒。

"我看过。我不能说自己很喜欢。但我被说服了,于是让那个编剧试了试——在我答应前他的职业前途一片迷茫——而且就算我不喜欢他的改编,还是有很多人喜欢的。所以……"

格雷厄姆笑了起来。"呀,但愿他没在看!"

可你当时就在看。我也在看。我觉得从那以后你没再和亨利说过话或写过新剧本。

你把亨利说的话怪到你的经纪人头上，我心里很不好受——我喜欢你的经纪人，他是这个有时会很腐败的行业里难得的好人——但我还是不能把实情告诉你。我以为我们的关系终于重回正轨，跟你说我才是当初你可以改编亨利的书的原因似乎并非上策。

我不知道你为什么坐在黑暗里看一个很早以前的亨利贬低你的片段。我不明白为何你仍然在意他的看法。这时我注意到这瓶喝了一半的威士忌——亨利最喜欢的那个牌子——就放在你的英国电影学院奖奖杯旁边。出道即巅峰反而让你举步维艰。有时候最好起点低些——这会让你有成长的空间。

我蹑手蹑脚地返回门厅，砰地关上了前门，然后径直跑上楼。"就去冲个澡。"我大声说，这样你就不会以为我看到你了。当我下来时，电视关上了，威士忌不见了，奖杯也回到架子上了。我想知道你假装没事实则心灰意冷有多长时间了。每晚我回到家时你便装模作样起来。你的职业意味着你很多时间都是一个人独处，也许有时候有点过分。我想过改变你，但不确定该怎么做。

第二天——也就是我们的纪念日——我决定提早下班。想让你高兴，给你一个惊喜。就在我走在花园小径上时却感到有些不对劲。你为庆祝我们五周年纪念日在草坪中央种下的那棵木兰树看上去像是要死了。我选择不去理会这个信号，而是开门让自己和鲍勃进了屋。屋里一片寂静，每次你在外面的写作小屋时都是这样，你几乎总是如此。厨房的餐桌上有一锡罐焗豆——我想这肯定是某种玩笑，要知道锡制品是结婚十周年的传统礼物。我微微一笑，径直走上楼来到我们的卧室。我打算做些改变，花点时间梳洗一下自己而不是那些被遗弃的狗，然后给你一个惊喜。

你却给了我一个惊吓。

你还在床上。

和我工作单位的那个朋友。

她那天早上打电话请病假。现在我知道原因了。

当我走进房间时一切都停止了。我说的不只是你、她，或你们正在做的事。而且我说的不只是我停止了呼吸——虽然我感觉自己确实停止了呼吸——就好像时间本身完全静止了，等着看我破裂的人生碎片会掉落在哪里。

我就站在那里，瞪着眼，无法接受眼前的景象。她微微一笑。这个笑容我会永远记住的。然后我记得你在我们两个人之间来回看。你的老婆在门口，而你的情妇在我们的床上。

"我以为是你。"你边说边将床单裹在身上。见我没有反应后，你又说了一遍。好像这种话再说一遍听上去就不那么像谎言了。"我以为是你。"

仅仅动了说谎这个念头都会让你脸红，而你的面颊已变得绯红。

我不觉得自己接下来做的事值得骄傲。我要是当时说了些机灵的话就好了，可我向来不是能说会道的人，每次直到事情发生很久以后都不知道该说什么，即使现在我都想不到合适的话来描述那天下午所看到的事。所以我什么话都没说，而是去了花园，抓起铁锹，然后将那棵该死的木兰树从我曾经完美的前院草坪连根挖出。她离开了，而你则惊恐地看着。这棵树已经长得比我都大了，但我拖着它穿过前门并上了楼，树刮破了墙，并在我身后留下一连串泥土和断裂的枝丫。然后我将它扔在你跟她睡觉的床上，接着又把它塞到床单下，就像个孩子一样。

"你想做什么来解决这个问题我都照办。找人咨询，度假？

我们可以去苏格兰,就像度蜜月那次一样,行吗?还有什么你尽管说。"在我收拾行李时你说道。可我不认为我们的感情现在还有修复的可能。你认为有吗?

你老婆
××

阿梅莉亚篇

亚当还是没有把谜团解开。

他凝视着这个满是知更鸟图案的小女孩卧室，看上去就像一个迷路的孩子。直到我抓住他的手带他出门回到楼梯平台上。我们在螺旋式楼梯的顶端停下脚步，我指向墙上最后一张镶框的照片。

"这是谁？"他问，但我可以肯定，他现在一定知道答案了。有脸盲症阻止不了人们看到真相。

卧室里的落地大摆钟响起来，把我们俩都吓了一跳……我还以为它停了。

"这人是你。"我说。然后我们仔细看了看这张图片：他穿着看上去价格不菲的婚礼西服、他肩膀上的五彩纸屑、婚纱、戒指、幸福的笑容……以及照片里的另一个人。"亨利在背景中。我们俩都知道没有邀请他，可他却在那里——看样子就站在户籍登记处外面的那条街上——加上在他的家族相片墙上看到这张相片，这说明在他看来，你绝不只是个给他改编书的编剧。"

亚当还是不明白。

这事轻松不了。但我老公现在得知道真相，而我得是那个告诉他的人。

"这张结婚照里的女人不是我。"

亚当篇

"你是什么意思?"我盯着一张新郎和新娘的照片问道,只是我看不到他们的脸。

"这是你第一次结婚时的照片。你娶萝宾的时候。"

我们一语不发地站在楼梯顶端。我在试图理解阿梅莉亚说的话,感觉我们就这样沉默了很长时间。

"我不明白——"

"我想你明白。"她说。"我想即使你曾和萝宾有过十年婚姻,她也从未告诉你她是亨利·温特的女儿。我想她是在这里长大的,那间小女孩的卧室就是她的。"

我久久凝视着我的第二任妻子,想从她的脸上看出这是不是某种恶作剧。但那种凡·高式旋涡又来了,我紧紧抓住楼梯扶手以保持平衡。

"这太荒谬了。不会是真的!"

阿梅莉亚摇摇头。"我知道你看不出来,但墙上的这三张照片——也就是昨天还没有的这几张照片——全是你前妻的。这是你和萝宾的结婚照,而亨利意外闯入了镜头。"她接着指向下一张照片。"这是萝宾年轻时候的照片,我猜十几岁吧,划着船在黑水湖上钓鱼。而这一张……"她向最后一个相框点点头。

"……是个小女孩，样子像萝宾，坐在亨利的腿上看书，而他在抽烟斗。"

我在脑海里飞速地回忆着各种往事，然后大声说出了我的想法。

"这不可能是真的。亨利没有孩子——"

"那块墓碑可不是这么说的。"

"萝宾从不愿谈论她的家庭，尤其是她的父亲。她说他们形同陌路——"

"这点我不怀疑，但我猜她从未告诉你他是谁，这件事是有原因的。"

我再次端详起照片里的脸，可即使我已经知道要看什么，它们看起来还是都一样。

"我知道你是看不出来的，所以你只能相信我。"阿梅莉亚说。在勾引我，也就是她最好的朋友的老公后，相信她是一件我一直无法做到的事。"我可以肯定地说，这些照片都是你前妻的。她小时候的照片简直和亨利小时候一模一样。相似度惊人。除非他们是相差了四十岁的双胞胎，否则恐怕谁都得承认萝宾就是亨利的女儿。"

感觉她的话就像接二连三袭来的耳光、捏掐和重拳。我搞不清楚事情的原委，但开始相信阿梅莉亚的话了。

"我不明白为什么这么重要的事他们两个都不告诉我。"我说，很讨厌自己可怜的说话声。我也许看不到外在的美，但那时的萝宾是内心最美的人。每当她也在屋里时，我都能感觉到她的美。大家一见到她也都会知道这一点——她就是这么善良、纯粹和诚实。我无法想象她会有事瞒着我，更不用说这么大的事了。

"也许他们两个都是有苦衷的？你先遇见的谁？你要改编亨利·温特的书的想法是怎么来的？"阿梅莉亚问。

我回想起那幸福快乐的一天，那时我和萝宾一起住在诺丁山一个破败的地下室公寓里。我们当时几乎一无所有，却比我现在拥有的多得多。我们志趣相投，都经历了坎坷的童年，在找到彼此前都孑然一身。萝宾一直无条件地相信我和我的作品。她在别人都不相信我时相信我，每次我需要她时她总在身边。每次都在。从不求回报。我感觉阿梅莉亚在盯着我，期待一个答案。

"我经纪人在我失业时突然打来电话，说亨利·温特邀请我去他伦敦的公寓和他见面。"我说，这曾是我最美好的回忆之一。

"这正常吗？"

我起初没回答。我们俩都知道这不正常。"嗯，他的经纪人死得很突然——"

"死因呢？"

"我记不得了……只记得这事令人震惊。他的经纪人还很年轻。"

"真奇怪，阻碍你和萝宾的人好像不是死了就是消失了。"

"这是什么意思？"

"她根本没有多少朋友。"

她不需要朋友。她有我，而且对也好，错也罢，我是她唯一想拥有的。可我却把这一切看成是理所应当的。"她在交朋友方面没有问题。"我说，意识到自己正在为前妻说话。"人人都喜欢萝宾。她只是很少也喜欢他们。我和奥克托巴·奥布赖恩共事的时候她们相处得也很好。"

"奥克托巴死了。厨房的抽屉里都是关于她的剪报。"

"你不会真的这么想吧……那是自杀。萝宾曾经和你也是朋友。你做志愿者的时候她给你在'巴特西'弄了份工作,她对你很好,信任你——"

"现在说的不是我。那次突然得知可以和一个国际畅销书作家见面,会不会是因为你和他女儿在一起生活?"阿梅莉亚说,仿佛要把我内心的恐惧大声地说出来。"在你和萝宾结婚的那十年里,你一直是亨利·温特的女婿。你只是不知道罢了。"

"鲍勃。"我嘀咕道。

"关他什么事?"

"他以前是萝宾的狗。她从'巴特西'领养了他,把他当孩子一样疼爱。要是他和她在一起的话,那么至少我们知道他是安全的。"

"你真的觉得这一切都是她做的?"阿梅莉亚问。

"还能是谁呢?现在最重要的问题是我们为什么在这里,以及为什么是现在?如果她想复仇,那等了很久了。所以她究竟想干什么?为什么骗我们来苏格兰?"

"我不知道,她是你前妻。"

"她以前还是你的朋友。你跟我说过你赢得来这里度周末的奖品后,电子邮件说我们只能在这个周末来。是这样吗?"我问。

她耸了耸肩。"是的。可为什么呢?这个周末有什么特别之处吗?"

"我不知道。日期呢?"

阿梅莉亚查看了一下手机。"周六……二月二十九日。今年是闰年,我都没注意到。这有什么重要的意义吗?"

"有。"我说。"这是我们的结婚纪念日。"

她一脸困惑。"我们是九月份结婚的——"

"不是我们的。这是我娶萝宾的日子。"

萝宾篇

萝宾记得她从伦敦的房子扬长而去的情景，那天她发现亚当和阿梅莉亚一起躺在床上。她记得那棵木兰树，她也记得将那枚曾属于亚当母亲的蓝宝石订婚戒指以及她的婚戒取了下来，然后丢在了厨房的餐桌上。其他的事充其量也只剩一片模糊的记忆。她抓起她的包和几样最喜欢的东西，然后就钻进车里开走了。她不知道要去哪里或者要去做什么，她只想离他们远远的，越快越好。她最大的错误就是丢下了鲍勃。凡是自称没有遗憾的人都在撒谎。

亨利就是在那个时候打来电话的。告诉她他快死了，要她回家。

萝宾多年没和她的父亲说过话，但那天下午似乎出现了五星连珠的天象，指引她回到那个她儿时逃离的家。说实话，她也没有其他地方可去。

萝宾依然记得阿梅莉亚刚开始在"巴特西狗之家"做志愿者时，她是多么同情这个胆小、孤独的人，就像她同情所有那里被遗弃的动物一样。她帮助阿梅莉亚找到工作并充实了生活，成为她的朋友，可这个女人反而偷走了她的老公。她现在大变样，拥有一头金发，穿着华丽的衣服，还有亚当挽着她的胳膊。然而，尽管被朋友背叛很糟糕，萝宾还是一开始就认为罪魁祸首是亚当，并把一切都归咎于他。

她不再这样认为。

她现在认为两个都是罪人，这也是这个周末的真正目的所在，是她骗他们来这里的原因。

萝宾这辈子只经历过三次悲痛：

一次是她不再试图要孩子的时候。

一次是她老公对她不忠的时候。

还有一次是她母亲在爪脚浴缸里溺水身亡的时候。

全世界都以为这是个意外，但事实并非如此。萝宾始终相信她母亲的死是亨利所为。这就是他送她去寄宿学校的真正原因，也是她一到可以离开的年纪就永远逃离的原因。他几乎把她母亲的所有痕迹都从那个她精心改造成家的苏格兰礼拜堂里抹掉了。浴缸是第一个消失的。她母亲喜爱烹饪，所以亨利把厨房的每个碗柜和抽屉几乎都清空了，每样东西只留下两个：两个盘子、两套餐具、两个杯子。没有深平底锅，也没留下锅碗瓢盆。烹饪时散发的味道会让他想到死去的妻子，所以老管家做了大量的居家餐食，然后装满礼拜堂的冷柜，这样他们两个就不会挨饿了。萝宾尽可能保留了她母亲的物品，包括两副鹳形的金银色刺绣剪刀——除了烹饪外，她母亲还喜爱缝纫——并把它们藏在自己的床下。她从不相信母亲是死于意外。读犯罪小说的人和写它们的人都知道杀人后有无数种方法可以逍遥法外。萝宾怀疑这种事一直在发生。

那时，她总感觉父母像在一部他们宁愿没被选定出演的戏里扮演某种角色。漠不关心是一种疏忽吗？萝宾认为是。但情况在她母亲死后越发糟糕。她的世界很快变得非常小，非常孤独。亨利觉得砸钱就能解决问题,他一向如此,这也是她长大后从不要他一分钱的原因。她宁愿睡在冷冰冰的小屋里,去外面如厕,也不在他的家里再住一晚。他的钱既是血腥钱又是赎罪金。

亨利在萝宾的母亲死后给她买了一个她见过的最华丽的玩偶屋。每个房间里都有同样的两个小人。一个看上去像亨利,另一个像是小萝宾。用幸福的玩具家庭来替代他们破碎的真实家庭。他用木凿子亲手雕刻了这些玩偶,礼拜堂外面的雕像和所有那些形似萝宾的鸟儿也都是他那些年边抽烟斗或小酌苏格兰威士忌边削出来的。

其他人都不知道萝宾母亲的真实遭遇。没人有过任何怀疑。亨利甚至几年后在他名叫《借酒浇愁》的小说里写了一个男人杀死浴缸里妻子的故事。萝宾不禁怀疑他的小说会不会都是基于事实而不是虚构的,这个想法让她惊恐万分。这本书非常畅销,她寄宿学校里的每个人都在谈论它,连老师也不例外。

这促使萝宾写了一部自己的小说。她的英文指导老师大为惊叹,于是,老师背着萝宾,在学期末给亨利寄了一份,说讲故事的天赋显然是家族遗传。这个故事讲了一个小说家在现实生活中犯罪,然后把这些经历写进书里,而且一直逍遥法外的故事。

那年圣诞节萝宾回家后,亨利几乎没和她说过一句话。他一直把自己反锁在秘密书房里,和他心爱的书在一起,就和以往一样。一天下午,她发现她的玩偶漂在浴室的洗脸池里。它们看起来像是溺亡了,就像她母亲在爪脚浴缸里那样。圣诞节早上她醒来时,挂在床尾的长筒袜里没有礼物。夜里唯一的变化是萝宾的头发被剪了。她的枕头上平放着两根金色长辫,她母亲漂亮的鹳形剪刀就在床头柜上。

亨利·温特不仅写恶魔。他就是一个恶魔。

他要她抄写这句话作为在学校写那部小说的惩罚：

我不可乱讲故事。
我不可乱讲故事。
我不可乱讲故事。

所以萝宾再也没动笔写过小说。
直到亨利去世。
把他葬在礼拜堂后面的墓地里后，萝宾回到那个她小时候从不得踏入的秘密书房，在古董书桌前坐了下来。她拿出亡父的笔记本电脑。记住密码轻而易举：就是她的名字。她找到亨利那部一直在写却没写完的作品，然后读了起来。她脑子里的这个想法起先好像很疯狂。如果一个与狗共事的女人试图完成一个国际畅销书作家写的小说，还能用什么词来形容她呢？
但是她就这么做了。
萝宾把亨利写的大部分内容都删了——她觉得写得不是很好——然后用她自己的语言重写了一遍。她在三个月的时间里写了三稿，当书写完时，她已尽其所能进行了校订，她觉得从她父亲的小说过渡到她的小说似乎毫无破绽。然后她将全书又打了一遍——用的是亨利的打字机，这是他一贯的做法。把书稿寄给他的经纪人才是真正的考验：如果说谁能察觉出异样，那就是他。
萝宾早就知道亨利总用牛皮纸包裹手稿并用细绳捆起来——她小时候经常看到他做这件事——所以她也这样做了，然后开车将包裹送到邮局。
自从三个月前来到黑水后，萝宾几乎没有离开过。让她觉得奇怪的是，礼拜堂大木门外的世界和她以前生活在这里时还是一个样，可萝宾的人生已变得面目全非。在那之前没有出门的理由，所以这是二十多年来她第一次去"空林"——离黑水湖最近的镇。当萝宾开着她那辆路虎老爷车时——手稿就放在她旁边的副驾驶座上，她还是害怕有人会认出她。没人认出她。但街头小店里的帕蒂反而认出了牛皮纸包裹。

"这是温特先生的新书吗？"她问，说话的同时还嚼着口香糖，就好像她是十几岁的少女而不是快六十岁的女人。萝宾感觉她的脸颊变红了，答不上话来。"要保密的话也没关系，我做得到。"帕蒂口是心非地说。"他一向就是这样寄的——用细绳捆好。"

萝宾愣在原地，还是说不出话来。帕蒂眯起眼睛。

"你是新来的管家吗？听说他把上一个给炒了……"

"是的。"萝宾不假思索地说。

帕蒂用食指轻轻拍了拍鼻侧。"我懂，宝贝儿。他大概叫你什么都不要和别人说，是吧？就好像这里有谁会关心他写不写新书似的。我喜爱的作家永远只有玛丽安·凯斯，终于有懂写作的女人了。我看上去像是有时间看一个疯男人写的东西吗？要我看，亨利就是这个德性——他写的那些书令人不安。给那样的老吝啬鬼工作，我真是同情你。你什么都不用担心，帕蒂会寄出去并守住你所有的秘密。"

要是帕蒂知道萝宾真正的秘密就好了。

在那之后，最煎熬的事情便是等待。

萝宾终于明白作家发表作品是何等紧张了。在寄出手稿后的日子里，她一直拉着窗帘，饿了就吃冷冻餐食，困到——或醉到——撑不住时就睡一觉，完全忘了星期几。电话铃响时，她知道自己不能接。谁打来电话都以为会听到亨利的声音，包括他的经纪人,所以她又等了一段时间。

来电的第二天,亨利的经纪人寄来信,萝宾花了好几个小时并且又喝了一瓶酒,才感觉有足够的勇气打开信。

她最终打开了信,然后哭了。

凌晨时看完了小说。这是你迄今为止写得最好的!今天就寄给出版商。

流下的泪水既是欣慰的,也是悲伤的。

她想向人倾诉,但兔子奥斯卡不是最佳的谈话对象。她在他们见面的第一天就给它改了名,因为奥斯卡是雄兔不是雌兔,这一点亨利并不知道。而萝宾是她的名字。这是她父亲唯一给予她的好东西。她深以这部小说为荣,但无论说不说,真相都令人无法忽视。亨利迄今为止写得最好的书其实是她写的,但封面上仍然会是他的名字。

萝宾想把亨利经纪人寄来的信放进书桌的一个抽屉里——她不想再看到这封信了——但抽屉全都塞得满满当当。她把一个看上去像是旧手稿的东西的前几页抽了出来,惊奇地发现首页上印着她前夫的名字:

石头,剪刀,布

作者:亚当·赖特

后面附有一封亚当写的信,从日期看是几年前写的:

我知道您忙得不可开交,但我一直想知道这个剧本可否写成小说?我觉得这也许是我成功的最好机会。若您不吝赐教,我将感激不尽。我衷心希望您喜欢最新的改编本,您的经纪人说您很喜欢,还说会把这封信替我转交给您。很荣幸助您笔下的人物活跃在屏幕上。若您给我笔下的人物提提意见，将不胜感激。这一直是我的梦想，我认为一些梦想定会成真。

亚当曾把自己最心爱的作品托付给她的父亲，这让她感到无比伤感。她知道亨利很可能连看都懒得看。

在逃离伦敦的家前，萝宾带上的东西并不多，其中就有那个装着她每年纪念日偷偷写给亚当的信件的盒子。她仍然想念他和鲍勃，每天都想。她那天晚上重读了这些信，以及亚当的剧本，然后她的脑海里冒出了一个新想法。这个想法乍看好像过于疯狂，但她意识到这可以重写她的人生历程，并让她的人生拥有一个比现在要圆满的结局。

THANK YOU

钢婚

年度词语：

无忧无虑（insouciant）形容词 毫不担心、忧虑或焦急；无拘无束。

2019 年 2 月 28 日——本该是我们的十一周年纪念日

亲爱的亚当：

今天当然不是我们的十一周年纪念日，因为我们的婚姻并没有撑这么久。我现在住在苏格兰的一个茅屋里，而你住在我们伦敦的家里。和她一起。但我还是想给你写封信。我不会让别人知道这封信，以及这些年来我写的其他纪念日秘密信件。我知道这听上去可能很疯狂——特别是在我们已经离婚的情况下——但我最近坐在屋外的湖边把它们看了一遍。全都看了一遍。我的天啊，我们的感情起起伏伏，但美好的时光比糟糕的时光多。愉快的回忆比悲伤的回忆多。所以我想念你。

首先，我想为那些谎言道歉。所有谎言。我从小到大周围都是书和小说——如果你的父亲是世界知名作家，这种情况很难避免。我母亲也是作家，但我也从未和你说过她的事。我不指望你理解，但我无法和你谈论他们。

我们第一次见面时我便对你和你的作品有信心，但我缺乏耐心，希望你的梦想尽快成真，这样我们就能把注意力放在我们的梦想上。在多年没和亨利说话后，我给他打了电话，要他让你改编一部他的小说。本来只会有一次改编。我原以为你自己的剧本会因此获得成功，但我有时担心，试图助你事业一臂之力反而扼杀了你的梦想。亨利利用你来接近我。我小时候他对我漠不关心。但我想他意识到他终将死去而成年后的我可能有用——一个他死后可以照顾他的宝贝书籍的人。我父亲对他每一部小说的关心都远远超过对我的关心。

过去这两年让我对自己有了很多认识。我现在已经"全"放下了，我意识到自己以前的生活何等匮乏。城市的人造光让人目眩，即使它们永远无法像晴空里的星星、山上的白雪或湖面上舞动的阳光那样耀眼。人们会把自己想要的和需要的混为一谈，但我已经意识到二者是截然不同的。而且有时候我们自以为需要的人和事恰恰是我们应该远离的对象。如今我头上的白发已经超过金发——自从离开伦敦后我就没去过理发店，所以头发已长得很长。我梳起辫子，以防头发打结。我想念我们的家，也想念我们的生活和鲍勃，但我认为苏格兰高地很适合我。我还意识到与我父亲的共同点比我过去承认的要多，我过去即使对自己都不会承认这一点。

亨利喜欢独处，所以他买下了这个山谷里包括老教堂和小屋在内的一切东西，那时我还没出生。把土地卖给亨利的苏格兰地主欠下了不少赌债，而且他碰巧是亨利的书迷，所以出售价格低得出奇。几年后亨利甚至把最近的酒馆也买了下来，这样就能封闭此处了。他只想要清静，不被打扰。完全不被打扰。

当地人一度对外地人拥有这么一大片山谷无动于衷。有人请愿要求阻止亨利改造教堂——虽然这个教堂已经半个世纪无人使用——但他还是改造了。他这个人向来随心所欲，我行我素。由于当地人不断来打扰，他便编造了黑水礼拜堂闹鬼的故事，这样以前不愿远离的人就会敬而远之。他为什么想要与世隔绝过如此孤独的生活？这曾令我百思不得其解。好几英里内没有商店、图书馆、剧院和人，除了群山、天空和一个满是大马哈鱼的湖外，这里什么都没有。这个人甚至都不吃鱼。但我想我现在终于明白了。

我几乎一无所有，但也几乎拥有一切需要的东西。我父亲爱喝美酒，所以地窖里摆满了酒，他的老管家又在冷柜里留下了似乎永远也吃不完的有手写标记的家常饭菜。亨利的个人藏书库里都是我特别喜欢的书，而且这里千变万化的景色每天都美得令我窒息。但是如果生命中美好的事物无人分享，就很难享受它们的乐趣。我想念我们的每日词汇和年度词汇。我吃得不是特别好——我如今有点过于爱吃罐装食品——但我现在的感觉比我在伦敦的任何时候都好。也许是因为我的肺呼吸到了新鲜空气，或者是我为探索山谷而进行的远足，或者只是我可以无拘无束地做自己。

继承父母的梦想后会很难摆脱他们的阴影。我小时候经常写故事，但亨利的衣钵太大，接替不了。而且，他让我从小就知道他认为我不会写作。我从未想到自己有能力写一部完整的小说，但只有一开始就敢梦敢想，梦想才会成真。早在你与我离婚前，我的自信就已离我而去，但生活告诉我要勇敢，一定要反复尝试。只要永不放弃，就绝不会失败。

以前我每次比较父亲的用词和我自己的用词时，他的似乎都比我想到的更有分量、更有力度、更经久不衰，而我想到的词似乎总像潮水一般来去匆匆。这将我的信心冲得一干二净。但用沙盖的城堡不会永远屹立不倒。我现在不再受他的看法影响，而且意识到迫使我活在他阴影下的那个人就是我自己。只要我想，我本可以随时走出来。

有时我会在夕阳西下时坐在湖前，假装你和鲍勃也在这里，坐在我身边。我喜欢在傍晚时分抽亨利的烟斗，看大马哈鱼在水面跳跃，直到月亮取代太阳升上天空。然后我会聆听蛙鸣，看蝙蝠在空中俯冲高飞，直到天变得又冷又黑，我不得不返回小屋为止。我不喜欢睡在礼拜堂里——房间里充斥着太多不愉快的回忆——但我爱上了黑水湖。这个地方直到我离开时都从未有家的感觉。我多希望能与你一起住在这里，并且把我不得不保守的所有秘密都告诉你。你曾承诺会永远爱我，可我想知道你现在到底还会不会想起我或思念我？

很难想象阿梅莉亚住在我们伦敦的老房子里，与你一起睡在我的床上，遛我的狗，在我的厨房做饭，在我"巴特西"的办公室里做着我帮她谋到的工作。我还是无法相信你把我的订婚戒指给了她，或者说无法相信她会想要戴一枚曾属于你母亲然后又属于我的东西。但是偷别人的东西似乎是她的习惯。她是那种期望不劳而获、觉得全世界都亏欠她的女人。她总在午餐时间看杂志——从不看书——而且喜欢参加杂志、广播或日间电视上的各种比赛，希望赢得免费奖品。所以我知道她不会拒绝一个免费度周末的奖品。骗你们来这里几乎轻而易举。

我敢肯定我不是第一个想要复仇的前妻。我~~有时会想象杀死你们俩的情景~~尽量不去想这件事。我这个人暴怒时一向出奇地冷静。我会去读读写写。这是我在童年时期为排遣孤独养成的习惯，那时我的父亲总是过分忙于工作而忽视我。现在说这话好像很傻，但我以前从未意识到你们两个有多像。我好像一辈子都躲在故事里：小时候读别人的故事，现在写我自己的故事。

有一个秘密我想分享一下。我写了一部小说，现在正在写另一部。梦想就像商店橱窗里的连衣裙，看起来漂亮，但有时试穿后并不合身。有的太小，有的太大。幸好，我母亲教会了我缝纫，而梦想就像连衣裙，可以改到合身为止。

我认为我的新书写得不错，而且你也参与了。

《石头，剪刀，布》讲的就是选择。我做了我的选择，你也将有要做选择的时候。失去一切的唯一好处就是自由，因为已经没有什么可失去的了。

你的（前任）妻子

阿梅莉亚篇

人们往往认为第二任妻子是恶妇，而原配是受害者，可事实并不总是这样。

我知道别人是怎么看我的。但结婚十年可不短，所以他们的婚姻是自然而然走到尽头的。我以前不觉得人会善良过头——善良应该是好事——但萝宾的那种善良会使人忍不住欺负她：她的同事、她的老公和我。在她心里，我开始在"巴特西狗之家"做志愿者时她出于同情与我做了朋友。但事实是，她比我更需要朋友，我从未见过比她更孤独的女人了。

我当然很感激她帮我转为正式员工，当然也对和她老公上床心怀愧疚。但这不是什么龌龊的事。他们的感情早在我出现前就已名存实亡，亚当现在与我结了婚，而不是大家都感到痛苦。她那时很不开心——总是抱怨她的好莱坞大编剧老公，而我们中的一些人却只能与废物谈恋爱。从我第一次见到亚当起，他就像我忍不住要去挠的痒。我在很长一段时间里置身局外，边看边等，努力做正确的事。我换了发型、穿着，甚至说话的方式，这一切都是为了他。我努力成为他需要我成为的人。这不是为了我自己，而是因为我认为可以改变他，我可以让他比与萝宾在一起时更快乐。她不知道自己是何等幸运，三人中有两人结局美满，总比一个都没有强。

萝宾没做什么反抗。如果要说有什么的话,他们结婚十年,离婚却惊人地心平气和。

她走了。他留下来。我搬了进来。

这对每个人来说都是最好的结局,我们很幸福——亚当和我。我们现在依然幸福。也许没有以前那么幸福,但我能搞定。这个周末本该对改善我们的关系有帮助,可我现在意识到犯了大错。没关系。我相信对付他疯狂的前妻只会再次拉近亚当和我之间的距离。而且她就是疯子。如果说以前我还有所怀疑的话,现在我敢肯定了。

我在心里对自己说这番话时,我们正站在楼梯顶端,看着墙上他们婚礼当天的照片。他们俩都在冲着镜头微笑。和往常一样,我想知道我老公看到了什么。他看到了他思念的人的脸吗?或者只是一团他认不出的模糊影像?他觉得她美吗?他看着照片时会觉得他们在一起很般配吗?他希望他们仍然在一起吗?

他们一开始肯定也很幸福。就像我们一样。

变爱为恨是比化水为酒更容易的把戏。

我刚搬进他们过去一起居住的房子时,亚当和我几乎没有共同语言,但这似乎无关紧要。他对我不像他那样喜欢书和电影似乎并不在意,而且头几个月的性爱很美妙。我一直比萝宾更关心自己和自己的身材——我会去健身房,因为我一旦有了为之变漂亮的对象,就会在外貌上下更大功夫。我们在他前妻精心翻修的房子的每一个房间里做爱——一直都是我的主意——以将他们阴魂不散的婚姻驱散。另外,和很多夫妻不同,亚当和我似乎总有说不完的话。他的世界深深吸引了我——去洛杉矶旅行和他在朗诵会上遇见的名流,这一切听上去都如此……令人兴奋。亚当喜欢说他自己和他工作上的事,而我也喜欢听,所以我们非常合拍。离婚手续一办完我们就结婚了。场面不大,办得也很低调。我不在意那天在户籍登记处只有我们两个人,我不认为我们需要别人参加。我现在依然认为不需要。

如果这一切的背后真的是萝宾,她一直在密谋某种复仇行动,那么我现在反而没有以前那样害怕了。我比她聪明。在精神和身体上也都强得多。她想通过这种方式夺回她的老公是行不通的。没人想和疯婆子在一起,而且可以肯定地说,她已经变成了这样的人。

"我们离开就是了。"我说。

"她割破了轮胎。"

"那我们就走到下一个镇子,或者见到顺风车就搭。"

"好吧。"亚当回答道,语气不是很坚定,好像要昏过去了。

"来吧,赶紧帮我收拾东西。"

我走回到楼梯平台,但不巧开错了门——我们昨晚来的时候这些门全锁着:钟楼、儿童房——而我现在看到的一定是主卧——亨利的房间。中间有一张大床,这在意料之中,但每面墙从地板到天花板全都摆满了玻璃陈列柜,这是我没想到的,也从未在其他卧室里看到过。与其他房间不同的是,搁架上没有放书,而是塞满了木雕小鸟。我上前一步,发现全是知更鸟。毫不夸张地说,肯定有几百只之多,而且同中有异。

"这个地方变得越来越奇怪。我们走吧。"我再次说。

亚当跟着我回到楼梯平台,然后进入我们昨晚就寝的卧室。我倒希望他别进来。因为这里也能明显察觉到萝宾的存在。白色的床单上整齐地放着一件红丝绸和服。

"这是什么意思?"我说,但这个问题很愚蠢,我们俩都知道答案是什么。那个穿着红色和服的女子是亚当在噩梦里反复见到的人,而这一切的起因是他母亲的遭遇。她某天深夜帮他遛狗时被撞死,司机肇事逃逸,当时她穿的就是这件衣服。

"萝宾为什么要这么做?"他悄声问。

"我不知道,也不关心。我们得离开,就现在。"

"怎么离开?"他再次问。

"我和你说过了,迫不得已的话我们可以步行……"

他扭头看向别处,我也随着他的目光望去。梳妆台上方的镜面上用口红写着三个词:

石头 剪刀 布

丝婚

年度词语：

爱的回报（redamancy）名词 爱那些也爱你的人的行为；双向热恋。

2020 年 2 月 29 日——本会是我们的十二周年纪念日

亲爱的亚当：

自从我们结婚后，我一直在纪念日给你写信，不过这是第一封我打算让你看的信，我强烈建议你一个人看完后再把内容告诉别人。一想到终于不再有丝毫隐瞒，这感觉很好。我想让你知道的第一件事就是我从未停止爱你，即使在我不喜欢你时，即使在我恨你恨到想要你死时，我也依然爱着你。而且我承认有段时间我确实希望你死。你把我伤得很深。

我们是在闰年 2008 年结婚的，距今已整整十二年。你现在肯定知道亨利·温特是我的父亲了。我从未告诉你的原因有很多，都是合理的原因。他频繁出现在我们的婚姻里，总是躲在不显眼的位置，甚至在我们婚礼那天也是如此。你只不过从未认出他的脸，就像你并不总能认出我的脸一样。但我骗你只是为了保护你。我父亲不只写令人不安的黑暗书籍,他在现实生活中也是一个黑暗危险的人。

我和我爸爸的关系很复杂,尤其是在我母亲去世、他把我送到寄宿学校之后。我知道你是他小说的狂热粉丝,但我从不希望你和我共同的生活被他污染;我希望你是因为我而爱我。我不想让他左右我、你或者我们的生活。但我确实在好多年前要他给你一部小说改编。哪怕就这一次,在找他帮忙后我还是觉得欠了这个恶魔一个恩情,而这种感觉是我从来不想有的。我不指望你理解,但请务必明白我因为太爱你才会这么做。事后的领悟往往是残酷而不是温和的。现在回想起来,要是你早知道我的真实身份,也许我们还会是夫妻,也会一起庆祝十二周年纪念日。但是有很多事情是我永远无法告诉你的。

在大众眼中,亨利·温特是才华横溢的小说家,但在现实生活中,他就是一组未完成的句子,令人捉摸不透。他欺凌我的母亲直到她再也无法忍受。她死后,他就欺凌我。在我小时候,他常常让我觉得自己好像真的不存在,好像我是隐形人似的。他脑海里的人物总是过于吵闹,令他听不见任何其他人的声音。我小时候他对我没信心,这致使我一辈子都对自己没信心。他的漠不关心让我觉得好像无人在乎自己。他的不疼不爱导致我从不会表露爱意,除了对你以外。我有时觉得,要是可以,他会把我关在笼子里,就像他的兔子那样。也像我的母亲。黑水礼拜堂就是她的牢笼,我绝不愿它也成为我的牢笼。

亨利的书是他的孩子,而我只不过是使人心烦意乱的累赘。他不止一次把我叫作"不幸的意外"——通常是在喝多了的时候——甚至有一次还把它写在了生日卡片上。

祝不幸的意外：

十周岁生日快乐！

亨利

这张卡片在我生日过后两个星期才送到，可那年我只有九岁。他从不自称"爸爸"，所以我也不这样叫他。

我小时候不管做什么都不够好。我们是父母的回声，但有时候这不是他们爱听的。我意识到，要想拥有自己的生活，唯一的办法就是让我的父亲从生活中消失。但亨利不仅格外孤僻，有些古怪，占有欲还非常强。对我的占有欲。我觉得自己好像一辈子都处于监视之下，因为有人在监视我。我十八岁时离开了家，把姓改成我母亲的姓，并且一直没有回过家，直到那天他打电话说他快死了为止。

我后来做的所有事情都是为了你，为了我们。

我写了一部小说，实际上已经是两部，都是以亨利的名义写的。没有人知道他死了，也无须知道。最新这部书的宣传语如下：

《石头，剪刀，布》讲的是一对结婚十年的夫妻的故事。每个纪念日他们都交换传统礼物——纸婚、铜婚、锡婚——而且每一年妻子都会给丈夫写一封从不让他看的信。秘密记录他们的婚姻，包括各种丑事。到了十周年之际，他们的感情遇到了麻烦。有时候夫妻关系重回正轨可能只需要出去过个周末，但事情不是表面看上去那么简单。

听着耳熟吗？

我把你的剧本和我们在一起后我每年写给你的秘信糅合在了一起。当然，我改了几个名字，内容虚虚实实，但我想你会喜欢它的。我很喜欢。"亨利"把这份手稿寄给他的经纪人时会附上一封信，说希望你立即开始创作剧本。你终于要把自己的小说搬上银幕了，就像我们过去一直梦想的那样。

但前提是你和阿梅莉亚断绝关系。

我的计划没有听上去的那么疯狂。可能对你、对我们的生活都有好处。我日日思念我们的生活，不知道你是否也会呢？你记得我们曾经住过的那个地下室单间小公寓吗？那时我们还不知道我们的生活能否没有彼此。一些夫妻搞不清二者的区别。我最思念的就是那样的你，以及那样的我们。我多希望我们能回到那时的关系。那时我们以为自己拥有的很少，其实却什么都有，我们只是过于年轻和不开窍而不自知。

有时候我们长大后便不再追逐年少时的梦想，如果是因为梦想太小，我们会高兴，如果是因为梦想太大，我们会难过。有时候我们会重新找到梦想，意识到这一直就是最适合的，后悔放弃了它们。我想这是我们重新开始去过我们曾经梦寐以求的生活的机会。

除了亨利是我的父亲外，还有其他有关他的事是你不知道的。他雇了一个私人调查员监视我、你以及我们的生活，好多年了。

这个私人调查员在我还蒙在鼓里时就知道你有外遇了。

此人查到的事情是我曾经不知道的，而这些事你现在依然不知道。

这个私人调查员名叫塞缪尔·史密斯。他以为我的父亲还活着——全世界的人都这样以为——但除了这个重大失误外，他的工作似乎干得不错，详尽全面。多年里，他把我们的情况每周整理成报告寄给我父亲——我毫不知情——这些报告读起来既饶有趣味又令人悲哀。他不仅关注我们，还关注一切与我们关系密切的人。包括奥克托巴·奥布赖恩，以及阿梅莉亚。他还把我离开前后我们家的照片寄给了我父亲（我不喜欢你对房子的改造）。私人调查员塞缪尔·史密斯对我们的了解比我们对彼此的更多。我犹豫了很久要不要把此事告诉你。给你带来痛苦我也不会开心，但就像我一开始所说的，我爱你。一如既往，永远不变。永远一如既往，不是我们过去常说的几乎一如既往。所以我必须把真相告诉你。全部真相。

阿梅莉亚来"巴特西"工作、和我交朋友，以及老是打听你的事都不是巧合。你一直是她计划的一部分。你们在差不多三十年前就见过面，只不过你认不出她的脸而已。塞缪尔·史密斯在你背着我偷情期间有了意外发现。这是一个从未有人想问或者想答的问题：你对你老婆到底有多了解？

阿梅莉亚·琼斯——这是你们结婚前她的名字——从你们相遇的那一刻起就一直在骗你。她也骗了我。阿梅莉亚有前科，从十几岁起就是监狱的常客。她是在一个又一个寄养家庭里长大的，而且一直麻烦不断。她曾经与你住在同一个廉租公房区里。有好几个月她和你上的学校都是同一所，当时你们两个都是十三岁。她就是在那个时候开始从入店行窃发展到偷车兜风的。阿梅莉亚被怀疑偷过七辆车，最后因涉嫌危险驾驶致人死亡而被捕。警察就一起肇事逃逸案对她进行了审讯，但她是未成年人，她的养母也站出来提供了不在场证明——这个女人后来承认说了谎——所以警察无法举证。

警察抓住她时，她驾驶的那辆车就是撞死你母亲的车。

唯一的目击者——你——无法在一排嫌疑人中辨认出她，因为你认不出驾驶者的脸。但她认识你。

之后，阿梅莉亚·琼斯搬去了遥远的新的寄养家庭。她洗心革面，重新开始。也许她为自己所做的事真心感到悔恨，也许她为逃脱罪责感到内疚，也许这就是她关注你多年然后想出一个通过我接近你的计划的原因。或许她试图以某种乖戾的方式弥补她的过错。你得问她本人。

我知道我对你隐瞒了我父亲的事，但至少我说假话是为了保护你，保护我们。你以为你知道的有关阿梅莉亚的事情其实都是假的。你老婆是你小时候母亲就亡故的罪魁祸首，我认为只有让你知道真相后再做决定才是正确的。不相信我？也许可以试着告诉阿梅莉亚你知道了真相，但小心点，她可不是你以为的那种女人。

我知道这会很难接受，更不用说相信了，但在内心深处，你不是老觉得阿梅莉亚不太对劲吗？你第一次见到她时，她不请自来到我们家，声称约会很糟糕，你形容她是女演员。事实证明你的第一印象是对的。我在床边找到了她用来记录你噩梦每个细节的笔记本。你有没有想过她为什么做这事？我敢肯定她的说辞是试图帮你记起害死你母亲的人的脸，但也许是为了使你永远记不起来呢？难怪她晚上需要安眠药才能入睡，她肯定有负罪感，带着这种感觉任谁也睡不着。

现在，知道了一切后——我有私人调查员所有的电子邮件和资料为证——你还爱她吗？你真的还能再相信她吗？接下来要怎样做取决于你。选择很简单，就像我们过去玩石头剪刀布时一样。

选择一——石头：你设法和那个害死你母亲的女人一起离开。

选择二——布：你独自离开那里来小屋找我和鲍勃。我们在等你，我想要的无非是破镜重圆。我会搬回伦敦，我们可以以亨利的名义出版《石头，剪刀，布》这部小说——其他人都无须知道真相——然后我保证你可以拍你自己的剧本。你无须再改编别人的作品，有生之年都可以写自己的小说了。

选择三——剪刀：你不会想知道选择三的。

选择权在你手上。我知道我要你决定的事听起来很困难，但实际上和石头、剪刀、布一样简单，如果你记得怎么玩的话。

你的萝宾
××

阿梅莉亚篇

我们站在卧室里,它布置得与我们家里的卧室一模一样,我在萝宾搬走后对那间卧室重新进行了装潢。可是现在的情况比之前更离奇了。这与我原本期望的周末大相径庭。我早就决定要是此行不顺利就结束这段婚姻——我咨询过律师和财务顾问,他们建议我买一份人寿保险来帮我在离婚协议里得到我应得的东西。我曾想最后再努力一次,但我现在倒希望一走了之。我已经找到一套公寓——很漂亮,可以看到泰晤士河——但我希望不会走到这一步。我本希望这个周末可以修复我们的关系。房产中介会把那套公寓为我保留到下周,并说只要我愿意可以直接入住。所以我一直知道,我们中可能只有一人会回到那个曾经只有他们居住的房子。

最近我的脑海里不断循环播放着我整个悲惨的人生,我好像找不到停止键。我躺在床上夜不能寐——尽管吃了药——渴望删除所有那些我希望从未产生的记忆。所有的错误。所有拐错的弯。所有的死胡同。不是我找借口,但我的童年过得并不容易。我知道我不是唯一一个,可那些孤独的岁月造就了今天的我。小提琴的声音总是演奏者自己听着最响亮。我像无人想要的商品一样从一个寄养家庭被送到另一个寄养家庭,于是我明白绝不能过于安逸,绝不能相信任何人,包括我自己。每个新家都意味着新的家人、新的学校、新的朋友,所以我也会试着做全新的自己。可所有这些都不怎么称心如意。

我父母的死一直困扰着我,因为这是我的过错。要是我母亲没有怀着我,她就不会在车里,我父亲也不会在开车送她去医院时被一辆卡车撞上。要是亚当没有遇见我,他的人生也会截然不同。我们有很多共同语言,但我们现在却比以往任何时候都疏远。我曾关注亚当多年。他的成功——以及互联网——让这事做起来很容易。我努力做他眼中的好妻子,可他似乎还是看我不顺眼,反而认为她会带来好运。我努力让他开心。为了弥补过去发生的事,我努力了太久。我换着花样讨他人欢心,连我自己是谁都不知道了。我现在得把注意力放在未来了,我的未来。赎罪就像彩虹末端的那罐金子,从来没有人真的找到过。

"为什么萝宾会用口红在镜子上写下'石头剪刀布'几个字?"我问,怀疑亚当的前妻是否有我不知道的精神病史。我看着他开始在屋里踱步,看上去他也有些精神错乱。"她为什么要骗我们来到苏格兰?她为什么要隐瞒她父亲的身份十年之久,而且也不告诉任何人他的死讯?她为什么要偷我们的狗——"

亚当打断了我的问题。"严格来说,鲍勃以前是她的狗——"

"不错,以前是她的狗,不过她一走了之,一句话没说就消失了。木兰树事件后你再也没收到她的消息,除了通过律师——"

"嗯,我想在我们的纪念日提前回家然后发现她老公和她最好的朋友上了床大概颇令人心烦意乱。"

"你的婚姻早在我出现前就名存实亡了。"

"我从没想伤害她——"

"从现在的情况看,我想为时已晚。你也许想待在这里追忆你的原配娇妻,但无论过去的萝宾是什么样,我觉得她现在显然就是个十足的疯子。我可以肯定地说昨晚从窗口往里望的人就是她。我们来后发生的所有怪事肯定都是她搞的鬼,想吓唬我们。她大概也故意关闭了发电机,想把我们冻死——"

"是我把发电机关上了。"亚当说。

他的话乍一听不着边际,像在说不为人知的方言似的。

"什么?"

他耸了耸肩。"我当时只想尽快回伦敦。我以为彻底断电后,你就会答应回家。"

这突如其来的真相让我震惊地喘不上气,但我提醒自己,敌人是萝宾,不是亚当。我是不会让她赢的。无论回到伦敦后会怎样,眼下最重要的事是让亚当与我站在同一阵线。是我俩对付她一个。

"你在小路边茅屋里看到的人很可能就是萝宾,你意识到这一点了吗?我敢说她现在还在那里,我想我们该去跟她来个了断了。你也许怕你的前妻,但我不怕。"

"我很怕。"他说,此时我对我老公的嫌弃达到了前所未有的程度。我有点想不管他们了——他们俩真是天生一对。

"是萝宾,记得吗?你那个连蜘蛛都不敢杀的原配小娇妻。"

"可如果过去几年她都是独自一人在这里生活的话……人会变的。"

"人,从来不会,变。"

这时我们听到楼下传来三声隆隆的巨响,我们俩都怔住了,声音非常大,感觉整个礼拜堂都在颤动。颤动的还有我们。

"那是什么?"我低声说。

他没来得及回答，就又传来一阵巨响，敲门声非常大，就好像有个巨人非要闯入教堂的那扇哥特式大门不可。看到亚当一脸恐惧，我反而不再害怕，变得怒气冲冲。我可不怕她。

我离开卧室，跑下楼，然后穿过图书室，匆忙间还撞掉了几本书。我血脉贲张，尽管过去二十四小时里怪事连连，但当我想起要对付的是谁时，我确信现在这一切定有合理的解释。没有鬼魂，没有女巫，只有一个疯狂的前妻。我会让她后悔这样对待我们。

我来到靴室，发现那张教堂长凳还挡着门。我想把凳子挪开，它却一动不动。亚当出现在我身后，看上去不大像那个我嫁的人，而更像那个我打算离开的人。

"帮帮我。"我说。

"你确定这是个好主意？"

"你有更好的主意吗？"

我们把这件沉重的家具抬走的时候，我想起我老公有时是多么孩子气。每当生活变得太吵闹时，他就会回到儿时版本的自己，这个行为过去是很可爱的。这让我想保护他。他破碎的心上到处都是我的指印，我曾想把它擦干净重新开始。现在，我只希望他能拿出点男人的样子。

礼拜堂的门砰砰作响，有人在门外再次缓缓地敲了三下。声音在我们四周回响，我们俩都后退了一步。那面小镜子墙引起了我的注意，我看到我老公好几种不同版本的袖珍脸庞映照在里面。他看上去几乎像是在……微笑。当我看向就站在我身边的真人时，微笑不见了，取而代之的是一脸的惊恐。

我要疯了。

我犹豫了一下，然后试着转动门把手，发现门锁着时竟感觉稍稍松了口气。

"钥匙呢？"我边问边伸出手。我敢肯定我们俩都注意到它在颤抖。

亚当从口袋里掏出那把古式铁钥匙交给我，他吓得连门都不敢自己开。我试着把钥匙插进锁孔，却插不进去。门那边有东西堵着锁。我又试了试，但还是不动，于是我沮丧地一拳砸在木门上。宅邸里的彩色玻璃窗都打不开，这是唯一的进出通道。

这时我看到门下有一道影子掠过。

"她就在外面。那个失心疯的恶妇竟把我们锁在了里面。"

我砰砰地捶着门，她却毫无回应，于是我彻底恼了，对她百般漫骂。

萝宾一言不发，但我知道她还没走。她的影子并没有动。

接着一个写着亚当名字的信封从门下塞了进来。

亚当篇

我拾起信封,阿梅莉亚却想从我手中把它夺走。

"我是收件人。"我边说边将信封举到她够不着的地方。然后我走进厨房,在木餐桌旁的一张旧教堂长椅上徐徐坐下,打开了信。有好几页纸,都是萝宾的字迹。我也许认不出脸,但她的笔迹我到哪里都认得。阿梅莉亚在我对面坐了下来。我试图在读信时不露声色,可里面的内容让人很难做到。

你对你老婆到底有多了解?

我把信往上举了举,这样她就看不到了。

阿梅莉亚来"巴特西"工作不是巧合……

当读到第二页时,我的手指开始颤抖。

你们在差不多三十年前就见过面,只不过你认不出她的脸而已。

"里面写了什么?"阿梅莉亚边说边从桌子另一边探过身拉我的手。

我缩了回去。没有答话。

警察就一起肇事逃逸案对她进行了审讯……

我感到恶心。

警察抓住她时她所在的那辆车就是撞死你母亲的车。

看到自己所娶之人做过这种事很难毫无反应。阿梅莉亚似乎察觉到出大问题了。

"怎么了,她写了什么?"她边问边探身靠近了一些。

"有些内容很难看懂。"我答道。这不是假话。

我看完后把信折好放进口袋。然后我起身走到一扇彩色玻璃窗前。我现在无法看阿梅莉亚的脸。我真怕会看到什么。

我早知道这件事从一开始就是个错误,但小错有时会铸成大错。萝宾不只是我的妻子,她还是我今生至爱和我的挚友。我对她不忠不仅令她心碎,我的心也碎了。在那之后,误判像多米诺骨牌一样排成行,然后接连倒下。人们常说坠入爱河,我想这种说法是对的,这就像坠落,而有时我们坠落后会摔成重伤。与阿梅莉亚的爱从来不是真的。这只不过是披着爱的外衣的肉欲而已。直到我娶了一个与我毫无共同语言的女人,把本就一团糟的事情弄得更糟。

难道是中年危机吗?我记得当时对自己的工作感到无比沮丧。我的事业停滞不前,我写不出东西,我感到……空虚。我对自己有多失望,我老婆似乎对我就有多失望。但这个新认识的漂亮的陌生人让我焕发了第二春,我陷了进去。她对我大献殷勤,我受宠若惊、可怜巴巴,根本拒绝不了。我在精神上出轨了,而我的脑子当时浑浑噩噩,已不知绝不该更进一步。这事根本就不该发生。

是阿梅莉亚想在萝宾刚搬走的时候就搬进来。

她发现了萝宾留下的订婚戒指,然后不断暗示她多想戴它,即使这戒指并不怎么适合她的手指。总是太紧。她逼迫我在收到离婚协议书后立即签了字,她还预约了户籍登记处——偏偏是萝宾和我结婚的那家——闪电结婚,而我事先都不知情。这个女人步步为营，用情绪勒索。第二次婚姻是一笔我本不该支付的赎金。

有些事从一开始就感觉不对劲，但我以为做的是对大家最有利的事：斩断可能葬送新恋情的旧情丝。我太蠢或者说太自负，没有注意脑海中响起的警钟。我们要犯错时都会听到这样的警钟，但有时却假装没听见。

我从未停止爱萝宾，也从未停止想念她。实际上我已经与律师谈过我若想离开阿梅莉亚能有什么选择。但这封信说她在那辆撞死我母亲的车里，那些年一直监视我们，试图接近我……这些不可能是真的。阿梅莉亚不可能做得到吧？

"你以前犯过事被警察抓过吗？"我问，依然凝视着窗外。

"那封信写了什么，亚当？"

"你十几岁时曾与我住在同一个廉租公房区吗？上的也是同一所学校？"

她没有回答，我顿感恶心。

就像以前无数次那样，那个夜晚的记忆再次萦绕在我的心头。我记得有雨，仿佛雨也是故事里的角色。仿佛雨起了什么作用，我觉得它确实起了作用。雨水像子弹一样砸在柏油路上的声音由此深深地印在了我的脑海里。我母亲所走的那条马路宛如一条弯弯曲曲的黑色的河，映照着夜空和瘆人的路灯灯光，就像城市里的人造星星。一切都发生得太快，瞬间就结束了。轮胎发出的可怕的嘎吱声、我母亲的尖叫声、她的身体撞在挡风玻璃上发出的骇人闷响，以及汽车从狗身上碾压过去的声音。这起车祸的碰撞声是那时我听过的最大的响声。虽然只有短短数秒，却好像在循环播放。接着便只剩可怕的寂静。就好像我看到的恐怖景象把我生活的音量调到了零。

我还是无法看向阿梅莉亚。我的大脑正忙着把她不愿交代答案的空给填上。

"你以前经常偷车吗?"我问她,那声音听起来都不像我自己的了。

阿梅莉亚没有回答,但她的呼吸声在我身后变得越来越重。当她站起来开始走近时,我听到她猛地短促地吸了几口气。我希望她不要过来,但我还是转过身直面她。

"十三岁的时候你因为危险驾驶致人死亡被逮捕过吗?"

"我觉得你得冷静一下。"她呼哧带喘地说,不断转动着她手指上我母亲的戒指。这是精神紧张造成的抽搐。不经意的动作。我凝视着那颗蓝宝石,它在昏暗的光线下闪闪发光,仿佛在嘲笑我。一颗小而美丽的蓝宝石。这枚戒指从来就不该戴在阿梅莉亚手上。

"你是不是曾在一个下雨的夜晚用偷来的车兜过风?"我问。

"我们俩都得保持冷静……得谈谈。"

她抽噎起来,可我还是无法直视她。我就一直盯着她手指上的戒指。

"那辆车冲上人行道了吗?"

"亚当……够了!"

"它撞上了一个正在遛狗的穿红色和服的女人吗?你是不是以为她死了,所以就驾车离开了?"

"亚当,我——"

"你是不是觉得可以永远逍遥法外?"

我抬起头凝视着阿梅莉亚的脸。我第一次觉得它眼熟。她从口袋里拿出吸入器,但当她意识到吸入器是空的时,便慌了起来。

"帮帮我。"她低声说。

"我母亲丧生的那晚，车里的人是你吗？"我问，强忍住眼眶里的泪水。

"我爱……你。"

"是你吗？"

阿梅莉亚点点头，也哭了起来。

"这种事你怎么可以瞒着我？你为何不告诉我你是谁？这……很恶心。你很恶心。没有别的词可以形容了。你的一切、我们的一切都是……谎言。"

她喘不过气来了。我盯着她，已经不知道该做什么、说什么或者该有何反应。感觉这就像是我的一个噩梦：不可能是真的。不管怎样，我的本能反应是帮她。但这时她再次开口说话，于是我只想做一件事：让、她、闭嘴。

"我……不是唯一……说谎的人。"我不知道阿梅莉亚说这话时我露出了什么表情，但她后退了一步。"我很抱歉。我就只是……想让你……开心。"她喘着气低语道。

"好吧，你没做到。我和你在一起从未真的开心过。"

这时我第一次清楚地看见阿梅莉亚的脸。可我刚看清楚，它就变了，变得阴沉起来，既丑陋又陌生。她倏地睁大了眼睛，疯狂地扫视厨房四周。这一切发生得如此之快。太快了。她丢掉手里的吸入器，转而伸向厨房的刀座。她拿起一把亮闪闪的刀向我扑过来。但就在此时，我老婆的身后出现了另一张脸，我看到又一道金属的亮光闪过，这次是一把看上去极其锋利的剪刀。

剪刀

年度词语：

幸灾乐祸（schadenfreude）名词 从别人的不幸中获得的快乐、喜悦或满足。

2020 年 9 月 16 日

亲爱的亚当：

今天不是我们的结婚纪念日，但我回到家已经六个月了，我忍不住要给你写封信。我们把过去抛在了身后，我们又是一家人了：你、我、鲍勃和那只家兔奥斯卡。有时候，有些东西你放手后又会自己回来。没有人知道在苏格兰发生了什么，也根本不需要让人知道。

一开始对我们俩来说都很难，因为回到伦敦后我们发现家里有那么多她的痕迹。但没有什么是几个垃圾袋、当地的垃圾场和一点油漆解决不了的。我们恢复了"出厂设置"，一切又回到了从前的样子。几乎回到了从前的样子。在"巴特西狗之家"工作看来是不行了——太多东西会让我想起那些不堪回首的往事——但没关系，我现在有了新工作：我是全职作家。

除了你，这件事无人知道。

这六个月很忙。《石头，剪刀，布》将于明年出版。封面上也许不是我的名字，但这是我的书，所以很难不忧心读者的感受。所以我们在现实生活里为这部小说投入了很多精力。影视版权也已经卖出去了——卖给了一家你一直梦想与之合作的公司——合同条款滴水不漏，规定你是这个项目唯一的编剧。亨利本人签了协议，或者说至少我签了协议。有时候我想人们栽跟头是因为害怕跌倒。我们并非生来就害怕。我们年轻时说跑就跑，说爬就爬，说跳就跳，从不担心受伤，从不因失败发愁。被拒绝和现实生活让我们知道了害怕，但如果你的渴望足够强烈，就得勇于追求。

今天收到寄给作者的那盒样书时，我哭了，主要是喜悦的泪水。我用从苏格兰带回家的那把老式鹳形剪刀拆开了盒子。这把剪刀我从小就一直留着，我母亲买了两把——一把给我，一把给她自己。我几乎只剩下这些东西来纪念她，它们~~有一次放进洗碗机里后看上去就像新的一样~~使这段经历对我来说十分特别。我保留了一把，而把另一把特意留在了黑水礼拜堂，因为该继续往前走了，有些事情最好就留在过去。这把剪刀标志着我们人生中一个令人不快的女人篇章的完结，而今天它拆开了一盒书，帮助展现了我们新的未来。这部小说已经在全球销售——迄今被译成二十种文字。我不在乎封面上是谁的名字，我们知道它是我们的小说，只有这一点才是我在意的。

不需要让人知道亨利·温特是我的父亲。

或者知道他已经死了。

或者知道你的第二任妻子出了什么事。

她曾是你老婆，这一点还是会使我不快。我们还在苏格兰的时候你就取下婚戒扔进了湖里，这让我非常高兴，仿佛你也想把过去抛在身后。我试图在离开前把你母亲的蓝宝石订婚戒指从阿梅莉亚毫无生命迹象的手上取下来。不是因为我想拿回来，而是因为她一开始就不配戴它。可无论我怎么用力扭拧或拉拽这该死的东西，都无法从她手指上弄下来，这让我很不爽。有些人死了还和活着的时候一样冥顽不灵。

我不是说一切都很完美，没有这种事。婚姻有时很辛苦，还会令人心碎和难过，但只要感情是值得拥有的，就值得为之奋斗。人们已经忘记如何欣赏不完美的美。尽管血迹斑斑，边缘处也有些破损，但我珍惜我们现在所拥有的。至少我们拥有的是真实的。

我们仍有秘密，但不再互相隐瞒了。

我一向认为最好向前看，不要回头。不过要是我们没离过婚，明年就会是我们的十三周年纪念日。传统礼物应该是蕾丝，我已经知道要送你什么了。虽然我将是那个穿新婚纱的人，但这是为你而穿。我做的一切一直都是为了你。

你的萝宾

亚当篇

任何持书的人都可以书为镜，但人们并不总是喜欢他们所看到的事物。

过去六个月令人愉快，我感觉我的生活好像重回正轨了。萝宾又回到家了，她把我们的房子彻彻底底重新装潢了一遍；仿佛阿梅莉亚几乎从未住在这里。我非常高兴萝宾回来了，鲍勃也非常高兴，我想我们俩都远比我意识到的更需要她。我也许看不到她外在的模样，但我的老婆是一个拥有内在美的人。这点很重要。无论她可能做过什么，都不会改变我注视她时我看到的那个人。《石头，剪刀，布》终于要开拍了，即使片头会说这是"根据亨利·温特的小说改编"，我也可以接受。虽然作家难以取悦，但如果人死了，打起交道来也会容易得多。原来我老婆和她父亲一样擅长写惊险的恐怖小说。或许这并不奇怪。最恐怖的鬼屋向来是人扮鬼的屋子。

我想大家在生活里都会有一些时刻，你只能做想做的事。追逐梦想变得不由自主，你不得不去做，因为我们都知道时间不是无限的。而且这么久以来我一直在追逐这个目标，难道我最终不该实现我的梦想吗？我愿意这样想。我有世界上最好的职业，但要靠写作过上轻松的生活很难。要是我觉得自己做别的事会快乐，我绝对会去做的。

不管怎样，我现在睡得比以往任何时候都香。我们从苏格兰回来以后我便彻底不做噩梦了，就像把过去的痛苦抛在了身后。也许是因为我终于对我小时候的遭遇释怀了。

我还是会每天想起我母亲，以及她是怎么死的。虽然不做噩梦了，但内疚从未消失。那件事是我的错，这一点无论如何也改变不了。要是我听我母亲的话，自己去遛狗，她那天晚上就不会上街，车也不会撞到她。可是十三岁的我当时正在气头上，因为他看到我母亲做了头发、喷了香水、化了妆，并穿上了那件红色和服，就像免费的赠品一样。她只有在有男人要来我们家过夜时才穿这件衣服。她说这些人都是朋友，但公寓的墙薄如纸，而我的朋友没有一个会发出那样的声音。

形形色色的男人频繁过夜。我、不、喜欢。所以当那晚的朋友敲门时——又一张我认不出但确信从未见过的脸——我冲了出去。十三岁的我那天晚上在公园里遇到了一个女孩，就在我居住的公寓楼后面。我们坐在破秋千上共饮了一大瓶热苹果酒。那是我第一次喝酒，第一次抽烟，第一次吻女孩。我不着急回家。我不禁思考一个只有几秒钟生命的人会有多少第一次。

那个女孩的身上有香烟和泡泡糖的味道，她还说如果能找到地方的话，我除了吻她还能做别的事。她教我怎样偷车——她显然以前偷过——然后在一个废弃的仓库后面教我怎样开这辆车。她还在后座教我怎样第一次做其他事，我们发出了我们自己的声音，十几岁的我觉得恋爱了。

所以当她叫我在小区周围开车时我照做了。我记得她的笑声，还记得在挡风玻璃上弹跳的雨水使人几乎看不到路。快点儿，她边说边调大了车载收音机的音量。快点儿！她把手放在了我的档上，我也低下了头。我拐弯时的速度太快，车开始打滑。当我抬起头时，我看到了我母亲。

她也看到了我。

这一切发生得如此之快：尖锐的刹车声、车冲上人行道、我母亲的红色和服在空中飞舞、她的身体撞在挡风玻璃上发出的巨响，以及车轮碾过狗时的闷响。然后便是一片寂静。

起初我动弹不得。

但这时那个女孩冲着我尖叫起来。

当发现我没有回应后，她把我推出车，爬上驾驶座，然后驾车离去。不久后一些邻居出来了，他们发现我靠在我母亲身边哭泣，沾满了她的血。大家都以为事发时我在和她一起遛狗。

我当时连那个女孩的名字都不知道。我也从来认不出别人的脸。当警察给了我几张一个十几岁女孩的照片，要我确认是不是那个涉嫌偷车驾驶的人时，我真的无能为力。

我原以为再也不会见到她，所以发现我们竟然结了婚很令人震惊。

我对阿梅莉亚的遭遇感到难过吗？

不难过。

每天都有人死去，甚至每天都有好人死去，这很遗憾。况且她还不是好人。当我们要退出时，我们俩都没意识到人生并不是那种可以退房的酒店。我现在很快乐。我从来没想到自己还能如此快乐。我只想把一切抛在脑后，我现在终于做到了。有时候你对人说的最善意的真相就是谎言，这个人也包括你自己。

萨姆篇

塞缪尔·史密斯不是个快乐的人。

他小时候痴迷于恐怖犯罪小说。他如饥似渴地读斯蒂芬·金和阿加莎·克里斯蒂的书,梦想有朝一日能做侦探。成为私人调查员是他最接近梦想的时候。当萨姆独自一人在伦敦的公寓里喝着热啤酒、吃着冷比萨庆祝四十岁生日时,他对自己坦言:这不算实现梦想。

但第二天——当时萨姆感觉醉醺醺的——一个老翁打来电话。他请求萨姆提供专业帮助来监视他许久未联系的女儿。这个老头一开始不愿透露姓名,但私人调查员是需要实情的职业,所以萨姆只得坚持。最终,打电话的人坦承他是亨利·温特,萨姆令人沮丧的事业一下子变得有趣多了。

他觉得对方肯定在开玩笑,没准儿是朋友迟来的生日恶作剧,但接着他想起自己并没有朋友。大多数晚上萨姆都是靠看书度过的。他最喜欢看那种恐怖至极的书,而亨利·温特是萨姆眼中的恐怖之王。他十几岁时就开始看这个作家的小说。萨姆核实了一些事实后确定寻求他帮助的正是亨利·温特,他本来很乐意免费接这个活儿。

但人总得糊口。

这个老作家并不差那点钱：恰恰相反，他很有钱。但萨姆还是不禁为自己的狮子大开口心怀愧疚。靠跟踪亨利的女儿和监视她的老公挣钱很容易。

萨姆认为他和亨利在随后几年里成了朋友，而在某些方面他们确实是朋友。萨姆甚至说服这个老头买了一台笔记本电脑，这样他们就能不时地用电子邮件联系了。他每周大约跟踪萝宾或她老公两次——或在他们遛狗时，或在他们上班路上，还有时他就坐在汉普斯特德村他们房子的外面——只为了解最新情况。然后他每月给亨利发一份报告。但他们的交流并不限于工作。他们经常聊书或政治，而不是萝宾和亚当。尽管素未谋面，萨姆对亨利信任他并向他吐露心声这一点感到非常骄傲。

他们每月至少交谈一次，所以当萨姆有一阵子没听到亨利的消息时，他开始有点担心了。首先，对方不打电话了，不接也不回复，不过那时亨利偶尔还会回复电子邮件。他突然出人意料地渴望看那只狗的照片，并想知道他女儿搬走后她家重新装潢时的每一个细节。萨姆的长焦镜头在这些时候派上了大用场。但这位作家再也没用过以前那种友好的语气，接着一切交流骤然停止，他的定期酬劳也没了。

萨姆监视亨利的女儿已有十余年，因此他和这位作家的联系突然无故中断让他很难过。他喝更多的啤酒，吃更多的比萨，并且在亨利·温特的最新小说出版后的第二天才去购买，以示抗议。自从萝宾和亚当结婚后，萨姆便是这个家庭无言的一员。她老公出轨时他就在场，他们离婚时他还感到有点失落。挖掘他们婚姻里的龌龊事这活儿易如反掌，但这不是他一直干这个活的唯一原因。监视这对夫妻很有意思：他和他的写作事业、她有名的父亲，及一段不为人知的往事。萨姆甚至喜欢上了他们的狗，他看着鲍勃从一只幼犬长成大狗。所以当赖特夫妇的婚姻出问题时他真的很难过。

亨利的女儿在消失得无影无踪两三年后,几个月前又搬回来与她的前夫一起住了,于是萨姆决定开车去苏格兰亲自将此事告诉亨利。这位作家向来极其孤僻,从不愿告知他的住址,但萨姆当然知道他住在哪里。他可能不是一个成功的侦探,但他还是知道怎么查出大多数人的大多数事。

亨利·温特鲜少接受报纸采访,但萨姆保存了几年前的一次访谈报道。这次访谈讲的是这位作家喜欢在哪里写作,并展示了一张亨利在他书房里的照片,他就坐在一张曾经属于阿加莎·克里斯蒂的古董书桌前。没过多久萨姆就查到这张桌子来自哪家拍卖行。然后他贿赂送货司机,拿到了这张书桌的收货地址。

亨利的苏格兰隐居地还是比萨姆想象的要难找。这趟从伦敦开车北上的行程极其漫长,而事实证明,在没有旅行指南的情况下,他拿到的邮政编码几乎毫无用处。开车兜着圈子四下寻找神秘的——没准儿根本不存在的——黑水礼拜堂,并且经过无数千篇一律的山峦湖泊未果后,萨姆只好折返回到"空林",他在数英里内只看到这一个村镇。

这里只有一家商店,天色也暗了下来,萨姆看见店里的那个女人刚看到他钻出车就在窗户上挂上了"关门"的牌子。他还是敲了门,她板着脸,表情甚至比先前的更不客气。

这个女人打开门,萨姆看到了写着她名字的胸牌:帕蒂。

她长了一张鲤鱼脸,而这张脸和她的围裙一样红。她亮晶晶的双目怒视着他,喷着毒液似的唾沫冲他吼出了"干什么"三个字。她显然是个善于打击他人情绪的女人。萨姆忍住没有为帕蒂的姐姐致哀,他敢肯定她的姐姐被一个叫多萝西的女孩在黄砖路附近杀死了。不过帕蒂明显不友好的态度结果却帮了大忙。

"已经两三年没人见过亨利·温特了，要我说真是太好了。他没有通知就把老管家解雇了——她是我的一个朋友。新管家以前还时不时过来买物资——这是个爱吃焗豆和婴儿食品等甜食的怪女人——但几个月前连她也不来镇上了。我不知道该不该告诉你怎么去黑水礼拜堂。要是遇到什么倒霉事，我可不想你跑回来怪我。那地方可不只闹鬼，还受到了诅咒。这事你可以问任何人。"

萨姆买了一瓶价格虚高的威士忌——他不想空着手见朋友——而且这个老婆娘还是给他指了路。萨姆给了她一张十英镑的钞票以示感谢后，她还给他画了张图。

萨姆重新上路后觉得自己就像他最喜欢的一部侦探小说里的角色。亨利大概在两年前不再打电话了——按照商店里那个女人的说法，这位作家在同一时间也不再来镇上了。萨姆对新老管家的事一无所知，亨利从未提到过她们。亨利真正想谈论的人就只有他的女儿萝宾。他们形同陌路这件事还是让萨姆耿耿于怀，因为这显然让这位老作家非常伤心。

萝宾小时候很难带。她的母亲——亨利当年在一个文学节上遇见的一位言情小说家——在这个女孩八岁时就死了。她在浴缸里溺水身亡。萝宾的父母都是作家，所以她难以区分真实和虚构这一点可能不足为奇。亨利说她老编故事，这使她在寄宿学校和家里陷入麻烦。她被停学过一次，因为她给同宿舍的女孩讲女巫的故事，说这些女巫在杀人前会悄声念三遍受害者的名字。这都只是因为想象力过于活跃——说句公道话，也是她遗传来的——但当亨利试图管教她时，萝宾一天夜里用一把剪刀剪掉了自己的头发，他在她的枕头上找到了她留下的两根金色长辫。

亨利认为是悲伤，还有他本人造成的，但无论他做什么来帮助这个孩子都没有用。她逃离黑水礼拜堂的次数多到他都数不过来，最后在十八岁那年她彻底跑了。亨利好多年都不知道她的下落，直到萝宾主动联系要他帮帮她老公。亨利从一开始就喜欢亚当。他谈论萝宾嫁的这个男人时，听起来总像是在微笑着说话。他并不喜欢把自己的小说改编成影视剧，但他还是同意了，这足以证明他有多喜欢亚当。亨利显然慢慢开始把这个秘密女婿当作他的亲儿子。他觉得亚当对他女儿的人生产生了良好的影响，只要她幸福，他乐意听之任之。这就是他让萨姆跟踪他们时他想知道的，仅此而已。

她幸福吗？

除了乱编故事使她陷入麻烦外，萝宾小时候还老爱写信。她跑到伦敦前给亨利写了最后一封信。这既是告别信也是感谢信。她说在他给她的东西里，她真正喜欢的只有她的名字。她母亲在她受洗时坚持给她取名亚历山德拉，但亨利从不喜欢这个名字，总用他给孩子选的中间名——萝宾取而代之。他说她非常喜欢这个名字，因为这让她觉得自己像一只鸟（Robin 在英语里是知更鸟的意思），而鸟随时可以飞走。萝宾远走高飞后就再也没回来。

萨姆一边观察苏格兰高地蜿蜒曲折的道路——这道路即使天黑前也很难走，一边不断低头扫视着商店里的那个女人给他的手绘图，试着搞明白这张图。他注意到帕蒂还草草写下了她的电话号码。萨姆感到不寒而栗。就算在沙漠里迷失了很久，他也宁愿渴死都不会去喝女洗手间里的水。当他驶离主路时，他发现一直就有一块表明此地是黑水湖的标牌。看样子这块标牌被砍掉了——可能是用斧子砍的，所以他先前几次都开了过去。

显然有人不希望别人找到这个地方。

他沿着一条小径开车，险些撞上几只羊，然后路过右边的一个小茅屋。这个茅屋看上去被废弃了。萨姆正要放弃，并决定还是试着找家旅馆过夜，这时车的前灯照亮了远处一个古老的白色礼拜堂的轮廓。

燃油表显示萨姆的车快没油了，但他把他的三手宝马车停在外面时还是抱了很大的希望。他的乐观没持续多久。礼拜堂里一片漆黑。他已经看出家里没人：巨大的旧木门不仅仅关着，还用挂锁和链条拴了起来。亨利显然不在这里，而且从门上厚厚的蜘蛛网来看，他似乎已有一段时间不在这里了。

萨姆一想到白跑一趟就很沮丧，可又不太想放弃，于是他从汽车的行李箱里抓起手电筒在礼拜堂周围走动。他希望能找到另一个入口，但尽管有数不清的彩色玻璃窗，却没有别的门了。不过他在黑暗中竟偶然发现了几个木雕像。这些样子瘆人的兔子和猫头鹰是用古树的树墩雕刻成的，由于完全隐没在阴影里，萨姆撞上第一个雕像时不假思索地道了歉，然后才退后了一步。它们被凿空的食尸鬼似的双眼令他直哆嗦。但接着他突然感到异常的宽慰——亨利跟他说过他非常喜爱雕刻木头，他发现经过一天漫长的构思杀人后雕木头能平心静气——所以萨姆知道他至少来对了地方。

接着他发现了礼拜堂后面的墓地。

起初这里的花岗岩墓碑与周围漆黑的环境融为一体，但当萨姆走近后，通过手电筒的光可以看出大多数墓碑已经很有年头了，或东歪西倒，或四分五裂，或长满苔藓。但不是所有墓碑都年代久远或看不清刻字。最新的那个墓碑引起了他的注意，它在远处其他支离破碎的墓碑的映衬下显得很醒目，最多也就是一两年前立的。他朝那个方向走去，却意外被一个土墩绊倒，把手电筒丢在了地上。要吓到萨姆很难——他把亨利·温特的所有小说都看了两遍——但连他都胆战心惊，大晚上在墓地里四肢伏地爬行，想要找回手电筒。这个土堆说明最近有人被埋在了那里，所以草还没有足够的时间长满高低不平的土壤。没有标志物，没有名字，这让他想到了乞丐的坟。但这时他注意到有东西露出地面……一个旧吸入器。

萨姆顿感不安，店主有关礼拜堂受到诅咒的警告再次萦绕在他的心头。这时他听到身后的阴影里有人把他的名字低声念了三遍。

塞缪尔。塞缪尔。塞缪尔。

但当他猛地转过身来时，却没有人。

肯定只是风在作祟。最聪明的人也可能因为恐惧和臆想而走上黑暗之路。他想起了亨利说的萝宾编造的种种故事，心想难怪一个在这里长大的孩子想出如此多混淆真实和虚构的骇人变态的故事。他打算一找到这个老头就再问问他这个事情。他在空林镇看到了一个很小的警察局，提醒自己要在回去的时候在那里停一下，希望他们会知道他的朋友现在住在哪里。肯定有人知道。世界知名作家不会凭空消失。况且，亨利明年有一本名叫《石头，剪刀，布》的新书要出版。萨姆之所以知道是因为他早就预订了一本。

他拾起手电筒后从泥地里爬起来，朝墓地里看上去最新的那块墓碑走去。他不得不把上面的刻字读了好几遍才反应过来是怎么回事。

亨利·温特

杀害一人~~之父~~，著作等身。

1937-2018

他一开始不相信亨利死了。
　　坟墓上有一个小玻璃盒，那种有人会在里面放小饰物的盒子。萨姆用手电筒照着盒子，犹豫了一下后弯下腰想看个仔细。然后他发现盒子里有三件东西。一枚蓝宝石戒指、一只纸鹤和一把设计成鹳形的老式小剪刀。引起他注意的是那枚戒指，不只是因为那颗亮晶晶的蓝宝石，还因为上面似乎还连着一根人的手指。风又变大了，萨姆觉得又听到有人在低声念他的名字，念了三遍。他不相信有鬼，但他还是头也不回地拔腿就向他的车跑去。

ROCK PAPER SCISSORS
ALICE FEENEY
Copyright © Diggi Books, Ltd, 2021
This edition is arranged with CURTIS BROWN – U.K. through Big Apple Agency, Inc.,
Labuan, Malaysia.
Simplified Chinese edition copyright © 2024 New Star Press Co., Ltd.
All rights reserved.
著作版权合同登记号：01-2023-4905

图书在版编目（CIP）数据

石头，剪刀，布 /（英）爱丽丝·芬尼著；左昌译 . —— 北京：新星出版社，2024.4
ISBN 978-7-5133-5598-8

Ⅰ . ①石… Ⅱ . ①爱… ②左… Ⅲ . ①小说集 – 英国 – 现代 Ⅳ . ① I561.45

中国国家版本馆 CIP 数据核字（2024）第 065334 号

午夜文库
m
谢刚 主持

石头，剪刀，布

[英] 爱丽丝·芬尼 著；左昌 译

责任编辑　刘　琦
责任校对　刘　义
责任印制　李珊珊
装帧设计　凌　瑛

出 版 人　马汝军
出版发行　新星出版社
　　　　　　（北京市西城区车公庄大街丙 3 号楼 8001　100044）
网　　址　www.newstarpress.com
法律顾问　北京市岳成律师事务所
印　　刷　北京美图印务有限公司
开　　本　910mm×1230mm　1/32
印　　张　9
字　　数　160 千字
版　　次　2024 年 4 月第 1 版　　2024 年 4 月第 1 次印刷
书　　号　ISBN 978-7-5133-5598-8
定　　价　52.00 元

版权专有，侵权必究。如有印装错误，请与出版社联系。
总机：010-88310888　　传真：010-65270449　　销售中心：010-88310811